Keller · Das Steinauge & Galápagos

SAMMLUNG **ISELE**
Band 735

Christoph Keller

Das Steinauge
& Galápagos

Ein Roman und sechs Erzählungen

Collection Montagnola · N° 30 / Klaus Isele Editor

Der Autor bedankt sich bei der Pro Helvetia für die grosszügige Unterstützung dieser Arbeit.

Die Buchreihe Collection Montagnola
wird von Klaus Isele herausgegeben
Alle Rechte vorbehalten
© 2016 Christoph Keller & Klaus Isele Editor
© Photographien: Christoph Keller
Copyright Max Ernst »Das Auge der Sphinx«
und »Galápagos« by VG Bild-Kunst, Bonn 2016

Herstellung und Verlag:
BoD – Books on Demand, Norderstedt
ISBN 978-3-7322-3099-0

für meinen Bruder Andreas

Das Steinauge

Roman

»Ich bin der andere«, sagte Rimbaud.
Er log. Niemand ist ein anderer.

Max Aub, *Gespräche mit Buñuel*

»Es gibt keine tote Materie«, lehrte er, »der Zustand des Todes ist nur der Schein, hinter dem sich unbekannte Lebensformen verbergen.«

Bruno Schulz, »Traktat über die Schneiderpuppen oder Das Zweite Buch Genesis«

I.

»Ich bin der andere«

– wir ketteten unsere Fahrräder an den Lattenzaun, öffneten die Haustür, die unseretwegen nicht verriegelt war, stürmten durch den Korridor, das Wohnzimmer – ob die Winters da waren oder nicht, für uns stand Kuchen bereit – wir rannten über den von Wiesenblumen durchsetzten Rasen, preschten salutierend an der stockwerkhohen Skulptur vorbei, deren erhobener Zeigefinger aus buntem Kirchenglas und rossschneckenbraunem Eternit uns zur Vorsicht mahnte – wir scheuchten in den Haselsträuchern Grünlinge und Amseln und Spatzen auf und schürften uns an Ästen und Wurzeln – Blätter, Käfer und Würmer schlüpften uns in die Kleider – wir stolperten, rutschten, glitten, abwärts, abwärts, bis sich unter uns unversehens wie ein Wunder die Fossilienwand der Tivolischlucht auftat – die Versteinerungen liessen sich leicht aus dem sandigen Kambriumschiefer, dem mergeligen Silursandstein, dem tonigen Devonkalk herausklauben, doch wuchs da nichts, an dem wir uns hätten festhalten können – die Fossilienwand endete vielleicht fünfzehn Meter unter uns und formierte sich zur Felsbank, die zugleich das steinerne Ufer des an dieser Stelle wild werdenden Tivolibaches war, dessen Rauschen man an stillen Tagen im Garten der Winters hörte – nie waren wir dort unten gewesen, hatten nur davon fantasiert, uns über die Wand abseilen zu lassen, doch jedesmal hatte uns der Mut gefehlt, der letzte Kick, das Seil – nach einem winzigen, jedoch heftigen Wassersturz verbreiterte sich die Schlucht, der Bach beruhigte sich und tauchte in einem Tunnel unter der Stadt weg – uns schien, er komme nie wieder an die Oberfläche, fliesse tiefer und tiefer in die Erde – hatten wir genug Versteinerungen erlegt, kämpften wir uns mit der Beute durch die Sträucher zurück in den Garten, wo stets die alte Winter irgendwo lauerte und seit Ewigkeiten auf das bessere Leben wartete, das sie sich doch so verdient hatte – ständig zupfte sie welke Blüten von den Rhododendren, als werde ihr so das späte Glück gewährt – sie wusch mit Pressluft die vermoosten Steinplatten, rechte Laub oder staubsaugte vor lauter Bewegungsdrang den Rasen – wir aber sprinteten an ihr vorbei, über den Sitzplatz, durch das Haus, der Tivolistrasse entlang, wo weiter unten der beruhigte Bach umstandslos durch ein Törchen und einen bequemen Weg zu erreichen war, und wuschen, was wir erlegt hatten – versteinerte Sporen, Schwämme, Medusen, Muscheln, Stachelhäuter, Ringelwürmer, Ammonshörner, Donnerkeile, einen Seeigel, Kopffüsser, einmal sogar ein intaktes Fischskelett! – wie liebte ich diese Stunden am Wasser! – ich wog diese alterslosen Gegenstände in der Hand, als würde mir ihr Gewicht ihr Geheimnis preisgeben, betastete und drückte sie und versuchte, mir vorzustellen, was sie einst und wie die menschlose Welt, in der sie gelebt hatten, gewesen sein mochte, bevor ich sie zu Hause mit meinen Büchern identifizierte, akribisch beschriftete, zeichnete, katalogisierte und schliesslich in meinen polierten Vitrinen ausstellte – anders als Stieglitz, der sie in Kartonkisten lagerte, von denen er bald nicht mehr wusste, wo er sie in seinem riesigen Elternhaus untergebracht hatte – bestimmt hat Evelina, seine unsensible Schwester, sein grösster Schaden, sie mittlerweile entsorgt – so erweckten wir damals die Tiere zu ihrem Nachleben, indem wir sie wuschen, sie sorgfältig mit winzigen Meisseln wie Bildhauer aus ihrer steinernen Schale lösten – Stieglitz aber war die Wascherei nicht mehr Abenteuer genug, er wollte weitere Versteinerungen erlegen – oder versank in Gedanken bereits wieder in seiner geliebten verfluchten Dachkammer, so wie ich es heute tue – weil ich sorgfältig und bedächtig vorging, hielt er mich für das Weib, welches das Erjagte zubereitete – mit jedem Muskel seines zähen Körpers machte er klar, dass er der Fleischbeschaffer, der Krieger, der Beschützer war – ich aber liebte es, unseren Fundstücken beim Trocknen auf einem Felsen oder meinen nackten Schenkeln zuzusehen und in mir den Wunsch heranwachsen zu lassen, eine der fernen Inseln wie Australien oder Neuguinea oder Tasmanien oder Galápagos oder Madagaskar zu besuchen, auf denen es noch lebende Fossilien gab – riesige, in ihrer Entwicklung im Vergleich zu ihren längst existierenden Nachfolgern zurückgebliebene Beuteltiere, Schildkröten, Leguane, Ameisenigel oder Blaufische, deren Skelette noch Knochen und Muskeln aufwiesen – dann aber gesellte sich in seinem letzten Jahr ein Mädchen zu uns, dem Stieglitz den Waschplatz weiter unten zuwies, nachdem er eingesehen hatte, dass es sich nicht abwimmeln liess und wir das letztlich auch nicht wollten – die unabweisbare Marita war in der Schule auf uns aufmerksam geworden, sie hatte wiederholt angedeutet, uns auf unseren Stadtexpeditionen oder in den Wald oder in die Schlucht begleiten zu wollen – wie jung oder was für ein Idiot muss man sein, um sich bei einem solchen Angebot zu zieren! – sie war, wenn ich mich richtig erinnere, die einzige Tochter eines Kaufhausbesitzers, die für niemanden zu habende Pausenhoftrophäe – die alle schnitt und allen, die sich zu offensichtlich für sie interessierten, die auch bei schlechtem Wetter oft entblösste kalte Schulter zeigte – stets hingen unsere Blicke an ihrem schwarzen Schopf, den sie zusammen mit ihrem Stolz, ihren klaren, fordernden und abweisenden Augen von ihrer südländischen Mutter geerbt hatte – flink und feingliedrig wie sie war, zäh und reaktionsschnell, hätte sie eine gute Jägerin abgegeben – das machte Stieglitz Eindruck – ihre Entschlusskraft überraschte und beschämte ihn, wir beide versuchten, unsere Unruhe in ihrer Gegenwart zu verdecken – ich, indem ich in ihrer Gegenwart beim Fossilienwaschen männliche Barschheit vortäuschte, er, indem er ins Schnellsprechen und Stottern verfiel, etwas, das seinen hochschiessenden Körper noch länger erscheinen liess und ihm etwas Tragisches verlieh, als künde sein Sprachverstümmeln schon seinen verstümmelten Körper an – wir schielten zu der hübschen Marita am Waschplatz hinüber und hofften, der andere merke es nicht – sie liess ihre in ausgefransten Jeansshorts steckenden Beine von einem Felsen baumeln, ihr Haar floss über die Steine – so döste oder las sie, immer las sie etwas, Bubensachen wie Verne und May und Bradbury – sie wusch sich die Füsse, spritzte, Spiele andeutend, in unsere Richtung, seufzte gelangweilt auf, wenn sie glaubte, unsere Aufmerksamkeit an die toten Tiere zu verlieren, und wedelte mit dem bunten Tuch, das sie immer dabei hatte, über die Schultern geworfen oder um die Hüfte gewickelt – am Bach dann nahmen wir sie in unsere Mitte, sie war unser Mädchen geworden, die Klassenkameraden hatten sie an uns verspielt – unter Wasser drückte sie ihren Fuss gegen meinen, doch ich regte mich nicht, wusste ich doch nicht, ob es Absicht war oder ob sie nicht auch Stieglitz lockte, der versteinert wie ich neben ihr sass – ich war der erste, der ihr etwas schenkte – sie werde den Muschelsteinkern ewig bei sich tragen, versprach sie nachlässig, mit spitzem Spott in der Stimme, hielt dann aber doch meine Hand etwas zu lang – Stieglitz machte sich sogleich über mich lustig und doppelte bald mit einem besseren Fund nach, einer schön gewundenen Schneckenschale, die ich selber gern gehabt hätte – der Wettstreit um Marita war im Gang, ohne dass wir es selber merkten – wir, die wir stolz mit unseren erlegten Steinen am Waschplatz erschienen, begriffen nicht, dass wir ihre Beute aus Fleisch und Blut waren, dass sie uns so freilegte, wie wir die Fossilien aus dem Stein kratzten – denn noch hatte sie nicht klar gemacht, an wem oder was sie interessiert war, an mir, an ihm, an der zwillingshaften Einheit, die wir bildeten und die sie vielleicht einfach deshalb zerstören wollte, weil sie es konnte – sie, reif, entspannt, überlegen, liess sich Zeit – dass sie nicht viel hatte, wusste sie nicht – lange hätte es nicht mehr gedauert, und wir hätten sie in der Schlucht als eine von uns aufgenommen, hätten sie nicht mehr durch das Törchen gehen lassen, hinter dem keine Gefahr lauerte, sondern sie mit durch das Haus der Winters genommen – bald hätte sie ihre Wahl getroffen, uns als hoffnungslos fallen lassen oder unsere Freundschaft gesprengt, Stieglitz' Leben verlängert und meins womöglich verkürzt – doch noch aber waren für uns die Formen der Fossilien sexier, ihr Versprechen verführerischer als jede junge Liebe, noch war es uns wichtiger, uns oben an der Fossilienwand bäuchlings hinzulegen, uns prahlerisch weit vorzurobben – der eine hielt den anderen an den Beinen, damit sich dieser noch weiter über den Abgrund strecken und die Felswand nach Versteinertem abtasten konnte – keine Ritze, die unseren Fingern verborgen blieb, genauso gut hätten wir einen Mädchenkörper erkunden können – Jugend forscht, das ist nie ohne Risiko – zwei Möglichkeiten gab es, zur Fossilienwand zu gelangen, einen steilen, mit glitschigem Blätterwerk verwachsenen Abhang hinunter oder einem halbwegs ausgetretenen, ausholenden sicheren Pfad entlang, den ich, der Schnellere, schon eingeschlagen hatte – doch Stieglitz folgte mir nicht, er folgte mir nie, er ging voran oder, war ich ihm voraus, wählte er den Weg, den ich nicht eingeschlagen hatte und zwang mich so, umzukehren – ich hatte ihm zu folgen, darauf fusste unsere Freundschaft, dass er mir nie nachgab, wurde ihm allerdings zum Verhängnis – ich würde impulsiv handeln, während er sich auf seinen Instinkt verlasse, erklärte er mir, wenn er sich die Mühe nahm, mir überhaupt etwas zu erklären – als wäre es nicht auch impulsiv, stets das Gegenteil von dem zu tun, dem man vorwirft, nur seinen Impulsen zu folgen! – ein paar Schritte, ein bisschen Geduld, und er könnte heute noch leben, wäre dreiundvierzig, ein Dreivierteljahr jünger als ich es bin – ich riss ihn an der Schulter herum, impulsiv, zugegeben, selber überrascht von der Heftigkeit meiner Reaktion – hatte ich etwas geahnt? – er machte sich los – ich packte ihn erneut – er schlug mir so hart auf den Brustkasten, dass ich hustend und entsetzt darüber, dass er mich geschlagen hatte, stehen blieb – »Stiklit, stiklit!«, rief ich unseren Lockruf – er rief etwas zurück, das die Schlucht verschluckte – dann sah ich ihn den Steilhang der Fossilienwand entgegenrutschen, straucheln, schliesslich gleiten – abwärts, abwärts – ich rannte ihm auf dem sicheren Weg nach, sah, wie er nicht mehr abbremsen konnte, dann sah ich ihn fallen – fallen, doch nicht aufschlagen – er fiel stumm – der Schrei, den ich hörte, war jener Maritas, die am Wasser auf uns wartete –, sie sah nur, wie er auf der Felsbank aufschlug – auf diese Weise ergänzten sich die letzten Augenblicke seines Lebens in ihrem und meinem Gedächtnis zu einem Ganzen – sie hatte flussaufwärts geschaut – da war der Bach, die Fossilienwand, die Felsbank, nah und doch unerreichbar – aus meinem Blickfeld fiel plötzlich unser Freund in ihren – sie sah, wie sein Kopf noch einmal hochschnellte, als wolle er seinem Schicksal in letzter Sekunde entwischen, als wolle er sich in den rotgesichtigen, buntgefiederten Vogel, nach dem ich ihn benannt hatte, verwandeln und davonfliegen – und Marita sah, wie er noch einmal auf den Felsen knallte und liegenblieb – wie ihm das Blut in sein ohnehin stets auffällig rotes Gesicht schoss – und sie sah, wie er sie aus leeren Augen verblüfft anschaute – lebte er da noch? – der Notarzt sagte wenig später, es könne keinen Zweifel geben, dass er gleich tot gewesen sei – sie sah, wie er noch einige Male zuckte – das sei nur der Todeskampf post mortem, winkte der Arzt ab, die Toten kämpften lange über den Tod hinaus ums Leben, manche sichtbarer als andere – schliesslich sah Marita, wie sich sein Körper aus der Verkrampfung löste – wie er nur noch dalag – steif – erstarrt – den zerbrochenen Oberkörper, der ihm schon nicht mehr gehörte, im Trockenen, die unversehrten Beine im Wasser, wo sie der Bach umspülte und liebevoll wusch, als habe er nur auf Stieglitz gewartet –

Philip drückt die Aus-Taste des Intercomgeräts, in das er gesprochen hat, und nimmt einen Schluck Wasser. Von draussen dringt mit der milden Luft Kindergeschrei herein. Er schnellt hoch, duckt sich intuitiv, obwohl sein Kopf noch weit von der Decke entfernt ist, und lacht Stieglitz' spitzes Vogellachen.

Die Forderung seines Freundes, einzig er dürfe Zugang zur Dachkammer der Villa Berlanga haben, war damals leicht durchzusetzen. Wer wollte schon nach hier oben kommen: Das abgeschrägte Zimmer zuoberst im Dachboden, über Treppen und Stiegen und eine Luke nur schwer zu erreichen, war im Winter eiskalt, im Sommer unerträglich heiss und das ganze Jahr hindurch stickig. Die vier in die Dachschräge eingelassenen Fensterchen, eins für jede Himmelsrichtung, liessen sich nicht öffnen. In der Mitte stand ein kleiner Tisch, darauf die Schaltzentrale des Intercoms, das ihn mit jedem Zimmer des Hauses verband – wie minimalistische Skulpturen hängen die Lautsprecher

noch immer überall –, darunter eine Matte, auf der Stieglitz selten und er, Philip, nie geschlafen hatte.
Philip schliesst die Augen, um sich besser auf die Vergangenheit, die er loswerden will, zu konzentrieren. So aber hört er auch das lästige Kindergeschrei besser, das es doch hier gar nicht geben dürfte. Er räuspert sich und drückt die Sprechtaste.

– nur wenig später traf ich bei der Absturzstelle ein, warf mich auf den Boden und kroch so weit vor, wie ich es für sicher hielt – wie wir es immer gemacht hatten, ich, der Grössere, rutschte weiter über den Abgrund hinaus, näher an die Beute heran – ich sicherte mir so die bessere Sammlung – und robbte an den dürftiger werdenden Sträuchern vorbei, unseren Lockruf jedoch stiess ich aus Angst, keine Antwort zu erhalten, nicht mehr aus – Bilder von Blutspuren, Kleiderfetzen, einem im Gestrüpp hängenden Finger wellten durch mein Hirn – vielleicht aber hatte er ja Glück gehabt und den Sturz überlebt – war er nicht in allem ein Glückspilz gewesen, weshalb also nicht auch im Überleben? – nervös griff ich nach den spröden Wurzeln, die sich selber kaum in der ausgemergelten Sanderde zu halten vermochten – siegesbewusst zogen die ersten Ameisen über mich hinweg – worauf die Erde lehmig wurde und mir etwas Halt gab, worauf sie sich wieder blank und schiefrig anfühlte – träge kullerten Kiesel in den Abgrund, schlugen dumpf auf der Felsplatte auf – panisch streifte ich die Sandalen ab – Kiesel, die auf Stieglitz' erschlafften Körper prasselten – wie nur hatten wir uns in Sandalen hierher wagen können! – ich stellte mir vor, wie er schon tagelang unten lag, wie Maden wie faulige Ideen aus seinem verwesenden Körper krochen, das oberste Gesetz eines Notfalls aber war, es habe sich erst einmal der Retter zu retten – also schlug ich meine Füsse hart in den Lehm, wie Krallen hakten mich die Zehen fest – ich presste die Arme an meinen Oberkörper und krallte mich mit den Fingern ein, doch kaum hatte ich Halt gefunden, setzten zum ersten Mal die Muskelkrämpfe ein – mein Hirn formte sich zur Hand und verkrallte sich aus mir heraus in mein Gesicht und riss es ein und zerknüllte es und warf es weg – die Krämpfe lähmten mich, gleichzeitig zuckte ich, ein seines Willens beraubter Riesenwurm, auf den Abgrund zu – wäre ich nicht auf etwas Hartes zu liegen gekommen, wäre ich ihm nachgefallen – so aber vermochte ich mich loszureissen – sprang auf – starrte, nicht einmal erstaunt, das an, was ich unter mir hervorgezogen hatte und jetzt in der Hand hielt – es war Stieglitz' Lieblingsfund, ein schöner, aber gewöhnlicher Stein, von dem er erst lustvoll, bald aber nur noch stur behauptete, es sei ein Auge – »Ein fossiliertes Auge!«, rief er jedesmal, wenn er es mir zeigte – immer hatte er es dabei – »Es ist das versteinerte Auge eines Alligatoren!«, schrie damals Stieglitz beleidigt – »Gab es nie welche in unserer Gegend!«, schlug ich mit meinem Fachwissen zurück – »Dann eben jenes einer Riesenschildkröte!« – »Nicht einmal eine fossilierte halbgeöffnete Rosskastanie ist es, du dämlicher Hund!« – da warf er mir das Steinauge mit voller Wucht gegen die Brust – das er mir jetzt, bevor er starb, wieder zugeworfen hatte – oder war es ihm lediglich aus der Tasche gefallen? – oder hatte er es für Marita hingeworfen, mich, wie so oft, als Laufbursche benutzend? – »Stieglitz! Stieglitz?«, hörte ich sie rufen, verängstigt und hoffnungsvoll zugleich – »Philip! Philip!!«, rief sie verzweifelt – von der Waschstelle konnte sie ihn auf der Felsbank sehen, aber nicht erreichen – dennoch antwortete ich ihr nicht, liess nur trotzig das Steinauge in die Tasche gleiten und schwor mir, es ihr nicht zu geben – mit der Entschlossenheit des Diebes zog ich mich an den schon dichter stehenden Büschen hoch, stand schon wieder fest auf dem sicheren Pfad – stand im Garten, von wo ich Mutter Winter als eine durch die sonnenbestrahlten Scheiben wie flüssig erkennbare Gestalt im Wohnzimmer sitzen sah, in dem wir uns erst vor wenigen Tagen mit Kuchen bedient hatten – ihr war es recht, dass wir ihr Grundstück als Zugang zur Fossilienschlucht nutzten, Stieglitz und ich erinnerten sie an ihre Söhne – Andri hatte sich an der Zürcher Bahnhofstrasse einen Namen als Börsenastrologe gemacht, vom jüngeren fehlte seit Jahren jede Spur – Mathis hiess er, glaube ich – weil sie ihn zuletzt in einem Känguruh-Buch hatte blättern sehen, vermutete sie ihn ohne die Möglichkeit, sie zu benachrichtigen, in Australien, hätte er ihr doch sonst sein komplettes Verschwinden nicht angetan – seither beschäftigte sie sich pausenlos mit Büchern und Karten über Down Under, sie wusste von den unendlichen Weiten, in denen es keine Elektrizität gab – nichts als Sonne und Skorpione und Serienmörder! – sie hatte ihren Sohn stets für einen Überlebenskünstler gehalten, vielleicht hatte er verschwinden müssen, um diese Annahme zu rechtfertigen – sie kannte jeden Quadratkilometer Australiens, den kein Handynetzwerk überzog – Salzwasserwüsten, Sandprärien, den mysteriösen Ayers Rock, der sich so aus der Erde gepresst hatte, wie sich einst Mathis aus ihr befreien musste – städtegrosse Meteoritenkrater gab es da, ausserirdische Entführer – da konnte es doch sein, dass Mathis im Ufo durch das Weltall zischte? – dass sie ihn, wenn sie schlaflos im Bett lag, am Nachthimmel sah? – dass sie ihn da oben sah, ohne ihn wirklich zu sehen, weil von hier unten alles so winzig klein war! – der alte Winter, damals schon pensioniert und auch stets im Haus, aber wollte mit Hoffnung nichts zu tun haben – er verfluchte Mathis dafür, dass er einfach weg war, und verbannte ihn auch aus seinem Gedächtnis – doch auch der übrig gebliebene Börsenastrologensohn konnte es ihm nicht recht machen – jeder Anruf dieses bald schon in einer Zürcher Villa baronierenden Scharlatans, der mit den Planetenkonstellationen hervorzusagen vorgab, ob die Novartis-Blue-Chips rauf, die GM-Stocks runter gehen würden, erinnerte ihn daran, wie sauer er sein Häuschen als Versicherungsvertreter verdient hatte – und jetzt stromerten wir auf seinem Grundstück herum, dahergelaufene Rotzlöffel, schlimmer als streunende Hunde – und weil wir so alt waren wie Mathis, als er verschwand, hatte uns seine naive Frau Herz und Haus geöffnet – wir hatten die Türfalle der Tivolistrasse 112 erstmals auf einem unserer Stadtstreifzüge gedrückt, schon waren wir im Winterschen Haus gestanden – Stieglitz einer Eingebung, ich wie immer Stieglitz folgend, drang weiter vor – ich schaute mich noch scheu um, er aber sass schon auf dem Sofa im Wohnzimmer – erst als Mutter Winter die Szene betrat und theatralisch die Hände über dem Kopf zusammenschlug, flüchtete ich zu ihm – Stieglitz benahm sich so schnoddrig selbstbewusst, so besitzbeanspruchend natürlich, dass ihre Empörung gleich verflog und ihr Misstrauen in mütterliche Fürsorge umschlug – ob sie uns etwas anbieten könne?, fragte sie schüchtern, ein Stück Schokoladenkuchen vielleicht? – Stieglitz genügte dieser rasche Triumph nicht, er verlangte Schlagsahne dazu – »Nein, danke«, sagte ich artig – als sie in die Küche davonschlurfte, rief er ihr nach, ob es denn auch Eis dazu gebe – »Nicht für mich, danke«, sagte ich – als sie aus der Küche rief, ob Vanille in Ordnung sein, brüllte er durch das fremde Haus, ob sie denn kein Stracciatella habe, das damals gerade aufkam, oder wenigstens Melone oder saure Kirsche? – »Das wärs natürlich!«, platzte ich heraus –, sie kam mit zwei vollgeladenen Tellern zurück und entschuldigte sich, dass sie in der Schnelle nur das hier habe auftreiben können, ob Mineralwasser in Ordnung sei? – »Stilles oder mit Kohlensäure?«, improvisierte ich – Stieglitz schaute mich zufrieden an – sie habe beides, sagte die alte Winter erlöst – er nehme lieber eine Cola, maulte Stieglitz – das schien sie zu haben, ergeben stapfte sie wieder davon – ich verdrückte mich vor Scham ins harte Sofa, mein Kopf war noch sauerkirschenrot, als die arme Winter mit einem russischen Blümchentablett wiederkam – sie hatte es von einer geführten Reise ins Sowjetreich mit nach Hause gebracht – darauf das Gewünschte, das sie unaufgefordert mit Eis und Zitrone aufgebessert hatte – Stieglitz nickte ihr – und ich ihm – anerkennend zu –, dankbar stellte sie es vor uns hin, sich wundernd, ob sie sich zu uns gesellen sollte – bevor es dazu kommen konnte, entliess er sie mit einer saloppen Handbewegung, die er einem Film über die Mafia oder die englische Aristokratie abgeschaut hatte, worauf sie sich zurückzog – keine überrumpelte Vorstadthäuschenbesitzerin würde zwei so gut gelaunten Halbwüchsigen, eigentlich noch Kindern, so harmlose Bitten abschlagen, dozierte er später, es sei alles eine Frage des Timings, der sanften Steigerung ins Unverschämte – nach diesem ersten Erfolg zogen wir weiter, von Haus zu Haus, systematisch – ein Kinderspiel – bald schon hatten wir die unfreiwilligen Gastgeber so weit, dass sie für uns grillten, während wir sie mit erschwindelten Geschichten unterhielten – manch erstaunte Hausfrau fand uns damals in ihrem Wohnzimmer, wo wir bald aus ihrem Mitgiftporzellan Tee schlürften – mochten wir auch den einen oder anderen Flecken auf den Sofas hinterlassen oder uns allzu freigiebig in den Kühlschränken bedient haben, zerstört oder gestohlen haben wir nie etwas – einmal legten wir uns in ein Elternbett, Stieglitz auf die Seite der Gattin mit ihren Reader's-Digest-Romanen und der als Gesichtscreme getarnten Vaseline für lustlose Nächte, ich auf die des Gatten mit den Zeitungen und Zigarren und der Pistole unter den Sexpostillen in der Schublade – bald schliefen wir engelsgleich – geweckt wurden wir von einem zornigen, mit seiner Knarre herumfuchtelnden Vater, den aber Stieglitz' märchenhaftes Gestammel, wir hätten uns vor den sadistischen Nonnen eines entlegenen Waisenhauses retten müssen, noch vor dem Eintreffen seiner Frau milde stimmte – man liess uns weiterschlafen, das abgekämpfte Ehepaar zog sich ins Gästezimmer zurück – eine Weile noch wehten die heiseren Zeugnisse des Ehekraches, den wir entzündet hatten, zu uns herüber – als es ihm zu bunt wurde, schrie Stieglitz durch das fremde Haus, man wolle gefälligst seine Nachtruhe respektieren, worauf es tatsächlich still wurde – zögernd trat ich vor die alte Winter, die sich im Wohnzimmer hoffnungsfroh einer australischen Vorabendserie hingab – »Mathis!«, rief sie, wie sie es oft tat, wenn sich einer von uns blicken liess – »Da bist du ja wieder, mein Junge!« – verdreckt und verschwitzt erstand ihr Sohn vor ihr, fünfzehnjährig, so alt wie wir damals waren, als sei seit seinem Verschwinden keine Zeit vergangen – genauso hatte sie ihn sich bei seiner Heimkehr vorgestellt, die Schürfungen und Verletzungen am Körper und die Verzweiflung im Gesicht waren Grund genug, ihm zu verzeihen – »Was hast du bloss getan, Junge?«, murmelte sie und verwickelte sich in die mühsame Prozedur, sich aus dem tiefen Sessel zu hieven – sie zwang die Schultern hoch, stemmte die Arme in die weichen Lehnen und fing an, sich hochzuschaukeln, am Schwierigsten war, es den richtigen Zeitpunkt zu bestimmen, um Höhe zu gewinnen – »Er ist mausetot«, sagte ich – hätte Stieglitz an meiner Stelle Kuchen gefordert? – »Tot!«, rief sie erstaunt, »Aber wie kannst du mausetot sein und vor mir stehen, Mathis?« – ich trat ein Stück beiseite, um ihrem durchdringenden Blick zu entgehen – das Sprechen saugte ihr die Energie ab, die sie zum Aufstehen brauchte – schwer plumpste sie in den Sessel und in die Vorabendserie zurück, in der jetzt Schüsse fielen – getroffen krachte jemand vom Pferd, blieb hängen und wurde mitgeschleift – Schnitt – der Marlboro-Mann hockte auf der Umzäunung seiner Ranch und zündete sie sich eine an – die Winter seufzte und bekreuzigte sich – ich drehte mich um, da stand ihr Mann – »Er ist tot«, sagte ich wieder, doch schon weniger überzeugt, »Stieglitz, mein Freund, ist tot.« – Ich weiss nicht mehr, was Winter sagte – »So musste es ja kommen!« – »Wer ist Stieglitz?« – »Junge, Junge, was sollen wir mit dir nur anfangen?« – oder »Scher dich zum Teufel!« – schon mit der ersten Ohrfeige, fing er zu schluchzen an – »Weisst du eigentlich, was du Jolanda antust, du und dein nichtsnutziger Freund?«, sagte er, schlurfte zum Telefon, das er halb draussen stehend, sich ins Wohnzimmer neigend, zu fassen bekam und dröhnte mit Grabesstimme, »Hier Winter, Tivolistrasse 112, es ist etwas geschehen, sofort kommen!« – die Sanitäter tauchten so schnell auf, als hätten sie in den Haselsträuchern auf ihren Auftritt gelauert – »Der da!«, keifte Winter, »Nehmt ihn mit! Sorgt dafür, dass er nie wieder einen Fuss auf mein Grundstück setzt! Ich will ihn nie wieder sehen!« – die Sanitäter kümmerten sich ohne zu fragen um seine Frau – Winter aber eiferte sich so sehr, dass sich der Sanitäter, der schon die Beruhigungsspritze gezückt hatte, ihm zuwandte, dann aber mich wahrnahm, meine Krämpfe, die meine Beine ausschlagen, meine Arme hochfahren, meinen Kopf aus den Schultern fahren liessen – der Mann zögerte, drehte sich mit der Spritze doch noch einmal Jolanda Winter zu, drehte sich dann – ich schwör es, Lili! – einmal im Kreis – der alte Winter, seine Frau, ich! – fast schien es, wir tanzten Walzer –, dann hatte der Helfer seine Wahl getroffen, die Nadel senkte sich in mich – schlagartig wurde ich ruhiger – gelassener –, aber auch unbeteiligter, war es doch mit einem Mal egal, ob Stieglitz lebte, ob sie glaubte, ihr blöder Mathis krieche in Australien herum oder die Maden längst in ihm – mechanisch erzählte ich, was geschehen war, schon habe dieses Zittern angefangen, das sie weggespritzt hätten, wie Flut und Ebbe sei es über mich hereingebrochen – »Da, seht«, sagte ich und ging auf die Fingerskulptur zu, »da geht es in die Fossilienschlucht! Da! Da! Da!«, rief ich, als mir keiner folgte – ich berührte die Skulptur – ja, da stand sie, unverrückbar real – ich beklopfte sie – sie war hohl –, ich betrommelte sie im Rhythmus von *I Can't Stand the Rain*, tanzte ekstatisch den Regentanz, was die Aufmerksamkeit jenes Sanitäters erregte, der mich ruhiggespritzt hatte – verwundert scharrte er im Gras, als liege darunter die Wahrheit, als wolle er ein Häufchen drauf scheissen, gern hätte ich das Stieglitz erzählt – »und will ein Häufchen drauf scheissen, der blöde Kerl!«, rief ich und lachte unbeherrscht drauflos – der blöde Kerl hörte zu scharren auf und musterte mich misstrauisch, beäugte dann das Tiefgrün der Haselsträucher, in das einzutauchen er ohne Zweifel keine Lust hatte – kam es ihm da nicht gelegen, dass sich das Ganze als ein übler Scherz dieser Rotznasen zu entpuppen begann? – die ihr Spiel schon lange mit den hilflosen Winters trieben? – »Natürlich!«, rief ich begeistert – natürlich, irgendwo hinter den Sträuchern lauerte Stieglitz, keine drei Meter von uns entfernt, gleich würde er sich durch sein unverschämtes Lachen verraten, seine übermütige Ungeduld hat ihm schon manchen Plan durchkreuzt, gleich wird alles wieder gut werden, die Schelte der Sanitäter würde das Salz der Anekdote werden – »Stiklit, stiklit«, machte ich, doch es blieb still, ich dachte, warum nur hatte er mich nicht eingeweiht, warum mich so übel verraten? – dennoch spürte ich die Woge der Erleichterung, die durch mich fuhr – »Er lebt, er lebt, Stieglitz wird immer leben«, flüsterte ich – nickend gesellte sich Mutter Winter zu uns – »Ruft die Polizei!«, rief ihr Gatte, »Schafft mir diesen undankbaren Kerl aus den Augen!« – sogleich bildeten die Sanitäter einen Halbkreis um mich, sodass mein einziger

Fluchtweg in die Schlucht führte – jetzt musste er sich doch zu erkennen geben, hatte er denn nie genug Unterlegenheit von mir? – doch nichts regte sich, selbst die Vögel verstummten, und der Wind hatte zu wehen aufgehört – »Das war seine Idee!«, brüllte ich und wusste gleichzeitig, dass ich damit an ihm den Verrat begangen hatte, von dem ich eben noch gedacht hatte, er habe ihn an mir begangen – deshalb hatte er zugewartet, um mir in meiner Unterlegenheit auch noch meine Feigheit vorzuführen! – Vögel zwitscherten wieder, der Wind fuhr nervös durch das Gebüsch, doch er zeigte sich noch immer nicht – ich hielt meinen Arm, der wieder heftiger zuckte, trotz der Medikamente, vielleicht wegen der Medikamente, die erst zu verschlimmern hatten, was sie darauf heilten, mich aber auch hatten tanzen und lachen lassen – »Er hat mich doch auch verraten!«, setzte ich nach – schon winselte ich für ihn – »Ruhig, Junge«, sagte einer, »Sag erst einmal nichts. Wie heisst du überhaupt?« – »Ich will mit ihm nichts mehr zu tun haben!«, rief Winter – »Mathis«, flüsterte hinter ihm seine Frau – »Philip«, sagte Marita, die in diesem Augenblick eintraf, durchnässt und gehetzt und ausser Atem und wunderschön – und erzählte dennoch mit der Gelassenheit der Jägerin, die nicht zum ersten Mal von einer übel ausgegangenen Expedition zurückkehrt, was geschehen war – sie habe versucht, die Felsbank zu erreichen, auch wenn sie geahnt habe, dass dies schlimm ausgehen würde, könnte sie vielleicht noch etwas für ihn tun, und sei es nur, ihn in seinem letzten Augenblick festzuhalten – doch sei der Bach an dieser Stelle zu wild, der kleine Wasserfall überwindbar – das war es, was sie getan hatte, das Menschliche, das Weibliche, das Tapfere, sie war die Heldin, ich der Feigling, der weggerannt war und nicht glauben wollte, was geschehen war – dann sah sie mich, wie ich leise zitterte, und nahm mich mitleidig in die Arme, unter die Wolldecke, in die sie die Sanitäter schon eingewickelt hatten, drückte mich an ihren feuchten Körper und küsste und küsste und küsste – mich – denn Stieglitz war tot – da endlich setzten sich die Sanitäter in Bewegung und schleppten Seile, Decken, ein Tragtuch, den Erste-Hilfe-Koffer durch die Haselsträucher – Äste brachen, Vögel stoben aus dem Gestrüpp – und schon bald öffneten sich die Sträucher wieder – mit dem Rücken voran warf sich einer der Helfer aus dem Dickicht – dem folgte ein in das Tragtuch gewickelter Körper, darauf ein weiterer Sanitäter – vorsichtig legten sie ihre Last in die Wiese – einem rutschte das Hemd hoch, entblösste einen käsigen Streifen Haut – durch die metallenen Ringe des khakifarbenen Tragtuches züngelten Seile wie angriffige Schlangen – »Da ist nichts mehr zu machen«, sagte einer, riss den Reissverschluss zu und trat zur Seite, um eine Zigarette zu rauchen – Marita hatte man ins Haus gebracht, ich war ganz nass und heiss von ihrem Körper – »Es ist doch ein Unfall gewesen, Junge, nicht wahr!«, sagte der Polizist, der plötzlich vor mir stand, »Man vergisst sich ja gern im Spiel, auch in deinem Alter noch. Oder ist da etwas geschehen, das du mir sagen solltest?« – ich schüttelte den Kopf – er nickte erleichtert, hatte das einfach fragen müssen, meine Antwort machte es für alle am Einfachsten, vielleicht hatte er ja einen Sohn in Stieglitz' Alter – »Es tut mir leid um deinen Freund«, schwatzte er weiter, »Das wird schwer für dich sein. Der Verlust und das Alleinsein. Weshalb schlägt das Unglück immer zweifach zu? Paul Berlanga – Stieglitz – ist das dein Name, Junge?« – ich nickte und sagte: »Ich heisse Philip.« – »Warum heisst du Philip?«, der Beamte glotzte mich blöd an. – Froschaugen, Schneckenhirn. – »Das müssen Sie meine Eltern fragen.« – »Wer ist dann Paul?«, fragte er froschäugig, »Und wer ist dieser Mathis? Da soll einer den Überblick behalten!« – und schaute mich an, als könne er mir meinen Namen irgendwo ablesen – da schwebte Stieglitz, getragen von den

Sanitätern, an mir vorbei – einer mit einer Zigarre im Mund, ein anderer pfiff *Je ne regrette rien* vor sich hin – die alte Winter, in den letzten Minuten sprunghaft weiter gealtert, zeigte auf den Toten auf der Kakhiplane – schnarrte triumphierend, »Sehen Sie? Das ist nicht Mathis. Mathis« – und zeigte erst auf mich, dann auf Stieglitz – »sitzt in einem Ufo und fährt mit Lichtgeschwindigkeit auf mich zu. Nachts kann man es beinah sehen. Bald wird er wieder da sein, mein Junge« – und wandte sich ab – das war das letzte Mal, das ich die alte Winter gesehen habe, *je ne regrette rien* – ich griff nach Halt in meiner Tasche und hielt schon das Steinauge, als mein in ein Wachstuch verpackter Freund wegschwebte – Marita wurde nach Hause gefahren – in meinem Fall aber entschied man, es sei das Beste, mich ins Spital einzuliefern, in das Stieglitz bereits unterwegs war, natürlich in eine andere Abteilung – die Krämpfe waren wieder stärker geworden, so stark, dass ich nicht ruhig liegen konnte – unterwegs, in der Ambulanz, lähmte man mich mit stärkeren Medikamenten, die auch mein Bewusstsein erschlaffen liessen – und ich glitt in jenen klinischen Zustand zwischen Wachsein und Schlaf, in den einen nur die Pharmachemie versetzen kann – klar und doch nur wie durch einen Schleier huschten die Häuser der Altstadt an mir vorbei – noch heute spüre ich den Schwindel, der mich erfasst hat – sanft und doch kräftig drückte die Krankenschwester meine Hand, presste den letzten Widerstand aus mir heraus – ich erlahme ganz, schliesse die Augen, sinke in mich, träume, wie ich – nicht Stieglitz – falle – nicht in die Tivolischlucht – sondern einfach falle –

Lili löst die hinter dem Kopf verschränkten Hände, setzt sich auf und atmet tief durch. Sie wirkt erschöpft – Zuhören ist anstrengend –, doch auch zufrieden. Ihre glutgelben Haare fallen über die Schultern. Ringe und eine Halskette liegen auf dem Nachttisch, wo sich auch ihre Mütze, ihr Handy, ein Heft, in das sie hie und da etwas geschrieben hat, eine kreditkartengrosse Digitalkamera und die versteinerte Schnecke befinden, die sie in der Fossilienschlucht gefunden haben will. Sie schwingt die Beine über den Bettrand und legt die Hände mit den Flächen nach oben auf ihre Oberschenkel, als wolle sie meditieren. Dann aber springt sie plötzlich auf, geht zum Schreibtisch, auf dem das mit dem Intercomsystem verbundene Tonbandgerät steht, und stellt es ab.

Draussen hört schlagartig das Kindergeschrei auf.

Philip erschrickt. Mittag. Schon? Die eine oder andere Mutter ruft noch nach ihrem Sprössling, dann ist es endlich still.

Ist es ein gutes Zeichen, dass er so aufgewühlt ist? Die Erinnerungen, so lange begraben, gehen ihm nahe. Er schwitzt. Er zittert. Er redet gehetzt, verhaspelt sich. Er denkt an Marita. Wie sie ihn geküsst hat. Die Antidepressiva, die ihm die Ärzte verschrieben haben, lähmen seinen Willen, den mentalen, den kreativen und den sexuellen, lindern aber nur unzuverlässig sein Zittern. Sie verdunkeln seine Vorstellungskraft, bis alles so dunkel geworden ist, dass Stieglitz jeden Moment durch diese wie für ihn geschaffene Finsternis fallen könnte. Dass er es nie tut, macht es nur schlimmer. Die Möglichkeit bringt ihn um den Schlaf, den ihm die Ärzte, nachdem sie ihm das Wachsein verdorben haben, empfehlen.

Er aber hat keine Zeit für Schlaf. In drei Monaten muss er wieder für die Bühne bereit sein, und er wird es. Er studiert die Theaterfassung von Buñuels Film *Der Würgeengel* so intensiv, als sei es sein erstes Stück. Mag man es als sein Comeback sehen. Er ist zuversichtlich: Es läuft gut. Er sieht alles immer deutlicher vor sich.

Das kleine Tonbandgerät hat genau Platz auf dem Streifen braungebrannter Haut zwischen der gurtlosen Jeans und dem weissen nabellangen Trägertop. Inzwischen hat sie das Band zurückgespult und stellt es ein – *wir ketteten unsere Fahrräder an den Lattenzaun, öffneten die Haustür, die unseretwegen nicht verriegelt war, stürmten durch den Korridor, das Wohnzimmer – ob die Winters da waren oder nicht, für uns stand Kuchen bereit –*
Als habe Lili sein Unbehagen durch die Decken und Wände und das viele Gerümpel, das sich in der Villa angesammelt hat, gespürt, schaltet sie das Tonband leiser.

Da Josie, die sich nicht nur um seine Angelegenheiten, sondern während seiner Abwesenheit auch um sein Genfer Apartment kümmert, um diese Zeit seinen Hund ausführt, kann Philip ihr eine Nachricht hinterlassen, ohne das Risiko einzugehen, dass sie den Anruf entgegennimmt: »Such mal bitte die Schlüsselfakten über Fray Tomàs de Berlanga heraus, ich buchstabiere TOMÀS – neues Wort – DE – neues Wort – BERLANGA, Fray ... FRAY ... ist Spanisch für Bruder, im religiösen Sinn. Schick mir alles per Mail, auch Bilder, keine Anrufe bitte. Lass mich entscheiden, was wichtig ist. Ich bin da etwas auf der Spur. Love, Phil.«
»Love to you too!«, ruft Josie fröhlich.
»Nicht mit Condi unterwegs?«
»Wie läufts denn so mit dem Erinnerungsprojekt, Phil? Heute war der erste Tag, nicht? Sprudelt die Quelle? Und ist sie hübsch, deine Regisseurin? Ich habe sie gegoogelt, da war nichts. Du weisst ja, dass ich Neulingen nicht über den Weg traue. Schon gar nicht solchen, die wie Lili in ihrem Produktionsdossier damit kokettieren. *Lili Fontana –*

Regie. Geboren 1981 in St. Gallen. 1988-2003 Volksschule, Handelsdiplom, Ausbildung als Maltherapeutin (abgebrochen). 2004 Auslandsjahr (Malaysia, Neuseeland, Australien, USA). Filmstudien: keine. Keine sonstige Erfahrung in einem ›Kultursektor‹, die sie für erwähnenswert hält. Sie unternimmt nicht einmal den Versuch, das zu verschleiern. Im Gegenteil fügt sie kokett hinzu: *Ich habe auf dieselbe Art und Weise gelernt, mich mit den Mitteln des Films auszudrücken, wie ein Kind zu sprechen lernt. Für diejenige, die als Künstlerin geboren wurde, ist keine Ausbildung notwendig, und selbst der Ausdruck Autodidakt ein Schwindel.* Sie spricht, als habe sie bereits ein beachtliches Werk vorzuweisen. Doch da ist nichts. Sie beansprucht lediglich das Recht, das zu tun, wofür sie ihrer Meinung nach auf die Welt gekommen ist. Man gebe ihr Geld, drücke ihr eine Kamera in die Hand und bejuble sie. Ist es dieses unerschütterliche Selbstvertrauen, diese Mir-gehört-die-Welt-Arroganz, die dich verlockt hat, es mit diesem unbeschriebenen Blatt aufzunehmen?«

»Ich bin überrascht, Josie. Du kennst das Dossier auswendig.«

»Ich bin deine Assistentin. Ich will perfekt sein. Meine Aufgabe ist es, dich vor Abenteuern zu schützen. Ich glaube aber, hier versagt zu haben. Pass bloss auf mit der, Phil.«

»Sei unbesorgt.«

»Ich bin eifersüchtig.«

»Dir kann keine das Wasser reichen, mon amour.«

»Wann heiraten wir, mon prince? Ich will Kinder mit dir, mindestens drei Jungs, die ich dann so verwöhnen kann, wie ich dich schon ein bisschen verwöhnen darf. Ich werde sie alle Philip nennen. Wann immer ich Philip rufe, kommt einer!«

Er lacht.

»Hast du Condi zum Arzt gebracht?«

»Was sie hat, kann kein Arzt heilen. Sie hat Liebeskummer. Wie ich. Du schickst ja auch mich nicht zum Arzt.«
»Ihr müsst einander noch eine Weile genug sein«, sagt er und knipst das Handy aus. Zeichnet sich sein Ende in der Villa Berlanga nach diesem unerwartet erfolgreichen Einstieg schon ab? Er schaltet sein Mikrofon wieder ein und sagt: »Ich bin noch nicht fertig, Lili.«

Lili schaut überrascht auf, hoch zur Decke, über der sie ihn zwei Stockwerke höher weiss. Das Tonbandgerät liegt noch immer auf ihrem Bauchnabel, scheint in ihrer gebräunten, verführerisch glänzenden Haut zu schwimmen.
... nie waren wir dort unten gewesen, hatten nur davon fantasiert, uns über die Wand abseilen zu lassen, doch jedesmal hatte uns der Mut gefehlt, der letzte Kick, das Seil –
»Sie wissen ja, Philip«, ruft sie fröhlich, packt ein neues Band aus und legt es in das Gerät. »Für Sie bin ich immer bereit!«

Diffuses, nahezu farbloses Licht warf Schatten auf die Wände, die Wände bogen sich, die Schatten lösten sich von den Wänden, in der Tiefe der Schlucht rauschte das Wasser, über die Felswände krochen Wurzeln, brüchige Äste, glitschiges Moos, durch die Wände drang das Klacken von Schuhsohlen, es klirrte, es hustete, es rasselte. »Mathis, Mathis!«, rief Mutter Winter. Ich: »Stiklit, stiklit!« – oder rief das Stieglitz? Marita drückte mich an ihren nassen Körper, ich umklammerte das Steinauge in meiner Tasche, sie hielt mich, als wolle sie mich nie wieder loslassen –

Als ich die Augen öffnete, trieb ich in einem fremden Bett den Tivolibach hinunter, um mich die Wände der Schlucht so steil und riesig wie im Grand Canyon – immer schneller spülte mich das Wasser mit – kurz bevor ich in dem Tunnel, der sich plötzlich vor mir auftat, unter der Stadt verschwunden wäre, begriff ich, dass ich mich nicht im Wasser befand, sondern in der Ambulanz, durch die Stadt schiessend – eine Krankenschwester beugte sich über mich, streichelte meinen Arm und riss mir dann die Hand auf – ich wehrte mich, schrie, vergebens, schon hielt sie das Steinauge in der Hand, schon steckte es in ihrer linken Augenhöhle, an Stelle des rechten Auges klaffte ein schwarzes Loch, ich zuckte zurück, sie blinzelte mir mit dem Steinauge zu – war es vielleicht doch das Auge eines Alligators? einer Riesenschildkröte? – die Schwester schüttelte sanft den Kopf, erneut senkte sich eine Nadel in mich, das Zittern verebbte, schmerzlos wurde ich weggespült –

Nacht. Stieglitz, mein Freund, war tot. Es würde keinen anderen geben. Jemand röchelte.

Im Bett neben mir, zwei Armlängen entfernt, zwischen uns nur gerade der Nachttisch, den wir teilten, lag einer.
   Wirre, graue Haare in ein Kissen gedrückt, das Kinn spitz nach oben gerichtet, den Mund geöffnet, schnappte er nach der stickigen Luft, die wir teilten –
   Weshalb öffnete keiner das Fenster?
   Ich setzte mich auf – der Schwindel, der mich befiel, schlug mich zurück ins Kissen, ich starrte an die Decke – über uns, diesem Kerl und mir, schwebte dessen von Rauch und Smog zerfressene Lunge, ein ausgetrockneter, poröser Schwamm, der nach Luft hechelte, der Bazillen in unsere Luft hustete – die Bazillen, selber winzige, poröse Schwämme, torkelten Comicluftblasen gleich durch die Luft, husteten aus ihren lächerlichen Mäulern selber

Schwämme, die Schwämme husteten, die aber nicht immer kleiner, sondern grösser waren, die gierig unser bisschen Luft einsogen und es vergiftet ausatmeten – ich begann selber zu husten, röchelte, rasselte, schrie: »Mutter!« –
Ich schrie: »Schwester!«
»Stieglitz!«, schrie ich.
»Philip, Junge, beruhige dich!«, sagte jemand.
Die Bazillenschwämme drangen in meinen Körper und nahmen mir die Luft, die Schwämme über mir verschwanden, die Decke verschwand, nahm mich mit –

Das Röcheln im Bett neben mir wurde zum Zischen, dem fröhlichen, herausfordernden Trillern eines Vogels – da setzte sich der Kerl abrupt auf, drehte mir sein Gesicht zu, rief lockend: »Stiklit, stiklit!« Er zwinkerte mir zu – mein Bett begann sich zu drehen, schneller, schneller, das Laken wickelte sich um mich und sog mich in den Abgrund, der sich im Bett auftat, ich fiel und fiel, bis ich im Fallen Stieglitz eingeholt hatte, jetzt fielen wir gemeinsam, fielen für immer –

»Ruhig, Philip, Junge, ruhig«, kam es gelassen vom anderen Bett.
»Ich hab ihn nicht retten können«, murmelte ich. »Wie hätte ich ihn retten können?«
Ich setzte mich auf und versuchte dem Schwindel, der mich wieder ins Bett zurückzudrücken, zu widerstehen.
»Soll ich die Nachtschwester rufen, Junge? Sie kann dir etwas geben. Ausserdem ist sie süss.«
Ich fasste mich und blinzelte zu meinem Zimmernachbarn hinüber. »Es geht schon.« Meine eigene Stimme klang mir fremd.
Als ich die Beine aus dem Bett geschwungen hatte – wie schwer sie waren! –, bemerkte ich, dass der Mann keineswegs alt war, vielleicht vierzig, mit dichtem, schwarzem

Haar und muskulösen Oberarmen. Auch röchelte er nicht – oder nicht mehr –, sein Atem ging regelmässig, sein Blick war klar, seine Stimme fest, sein Gesicht hart.

»Woher kennen Sie meinen Namen?«

»Deine Mutter hat mich gebeten, dir auszurichten, dass sie da war. Sie sass an deinem Bett, stundenlang, ich habs selbst gesehen«, fügte er lachend hinzu, als wäre dies das Letzte, was eine Mutter tun würde. »Sie will morgen so früh wie möglich wieder da sein und dich abholen. Erst, als ihr der Arzt versichert hatte, dass du dich lediglich eine Nacht lang erholen musst, liess sie sich überreden, nach Hause zu gehen. Eine gute Mutter. Bleibt bloss zu hoffen, dass du auch ein guter Sohn bist.«

Er setzte sich auf und schaute mich an, etwas Hämisches – oder Lüsternes? – blitzte in seinen Augen auf.

»Der fiel einfach, dein Freund? Nicht zu glauben! Und du warst dabei? Hast du ihn fallen sehen? Erzähl mal, nachdem du mich schon mitten in der Nacht geweckt hast.«

»War sonst noch jemand da, während ich schlief?«, fragte ich verzweifelt.

»Das eine oder andere Gespenst«, lachte er. »Dir ist das ganz schön in die Knochen gefahren! Was du nicht alles zusammengeredet hast! Diesen Traum, ewig zu fallen, na, Junge, den hab ich auch. Wer hat den nicht? Gewöhn dich besser daran! Es hört nicht auf. Nie. Und im Grunde willst du das auch nicht, denn es gibt nur etwas, das den Fall stoppen kann, und weil das bei dir – noch – nicht eingetroffen ist, bist du hier, während dein Freund unten im Keller in der Pathologie lagert!«

Der Kerl stiess ein scheussliches Lachen aus, das Lachen einer satten Krähe.

»Ein Mädchen?«, schrie ich ihn an.

»Was für ein Mädchen?«, krähte er.

»War ein Mädchen da?«

Er schaute mich lange an, grinste. Sagte dann genüsslich: »Marita?«

»Woher wissen Sie ihren Namen?«

»Von dir, mein Lieber. Hast mir im Schlaf ihren Namen buchstabiert. Und nicht nur ihren Namen. Hast von ihrem Lächeln geschwärmt, ihren Schenkeln, auf die sie deine Steine zum Trocknen gelegt hat, von einem Kuss, den sie dir schliesslich gewährt und der dir den Verstand geraubt hat. Hast sie hoffentlich schon mal flachgelegt, die Kleine? Aber so wie du von ihr schwärmst, steht dir diese Enttäuschung noch bevor. Glaubs mir, die Weiber sind das Tamtam nicht wert, im Gegenteil. Ich bin wegen meiner Alten hier. Die sah mal gut aus, jetzt ist sie nur noch bös. So rabenbös, dass sie mir den Krebs verpasst hat. Das gibts, weisst, auch wenn die Schulmediziner das anders sehen. Bösartigkeit kann dir Krebs verpassen. Schau dir doch nur die Welt an! So viel Krebs! So viel Bösartigkeit braucht ein Ventil. Erst zerstört es die eigene Schönheit – und schön war sie, meine Frau! –, dann die aller anderen. Bösartigkeit geht dir unter die Haut, frisst sich durch deine Organe in die Knochen. Hab Knochenkrebs, weisst. Unheilbar, aber es dauert ewig, bis sich das durch dich hindurchgefressen hat. Die Natur lässt sich Zeit mit dir, will, dass du nichts verpasst. Es tut höllisch weh. Kann immer wieder nach Hause, komm immer wieder ins Spital, bis sie mich zum Verrecken nach Hause schicken. Würd mich nicht wundern, wenn die Weiber letztlich unseren Traum, immer und ewig zu fallen, auslösten. Denn nur Männer träumen den, hast du das gewusst, Phil?«

»Seien Sie doch bitte still«, flüsterte ich.

»Seien Sie doch bitte still«, äffte er mich nach. »Was für ein wohlerzogener kleiner Scheisser du doch bist, Phil! Ja, du bist ohne Zweifel ein guter Sohn. Sag mir doch, ich solle die Klappe halten, weil ich dich ankotze! Wirst es mit Deinem Nettsein schwer haben im Leben. So bringst du es zu nichts! Geld, Beruf, überall wirst du unten durch müssen. So kommst du nicht mal an die Frauen ran, nur an die eine, die dich aussaugen wird, bis du wieder hier liegst, mit leergesogenen Knochen. Sie wirds Liebe nennen, an deinem Grab. Ich werd auch auf deinem Friedhof stehen, als dein treuestes Gespenst, und dir zurufen: ›Habs ja gesagt, du kleiner Scheisser!‹«

Ich starrte ihn an, er lachte bösartig auf. Ich glaubte, durch seine Augen seine Galle zu sehen.

»Nein, die Kleine war nicht da. Ich werd recht behalten, du bist ein hoffnungsloser Fall. Aber eine Schwester nach der anderen kam, Junge. Für dich wird gut gesorgt. Selbst ein Arzt hat sich eine Nanosekunde lang blicken lassen, hat gönnerisch genickt und ist davon geschwebt. Heisst, kommst noch mal davon. Oder bist ausserordentlich gut versichert... Wohin gehst du?«, rief er, als er sah, dass ich auf wackligen Beinen zur Tür unterwegs war.

»Pinkeln«, murmelte ich.

»Wir haben eine Toilette im Zimmer, Junge!«, rief er – ich aber hatte die Tür schon hinter mir zugezogen und stand im hell erleuchteten Spitalkorridor – flackernde Neonlichter, klebrige Linoleumböden – das Surren, das in meinen Schlaf eingedrungen war, begriff ich, kam von hier – sonst war es still, der Korridor leer, nichts deutete auf Leben hin – erst als ich die nahe Glastür, die zum Treppenhaus führte, erreichte, blinkte die Lampe über einem der Krankenzimmer auf – ich aber trippelte schon in die Tiefe, weil jedoch der Gelenkarmschliesser die Tür nur langsam zuzog, mochte der Nachtpfleger, der jetzt im Korridor erscheinen musste, Verdacht schöpfen – ich tapste barfuss recht lautlos weiter, wären nur die scheinbar glitschiger werdenden Treppenfluchten nicht zu Rutschbahnen geworden – so rutschte ich, schleuderte mich, angetrieben von meinem eigenen Gewicht, in die Tiefe, ertrinkend, am Geländer Halt suchend, aber nicht findend, die

Strömung der Stufen riss mich mit sich – beinah wäre ich gegen eine weitere Tür geprallt, hinter der mir, so schoss mir durch den Kopf, die Dunkelheit gewiss war – dennoch stiess ich sie auf, geplagt vom Gedanken an Wasser – die Strömung, die es hier nicht gab, die mich aber dennoch weiterspülte – leise umwehte mich ein Wind – »Stiklit, stiklit«, machte ich leise, so wie wir es immer getan hatten, wenn einer nicht weiter wusste, selbst dann, wenn wir nicht miteinander unterwegs waren – »Stiklit, stiklit«, antwortete es in meinem Kopf – mutig warf ich die Tür ganz in die Finsternis – nichts flatterte mir entgegen, nicht einmal Albträume – nur das Dunkelgrün schälte sich allmählich schmutzig von den Wänden – unbeteiligt schuf eine von einem Gitter geschützte Sparlampe mit ihrem schalen Schein Nachtgestalten, die sich über die Wände zogen, mich aber in Ruhe liessen, und beleuchtete undeutlich den Plan eines weitverzweigten Tunnellabyrinths – der sich bei näherer Betrachtung als wenig hilfreich erwies, bestand er doch nur aus einer vergilbten Fläche, an deren unteren rechten Ecke sich ein roter Punkt mit einem herzhaften »Sie befinden sich hier!« meldete – »Hier?«, murmelte ich, »Hier?«, schrie ich und wusste noch nicht einmal, in welchem Gebäude des riesigen Spitals ich war – mit geschlossenen Augen und benebeltem Geist war ich eingeliefert worden – so lief ich los, nach links, suchst du mich, hatte Stieglitz einmal gesagt, so such mich links – ich eilte von Lampe zu Lampe, eskortiert von Schattenwesen, die aus der Mauer entstanden und ebenso schnell wieder verschwanden – hielt mich links, wo immer es ging, und es ging verdächtig häufig – die Lichter reichten mich als den Stab ihrer Staffette weiter – Dunkelbrei, Lichtersee – Schatten kamen und gingen, nur der Schatten, der ich war, blieb an mir haften – ich hörte mein Keuchen und Atmen, als wäre es jenes von Verfolgern – das Klatschen meiner Füsse auf dem kränklich grünen Betonboden überschlug sich, richtete sich als Echo wieder auf und rannte mir voran – Türen, verschlossen!, Korridore, links! links! – manchmal schien der Boden nachzugeben, fühlte sich unfertig an, Kiesel kullerten – Stufen auf einmal, aus rohem Stein gehauen, die meine Fusssohlen blutig kitzelten – aus den Korridoren wurden Tunnels, die mich tief unter der Stadt durchführten, ohne Zweifel zum Tivolibach, wo, auf der Felsbank hockend, mir fahl der tote Stieglitz entgegengrinsen würde – Molasse, erkaltende Lava, versteinernde Wesen – »Stieglitz!«, rief ich, »Stieglitz!« – Stiefelgetrappel antwortete mir – »Sofort stehen bleiben!« – folgsam blieb ich nicht nur stehen, sondern sank zu Boden – grell blendete mich Taschenlampenlicht, ich richtete mich auf, zappte mich auf die Beine und flog mit ausgestreckten Armen auf meine Vollstrecker zu – FÜNFZEHNJÄHRIGER NACH VERLUST SEINES BESTEN FREUNDES IN SPITAL ABGEKNALLT!, diese Schlagzeile war es doch wert – ich lachte los, so laut, dass ich nicht weiter konnte – getroffen sackte ich in die Knie – erschrocken schaute sich einer der beiden Wächter um – ich aber fiel lachend vornüber, umschlang die bestiefelten Beine, trommelte mit den Fäusten auf den Betonboden ein, wälzte mich laut drauflos lachend hin und her, warf mich auf den Rücken und strampelte wie ein Hund mit allen Vieren in die Höhe – die Typen senkten endlich die Taschenlampen – einer fing selber zu lachen an – »In welche Abteilung wir den zurückschaffen müssen, ist ja wohl klar«, brummte der andere – musste aber auch lachen – konnte nicht anders – zu dritt lachten wir Stieglitz' Lachen –

Der Film, den Lili Fontana über ihn drehen will, handelt nicht von Philip Gandolfs Jahren des Ruhms – die kennt die Öffentlichkeit, zumal sie noch nicht vorbei sind –, sondern von jenen, die zu ihnen geführt haben. Eine Mischung aus Spielfilm und Dokumentation soll es werden, dessen Ende sein wegweisender Bühnenauftritt im Residenztheater in München ist. Szenen sollen mit jungen Schauspielern nachgestellt, Zeugen befragt, Material – Fotoalben, alte Filme, Briefe, die Villa Berlanga ist angefüllt mit Erinnerungskram – gesichtet werden. Zusätzlich zu den fünf Tagen, während denen Lili seine Erinnerungen auf Tonband aufnehmen will – mehr hat er ihr nicht zugestanden –, erklärte er sich einverstanden, im Herbst für ein On-Camera-Interview zur Verfügung zu stehen und die Off-Stimme zu sprechen. Das alles soll sie zu Bildern anregen, um seine frühen Jahre einzufangen.

Ihre Emails, Nachrichten auf seiner Inbox, Briefe und Postkarten hat er ignoriert – beziehungsweise von Josie ignorieren lassen –, bis Lili schliesslich vor einigen Monaten an die Tür der Villa Berlanga geklopft hat.

Ausnahmsweise hat er selbst geöffnet.

Woher wusste sie, dass er sich hier befand? Anfängerinnenglück?

Danach – weil sie so selbstwusst an ihm vorbei ins Haus gepreschst war und in seinem Leben Platz genommen hatte? – sassen sie im Wohnzimmer. In kindischem Stolz wies er darauf hin, dass das Feuer im Kamin, welches das Haus einzuräuchern begann, sein erstes seit seiner Pfadfinderzeit war.

»Pfadfinder?«, lachte sie.

Evelina, Stieglitz' jüngere Schwester, mit der er diesen Sommer unter demselben Dach wohnt, hätte jederzeit mit ihrer neuesten Bekanntschaft oder mit ihrer Busenfreundin Sedona auftauchen und ihren Platz im Wohnzimmer beanspruchen können. Seit sich Evelina, wie sie sagt, trockengelegt, entschlackt und von allen Sünden befreit – seit sie, wie er sagt, die alten Süchte durch neue ersetzt – seit sie, wie sie insistiert, DIE STIMME vernommen, die sie aus ihrer jahrzehntelangen Lethargie wachgerüttelt und damit das Missionieren entdeckt hat, schleppt sie ein einsames Opfer nach dem anderen an und lässt es exemplarisch an den zwölf Stationen ihres Leidensweges teilhaben, um es im Folgenden auf dem Altar ihrer jüngsten Sucht zu schlachten.

»Nenn mich Philip«, bot er an.

»Noch nicht, Herr Gandolf«, sagte Lili.

Sie ist hochgewachsen, schlank, ohne mager zu wirken. Alles an ihr ist symmetrisch. Weil sie rasch friert, bedeckt selbst im Sommer eine Baumwollmütze, unter der die glutgelben Haare hervorquellen, ihren Schädel, die Schultern sind exakt gleich hoch, Arme und Beine Parallelen, ihr Schritt ist zentriert, als gehe sie auf einer unsichtbaren Linie. Diese Bewegung, die sich von ihren Schultern auf ihre Brüste und ihr Becken überträgt, verleiht ihrem Gang eine anmutige Drehbewegung. Erst wenn sie geht, vollendet sich an ihr das symmetrische Werk der Schönheit, die Lili zur gelungenen Überschneidung von Natur und Kunst werden lässt: Mittelscheitel, riesige runde Ohrringe, der Gürtel mit der ihre Mitte unterstreichenden Schnalle, die hochhackigen Schuhe. Lili versteckt sich in ihren Kleidern. Ihr Gesicht wird zwischen Mütze und Rollkragen zum maskenhaften Hautausschnitt, der sich in ihren von den hochgeschnittenen schwarzen Jeans und den schwarzen Pumps eingerahmten Knöcheln wiederholt. Sie trägt roten Lippenstift. Auch das wiederholt sich: Ihre Nägel, Zehen wie Finger, sind ebenfalls rot.

»Aber ich darf Sie Lili nennen?«, sagte er, nachdem er sie wieder aufgefordert hatte, sich hinzusetzen. »Ein bisschen erleichtert das unsere Zusammenarbeit dann doch. Wie haben Sie mich überhaupt gefunden?«

»Seit Sie abgetaucht sind –«
»Ich habe mich nur für eine Weile zurückgezogen«, unterbrach er sie.
»Meine Recherchen haben mich hierher geführt, nachdem ich in Genf nicht weitergekommen bin. Ihre Assistentin ist nicht gerade hilfreich.«
Er nickte. »Das ist Josies Job.«
»Sie leben hier mit der Schwester Ihres verstorbenen Freundes zusammen ...«
»Der wie ein Bruder für mich war.« Er nickte wieder. »Wir leben hier nicht zusammen, nur unter einem Dach. Und nur für diesen Sommer. Obwohl es für eine Weile ... Aber das braucht Sie nicht zu interessieren.«
»Mich interessiert alles, was Sie betrifft.«
»Sie werden sich mit dem begnügen müssen, was ich Ihnen anvertraue. Evelina und ich sind uns an der Doppelbeerdigung ihrer Eltern im vergangenen Jahr wiederbegegnet. Sie war verzweifelt, untröstlich, sozusagen, also – «
»Ein wahrer Retter«, sagte sie spitz.
»Befristet, wie gesagt«, sagte er, als sie nicht fortfuhr. »Was für ein unglücklicher Zufall, dass beide am selben Tag starben, wenn auch achthundert Kilometer voneinander entfernt. Dorothea kam bei einem Selbstunfall ums Leben – sie fuhr ausserhalb von St. Gallen in einen Baum –, Ferdinand wurde von einem Baugerüst in Berlin, wo er geschäftlich war, begraben.«
Er spürte, dass sie die Pause, in die er hineinredete, geschaffen hatte. Er durfte sie nicht unterschätzen.
»Das tut mir leid.«
»Das braucht es Ihnen nicht zu tun«, erwiderte er barsch.
Es stellte sich heraus, dass Lili die Fossilienschlucht, in der Stieglitz zu Tode fiel, aus erster Hand kannte. Dass sie dort zwei Jahrzehnte später selbst nach Versteinerungen jagte.

»Die Stadt prägte mich vergleichbar wie Sie, Philip«, sagte sie, »das macht mich zur geeigneten Person für dieses Projekt.«

Klar, dachte er, Lili ist ein Kind ihrer Zeit, das sich den zahllosen, mit den üblichen Eierköpfen bestückten Gremien die Was-ist-mein-Bezug-zu-diesem-Projekt?-Frage gefallen lassen muss, die Antwort idealerweise durchsetzt mit Brocken aus der eigenen Biografie. Da kommt ihr die Fossilienschlucht gerade recht. Auch Lili, die sich eine knabenhafte Jugend mit kurzgeschnittenem Haar, Bubenhemden und groben Schuhen zurechterinnert hat, will dort herumgetobt haben. Sie sei einmal gar abgerutscht, schwatzt sie weiter, dem Sandstein entlang geschliddert, nicht weit von der Fossilienwand entfernt. Er dachte nicht an den rotgesichtigen Stieglitz, er versuchte sich Lili, die jetzige, nicht die knabenhafte, mit unter ihren Jeans aufgeschürften Beinen vorzustellen. Ja, Fossilien sind sexy. Eine, die übliche langgezogene Schneckenschale, legte sie ihm als Beweis vor. Die Fossilie fühlte sich in seiner Hand alt an, doch wie konnte sich eine Fossilie nicht alt anfühlen? Sie wird dieses Stück Stein in einem Mineralienladen gekauft haben, als zusätzlichen Köder. Andererseits verlangte sie die Schnecke ungeduldig zurück, ihre ungewöhnliche Gelassenheit verlierend. Also lag ihr wirklich etwas an dem Stück Vergangenheit. Bei der Rückgabe berührten sie sich kurz. Gewärmt durch seine Hand, lauerte der Stein jetzt in der ihren.

»Ich gehe davon aus, dass jeder Künstler einen Moment, eine Art Initialzündung hat«, liess er sie reden, »die ihn aus seinem normalen Leben herausreisst und ihm eine andere Richtung, im Grunde ein neues Leben gibt. Der Tod einer Schwester. Vielleicht nur ein Buch, das man gelesen hat. Der eigene Tod, dem man um ein Haar entkommen ist. Vielleicht, weil man etwas wieder gut machen muss. Eine Unterlassungssünde, die sich zurückmeldet. Ein

Unfall. Stellen Sie sich das Leben eines Gelähmten vor. Vorher, nachher. Was immer ein Leben halbieren kann. Eine Diagnose. Dass man erfährt, dass man adoptiert wurde.«
»Wurden Sie es?«, fragte Philip, dessen Interesse wieder entfacht war.
Sie verneinte.
»Natürlich macht ein solches Ereignis niemanden zu einem Künstler. Darum geht es mir nicht. Mir geht es um den Künstler, der ein anderer wird. Dieser Kondition will ich mit visuellen Mitteln auf den Grund gehen.«
»Kondition«, wiederholte er verärgert. »Ist das eine Kondition?«
»Auch das gilt es herauszufinden. Bei den Künstlern haben wir das Werk, an dem sich die Veränderung messen lässt. Es ist anzunehmen, dass dadurch das Werk besser wird, weil es jetzt entstehen muss. Bei Ihnen ist das natürlich der Tod Ihres Jugendfreundes Stieglitz. Wären Sie ein anderer geworden, wenn er noch leben würde? Wären Sie auch dann Schauspieler geworden? Wären Sie der Schauspieler geworden, der Sie jetzt sind? Haben Sie auf irgendeine Weise, aus einem Schuldgefühl heraus, als Wiedergutmachung, sein potentielles Leben gelebt? Sind Sie das, was er geworden wäre, hätte er länger gelebt?«
»Ein sehr hypothetischer Gedanke«, sagte er nach einer Weile. »Oder sollte ich sagen: ein sehr romantischer Gedanke?«
»Es spielt für mich keine Rolle, ob Sie an meine These glauben oder nicht.«
Er nickte. Glaubte er daran? Lilis Unbeirrbarkeit beeindruckte ihn. Ihre Unerfahrenheit lockte ihn. Sie würde ihren Fragen auf den Grund gehen, auch gegen seinen Willen. Dieselbe Mischung an Eigenschaften hatte ihn schon an Marita fasziniert.
»Natürlich sind das alles Spekulationen. Die Kunst ist eine einzige Spekulation.«
»Das Leben auch«, sagte er.

»Das Leben ist keine Kunst.«
»Vorher, nachher«, wiederholte er mit einem abschätzigen Ton in der Stimme. »Bei mir gibt es kein Werk davor. Ich war fünfzehn. Es kam alles nachher. Ich passe nicht in Ihr Schema.«
»Ich gehe davon aus, dass Sie so oder so ein Künstler geworden wären. Der Unfall hat sie ein anderer Künstler werden lassen. Ich gebe zu, es wird schwierig sein, zu zeigen, was für einer Sie ohne den frühen Tod Ihres Freundes geworden wären.«
»So, wie man nicht weiss, ob man eine Grippe nicht genauso schnell ohne Medikamente hinter sich gebracht hätte«, spottete er.
»Spekulation ist das Hauptwerkzeug der Fantasie. Und der Kunst. Es gibt Hinweise, dass Stieglitz geschauspielert hat.«
»Er liebte es, allen etwas vorzumachen. Aber er hasste es, zu schreiben«, sagte er.
»Sie schreiben, nicht wahr?«
»Woher wissen Sie das?«
Lili lächelte. »Ich habe geraten, Herr Gandolf.«
»Nichts als unfertige Versuche«, sagte er beeindruckt.
»Sein Vater schrieb.«
»So etwas wie sein eigenes Evangelium. Diktiert von den Wolken.«
»Ein Spinner.«
»Sie sind unfair, Lili. Es spielt doch keine Rolle, was einen inspiriert. Auch das sind Spekulationen.«
»In der ersten Hälfte seines Lebens war er ein religiöser Spinner. Dann widmete er sich dem Geld.«
»Mit grossem Erfolg. Auch hier: vorher, nachher. Auch hier hat Stieglitz die Weichen gestellt, wenn Sie so wollen. Indem er geboren wurde. Aber es gibt noch ein Nachher: Nach dem Tod seines Sohnes kehrte Ferdinand wieder zur Religion zurück. Zu sich, vielmehr.«
»Und schnappte vollends über.«

»Sie glauben wohl an nichts, Lili?«
»Ich glaube an dieses Projekt.«
»Ich hoffe, es ist das Richtige für Sie.«
Sie betrachtete ihre Hände. »Was es bei Ihnen auch nicht gibt, ist ein Werk *darüber*.«
»Und das wollen Sie mir entlocken? Was darfs denn sein? Mein Stück über meinen verstorbenen Freund? In dem ich mir seine Rolle auf den Leib schreibe, sie spiele, mich inszeniere? Mein Stieglitz-Exorzismus?«
»Ist es nicht das, was Künstler tun?«
»Idealerweise nicht in ihrem Werk, sondern in der Therapie.«
»Sie ziehen diese Möglichkeit also in Betracht?«
»Ich gebe zu, dass ich daran gedacht habe.«
»Ein Roman?«
»An die Therapie. Ich bin Schauspieler«, fügte er leise hinzu. »Ich spiele andere. Daran wird sich nichts ändern.«
»Vielleicht bin ich ja Ihre Gelegenheit«, sagte sie selbstbewusst und zündete sich eine Zigarette an. »Ich darf hier doch rauchen, Herr Gandolf?«
Er dachte an Evelina, die, seit sie mit dem Rauchen aufgehört hatte, ein Anathema über alle Raucher verhängt hatte und sagte: »Nur zu, Lili.«
»Sie träumen noch immer von seinem Sturz?«
Auch davon konnte sie nichts wissen. Er nickte. »Wie er fällt, und wie ich falle. Meist, wie ich falle.« Er holte einen Aschenbecher aus der Anrichte und setzte sich wieder.
»Zusammen? Hand in Hand?«, fügte sie spöttisch hinzu.
»Nie«, log er.
»Dann lassen Sie uns damit anfangen. Wie er fällt. Das wird dem Film Schwung verleihen«, sagte sie ohne Ironie.
»Ohne Zweifel.«
»Lassen Sie uns sehen, wohin Sie das führt. Wenn Sie sich getrauen.«

Zum ersten Mal hatte er den Eindruck, ihr Lächeln gelte ihm.

»Wen werden Sie mit meinem stürzenden Freund besetzen?«

»Ich habe noch nicht mit dem Casting angefangen. Wer immer es sein wird, er wird es, stelle ich mir vor, in Slow-motion tun, um Ihrer Stimme genügend Raum zu geben. So tief ist die Schlucht ja nicht.«

»Mit anderen Worten, Sie wollen mich quälen, Lili.«

Als sie nicht auf ihn einging – weil sie keinen Humor hatte? weil sie ihn bereits dort hatte, wo sie ihn haben wollte? –, dachte er laut darüber nach, Stieglitz altes Intercomsystem wieder in Schuss zu bringen. Er schwärmte ihr vor, wie sie ihm überall im Haus zuhören könne. Dass sie sich im Keller verbunkern könne, wo sie wohl am Ungestörtesten wäre. Dass sie sich ins Wohnzimmer setzen und ihm zuhören könne, als sei er ein Radioprogramm, das nur für sie spiele. Dass sie durch das Haus ziehen könne, Begegnungen mit Evelina, mit den Opfern ihres Missionarseifer, mit ihrer jungen Freundin Sedona, mit Handwerkern – immer wird irgendwo etwas repariert – oder mit ihm riskieren, der sich mit einem Hemdkragenmikrophon ebenfalls durch das Haus bewegend erinnern könnte. Sie könne ihm liegend, stehend, gehend zuhören ...

»Am besten wird es sein, wenn ich mich irgendwo breit machen kann, wenn das geht«, unterbrach sie ihn. »Es ist ja nur für ein paar Tage.«

»Das Haus ist riesig. Wir haben ein Gästezimmer, mit eigenem Bad und allem drum und dran. Eigentlich ein Mini-Apartment. Wenn auch recht karg eingerichtet. Keiner wird Sie dort stören. Sie können dort auch übernachten«, bot er an.

»Danke. Ich bin gerade bei meiner Mutter untergeschlüpft, nach einer wüsten Trennung. Aber das ist gar nicht so schlecht. Meine Mutter braucht mich zur Zeit.

Und ich brauche Zeit für mich.«
»Ich hoffe, sie ist nicht krank.«
Lili schüttelte den Kopf. »Hier ist meine Handynummer. Schön, Sie an Bord zu haben, Philip. Sie werden es nicht bereuen. Es wird auch Sie weiterbringen. Mit Ihrer Zusage werde ich mit einem Fingerschnippen eine Firma finden, die mein Projekt finanziert. Wir könnten im Herbst mit den Dreharbeiten beginnen. Für die wir Sie ja dann in der Hauptsache nur beratend brauchen. Es wäre natürlich schön, wenn Sie ein bisschen Zeit hätten.«
 Er nickte. Für diesen Sommer hatte er keine Film- oder Bühnenpläne. Er hatte alles abgesagt, um in der Villa sein zu können. Im Oktober schon könnten die Proben für den *Würgeengel* beginnen. Alles hing von ihm ab. Lili lag intuitiv richtig: In letzter Zeit ist ihm das Schreiben lieber geworden. Als Schauspieler ist er gefragt, als Schreiber hält er sich zurück. Das Spielen beginnt ihn zu langweilen, das Schreiben überrascht ihn täglich von neuem. Es sind nicht fremde Figuren, die in seinen Kopf dringen, sondern eigene. Solche, von denen er nicht einmal gewusst hatte, dass sie in seinem Kopf hausen. Schreibt er, beginnen sie zu sprechen, und je länger er schreibt, desto grösser wird der Stimmenchor. Kein Wunder, dass sein erstes und bislang einziges Theaterstück der Monolog eines von Stimmen im Kopf geplagten Schauspielers war, die, je länger er sie spielte, umso deutlicher in der Vorstellung des Publikums erschienen, auch wenn die Bühne hinter ihm leer blieb. Den Kritikern war es eine scheinbar willkommene Gelegenheit, ihm damit eins auszuwischen, indem sie seine Schauspielerei über alles lobten, um dann sein Stück umso genüsslicher zu schlachten.
 Um das alles hinter sich zu bringen, schreibt er erst einmal Erzählungen – fiebrig entsteht eine um die andere. Er überlegt sich, wann er sie Lili zeigen will. Dass er es tun wird, weiss er jetzt schon.

»Herr Gandolf? Hören Sie mir zu?«

Er schaute Lili an und nickte wieder. Natürlich würde er Zeit für sie haben.

»Und falls wir bei der Finanzierung des Films auch mit Ihnen an Bord wider Erwarten doch auf Schwierigkeiten stossen«, sagte sie mit einem uncharakteristischen Zögern in der Stimme, »werde ich mich verschulden, eine Bank überfallen, mich notfalls verkaufen.«

»Verkaufen?«

»Wenn ich es nicht schon getan habe. Mein Auto, meine Möbel, meinen Körper, was Sie wollen. Ich habe kein eigenes Geld. Aber ich muss diesen Film um jeden Preis machen.«

»Das wird nicht nötig sein«, sagte er und fügte gönnerisch hinzu: »Wer sich so bestimmt für ein Ziel einsetzt, wird es auch erreichen.«

»Sie sollten sich um Ihr Feuer kümmern«, sagte sie, stand auf und leerte den Inhalt des Aschenbechers ins Kamin. »Es räuchert Ihr Haus ein.«

Dass er mit der nachgereichten väterlichen Plattitüde wieder zunichte machte, was er ihr gerade versichert hatte, merkte er erst, als sie gegangen war. Seither hallt ihr Satz in seinem Kopf wie Stieglitz' Lockruf nach. Ist es ein Angebot gewesen? Eine Warnung? Beides?

Ihre Jeans und das weisse Trägertop liegen am Boden des Gästezimmers. Dem Bett sieht man an, dass jemand darauf gelegen, aber nicht darin geschlafen hat. Die Badezimmertür steht offen, ebenso jene des Schrankes. Darin einige Gegenstände, die frühere Gäste vergessen haben: ein Filzhut, angelesene Flughafenromane, ein Pyjamaoberteil. Auf dem Nachttisch Digitalkamera, Steinschnecke, Notizheft,

Zigaretten. Im Tonbandgerät, das auf dem Tisch neben dem Intercom liegt, steckt das zweite Dienstagstape, das erste wird sie mitgenommen haben.

Diesmal fiel ihm Stieglitz durch die Nacht. Philip lag im Bett, während sein toter Freund das Kunststück fertig brachte, sowohl rasend schnell durch ihn hindurch zu fallen als auch für eine Weile neben ihm zu schweben. Auch diesmal murmelte er etwas vor sich hin, bevor er seine Reise durch die Finsternis fortsetzte. Nichts, das Philip hätte verstehen können: Was Stieglitz hätte sagen können, soll ihn den Rest des Tages umtreiben.

Diese Version des Traumes kennt im Unterschied zu jener, in der Philip endlos fällt, ein Ende, wenn auch ein grausames: Stieglitz schlägt auf der Felsbank auf. Sein Kopf federt noch einmal hoch, dann bleibt er liegen.

Hätte ihm Marita das damals nur nicht erzählt!

Manchmal denkt er, alles, Stieglitz' Leben, wäre gerettet, könnte er nur ewig weiterschlafen.

Evelina behauptet, sie träume deshalb nicht von ihrem Bruder, weil er ihr vergeben habe. Was? Was er ihr angetan hat?

Philip hat es bald nach seinem Einzug in die Villa Berlanga aufgegeben, ihr zu erklären, dass ihr Bruder sie zu dem gemacht hat, was sie ist. Stieglitz, ihr Erlöser, darf nicht ihr übelster Widersacher sein. In seinem Sturz sieht sie, die in ihrer neuesten Wiedergeburt die Bibel wörtlich versteht, nicht den gefallenen Engel, der auf der Erde sein Höllenreich errichtet hat. Lieber stellt sie die ganze Welt auf den Kopf. Lieber sieht sie in seinem Sturz eine Himmelfahrt: Gleich schnellt der Kopf nochmals hoch, diesmal gefolgt von seinem Körper, der langsam hochschwebt.

Philip spült die Pillen hinunter, die ihm helfen, seine Krämpfe zu beherrschen. Durch das Intercom hört er, wie die Gästezimmertür geöffnet wird. Er wendet sich vom Fenster ab, drückt die Sprechtaste und räuspert sich.

Lili wirft die Tür ins Schloss, stellt den Koffer, den sie diesmal dabei hat – darin alles, was sie für die erste Nacht in der Villa braucht? – neben den Schrank und setzt sich auf den Bettrand. Hastig spricht sie in das Telefon, das sie wie einen ihr zugeflogenen Käfer in der flachen Hand vor sich hinhält. Sie schnaubt. Sie streift die Schuhe ab. Sie legt sich hin. Sie schnaubt erneut heftig durch ihre Nase. Sie zündet sich eine Zigarette an. Sie redet weiter.

Bereits bei ihrer ersten Begegnung im Wohnzimmer vor wenigen Monaten stellte er fest, dass Lili schnaubt, wenn ihr etwas nicht passt. Unmut komprimiert sich in ihrem Hirn zu Luft. Sie beatmet die Welt durch ihre Nase.

Was passt ihr nicht? Dass sie um eine halbe Stunde zu spät ist? Ausgemacht ist, dass sie sich von elf Uhr vormittags bis fünfzehn Uhr nachmittags zur Verfügung hält. Dass er sich meldet, wenn er erinnerungsbereit ist. Und dass sie ihn nicht unterbricht.

Er hat ihr einen Hausschlüssel gegeben. Darauf, dass Evelina die Tür öffnet, ist kein Verlass. Sie bringt es fertig, ihm mit dem Autoschlüssel in der Hand mitzuteilen, sie verbringe den ganzen Tag im Haus, um sich darauf ins Auto zu setzen und für den ganzen Tag wegzufahren.

Lili redet weiter auf ihr Käfergerät ein. Es krabbelt, vibriert in ihrer Hand, leuchtet. Dumpfes Gedröhn, rollende R, zerfetzte Silben, besorgniserregendes Keuchen antwortet ihr.

Er begreift nicht, was vor sich geht. Will es auch nicht. Ihn interessiert nur, wie Lili auf das Bild reagieren wird, das er am Morgen als Wandschmuck im allzu kargen Gästezimmer aufgehängt hat. Es ist Frederick Sommers bekanntes Foto von Max Ernst, das den Künstler mit nacktem Oberkörper vor seinem Holzhaus in Sedona, Arizona, zeigt. Auf den Schultern und der Brust des Künstlers sind unscharfe Flecken zu erkennen. Der Maler hat während der Aufnahme eingeatmet – oder hat er geschnaubt? –, Sommer darauf das Foto mit einem weiteren überlagert: eine mit Wasserflecken übersäte Betonwand legt sich über Ernst.

»Ein Steinmensch«, sagt Stieglitz.

Manchmal fühlt es sich an, als winde er sich wie eine Schlange in Philips Körper. Diese verursacht in ihrem Kerker so viel Unruhe wie nur möglich und verspritzt bei jeder Gelegenheit ihr Gift.

»Ein Steinmensch«, sagt Philip.

Lili schnaubt, ohne zu sprechen aufzuhören.

Obwohl er schon lange einen Abzug der Fotografie besitzt – in Genf hängt er üblicherweise in seinem Büro –, verschmolzen Holz und Fleisch und Beton erst an diesem Morgen vor seinen Augen. Und versteinerten.

Laut und ungeduldig sagt er: »Lili, sind Sie da?«

Sie nickt, doch da das über das Intercom nicht zu hören ist, sagt sie: »Ja, Herr Gandolf, natürlich.«

Natürlich, denkt er und lacht, obwohl ihm nicht danach ist, überzeugend triumphierend auf – schliesslich ist er Schauspieler.

»Wie war die Ausbeute des ersten Tages? Mir hat sie, wie soll ich sagen, die Nachtruhe etwas gestört. Haben Sie sich die Bänder schon anhören können?«

Sie hat den Blick bereits wieder gesenkt, hält die Hand vor den Mund und redet weiter auf ihr Handy ein.

»Lili?«

Sie schnaubt so laut, dass ihm vorkommt, sie sitze neben ihm in der Dachkammer. Statt den Anruf zu beenden und sich ihm zu widmen, betrachtet sie ihre Zehen, mit denen sie mit der Bluse spielt. Hebt die Bluse, lässt sie fallen. Hebt sie, lässt sie fallen.

»Sind Sie so weit, Lili?«, sagt er schroff.

Sie nickt, sagt lauter und ohne die Hand vor den Mund zu halten: »Kann ich mich auch wirklich darauf verlassen?« und »Danke, Mutter, schone dich noch ein bisschen«. Dann wirft sie das Handy verärgert auf das Bett, stemmt die Hände tief in die Matratze, atmet tief durch und sagt: »Gleich, Herr Gandolf.«

»Ich hoffe, Ihrer Mutter geht es gut.«

»Meiner Mutter? Ach der. Der geht es immer gut.«

Dann besinnt sie sich. Verwandelt sich in die nur ihm zuhörende, die nächsten Stunden nur ihm gehörende Lili.

»Danke für das Bild. Das macht das Zimmer attraktiver für das Auge. Ich mag es, beim Zuhören etwas zu betrachten. Ernst sieht aus wie in Stein gefroren.«

»Ernst?«, platzt Philip heraus.

»Hatten Sie gedacht, ich würde ihn nicht erkennen? Sie haben ihn in einem Theaterstück gespielt. Ihn und dann Duchamp. Monologe zweier mit einem unsichtbaren Partner schachspielender, geistesverwandter Künstler. Duchamps Tod hat Ernst radikal verändert: Er hörte mit dem Schachspiel für immer auf. Matt gesetzt, vom Tod seines Freundes. In der Pause zwischen den Monologen konnte man Schnellschach mit den Replikas von Duchamps oder Ernsts Schachset spielen. Ihre Vorliebe für das Werk dieses Künstlers ist mir bekannt, Herr Gandolf. Und ich teile sie. So« – sie zeigt auf die Fotografie, schlüpft gleichzeitig mit dem Fuss in einen Arm der Bluse und lässt ihr Bein kreisen – »stelle ich mir Stieglitz vor, wäre er älter geworden. Und so stelle ich mir Erinnerungen vor. Als die Fossilien unseres Gedächtnisses, unsere zu Gedanken versteinerten Handlungen. Was Sie jetzt brauchen, ist ein feiner Meissel, einen leichten Hammer und die Handfertigkeit Ernsts, um das Skelett der Erinnerung freizulegen. Um

Ihre Frage zu beantworten: Ich habe die vergangene Nacht damit verbracht, das erste Tonband immer wieder abzuhören. Erste Bilder für den Film sind in meinem Kopf aufgetaucht. Das wird gut, Sie werden es nicht bereuen. Ich bin erst um vier ins Bett gekommen und habe deshalb verschlafen. Entschuldigen Sie die Verspätung.«

Lili wirbelt die Bluse mit dem Fuss quer durchs Zimmer, geht zum Tisch, um das Tonband einzuschalten, und legt sich auf das Bett. Ihr Top verrutscht nach oben, ihre Brüste verflachen sich.

»Shoot!«, steht darauf.

– dann, in Stieglitz' letztem Jahr, hatte ich auf einmal eine Freundin – die es gab – die natürlich Marita war – was natürlich seine Idee war – er spielte sie mir am Waschplatz in der Tivolischlucht zu, indem er sich von ihr, die zwischen uns sass, zurückzog – Marita machte den Verlust sogleich wett, indem sie sich drängender an mich schmiegte, ihren Zehen, ihrem herausfordernden Blick freien Lauf liess – ich aber ergriff die Gelegenheit nicht, mir war das zu viel, zu plötzlich, immer musste ich auf alles vorbereitet sein – als ich zu lange den Druck nicht erwiderte, lediglich hilflos ins Wasser starrte, löste sie sich von mir und sprang auf, als sich Stieglitz schon erhoben hatte – und folgte ihm, der sich langsam aus der Schlucht entfernte – erst Tage später, als wir zunächst Marita, dann meiner Mutter im Supermarkt begegneten, wagte er einen zweiten Versuch mit mir, liess erst einen Schokoriegel in der Hosentasche verschwinden, der meine Mutter daran erinnern sollte, dass ihrem Sohn der Umgang mit diesem Kerl nicht guttat – gleichzeitig rückte er uns, eine Hand auf Maritas, die andere auf meiner Schulter, näher zusammen und stellte ihr

Marita als meine kleine Freundin vor – wieder spielte sie
mit, liess ihre Hand in meine schlüpfen – meine Mutter
schien erst nicht zu wissen, ob sie darüber entsetzt sein
sollte, dass ich mich mit diesem Tunichtgut herumtrieb
oder ob sie sich freuen sollte, dass ich plötzlich in Begleitung der beliebten Marita, der einzigen Tochter des St.
Galler Kaufhausbesitzers, vor ihr stand – Stieglitz ignorierend, scholt sie mich, ihr Marita vorenthalten zu haben,
und lud sie sogleich zu uns nach Hause ein, warum nicht
gleich zu einem Abendessen, warum nicht gleich am kommenden Samstag? – ich errötete, Stieglitz grinste, Marita
aber, klarmachend, dass sie sich nicht von Stieglitz steuern
liess, wandte mir ihr Gesicht zu, und als sich unsere Lippen kurz berührten, spürte ich, dass auch sie unsicher war
– dass meine noch grössere Unsicherheit ihren Mut näherte – dass Stieglitz' Dirigieren ihr half, sich für mich zu
entscheiden – noch ungeübt drückte sie ihre salzigen Lippen auf meine, flüchtig, doch anhaltend genug, um zu bemerken, dass sie gleichzeitig Stieglitz einen verächtlichen
Seitenblick zuwarf – ihn als Regisseur dieser Szene feuerte
– wobei sie dann doch mit ihm loszog und mich mit meiner Mutter in der Gemüseabteilung des Supermarktes
zwischen den Salatköpfen und Zucchinis, Boskopäpfeln
und Rüben stehen liess – von nun an träumte ich von ihr –
in der Nacht, während ich schlief, behielt sie ihr eigensinniges Wesen, auch wenn es mir gelang, einen aktiveren
Part zu übernehmen – ich schmeckte bald nicht mehr nur
das trockene Salz ihrer Lippen, sondern auch die schleimige Bitterkeit der verborgenen Stellen ihres Körpers –
tagsüber aber war ich mutiger, weil Tagträume gefügiger
sind – hier schrieb ich mir die tragende Rolle zu und
versuchte mir vorzustellen, wie kräftig sich meine Hände
auf ihren kühlen Schultern anfühlen mussten – in meinen
Händen wärmten sie sich dankbar – mein Selbstvertrauen
wurde jetzt von ihrer Unsicherheit angefeuert – meine

Arme wurden Bastionen, in die sie sich schützend zu flüchten vermochte – noch war die Flucht vor Stieglitz, den wir jetzt stehen liessen, nicht ganz vergessen, doch berührten sich unsere Lippen – auch mutiger jetzt, feuchter, fordernder, sobald sich unsere Zungenspitzen fanden – so löste sich unser Freund auf – sie schloss die Augen und seufzte auf – für die kommenden Augenblicke solle es keine andere Welt für uns als die unsere geben – sie streifte die Träger ihres Tops von den Schultern, drückte besitzergreifend mein Gesicht gegen ihre Brüste – meine kühlere Haut wärmte sich an ihrer weicheren, ich presste sie an mich, sie riss an meinen Haaren und stöhnte, als ich ihre harten Brustwarzen gefunden hatte – auf einmal riss sie sich los und starrte mich verwundert an, als erkenne sie mich nicht – kurz verstörte mich der Gedanke, sie habe mich die ganze Zeit schon mit Stieglitz verwechselt – sie aber lachte auf und machte sich an meinem Hemd zu schaffen, streifte es hoch, mir über den Kopf, drückte nun ihr Gesicht gegen meine Brust und knabberte hungrig an meinen Brustwarzen – ich zog sie hoch, zu sehr schmerzte mich ihr lustvoller Biss – sie riss sich los und machte sich ungelenk an meiner Hose zu schaffen – sie küsste mein Gesicht, knabberte an meiner Nase und verbiss sich auch in sie, in meine Ohren, zärtlich und umsichtig jetzt – schon hatten unsere Hände uns von dem befreit, was uns noch trennte – jetzt gab es nur noch das Reiben unserer Leiber, mein forderndes Anschwellen, es gab nur nach das Finden dessen, von dem wir nichts gewusst und alles geahnt hatten – vollends verblüffte ich uns, als ich ihr half, ihre Beine um mich zu schlingen, sie mit einem Ruck zu mir hochhob – Bewunderung flammte in ihren Augen auf, spitz durchdrang mich ihr Überraschungsschrei – sie warf ihren Kopf zurück und liess mich gehen, und als sie sich mir wieder zuwandte, war es, um sich an mir festzuhalten – so fest, dass ich mich nicht mehr bewegen konnte – so versteinerten wir unlösbar, bis mich Marita freigab – und ich atemlos und mit verklebten Händen aus meinem Tagtraum schrak – Marita wäre, so bin ich noch heute überzeugt, wäre Stieglitz nicht wenig später in seinen Tod gestürzt, auch in der Wirklichkeit zu meiner ersten Liebe geworden – erst einmal wurde sie immerhin der Schutzengel meiner Freundschaft mit Stieglitz, die mir meine Mutter nach seinem kalkulierten Diebstahl im Supermarkt vollends verbot – so unerträglich ihr mein schlechter Freund geworden war, so unersetzlich schien ihr Marita sogleich an meiner Seite – bald schon brauchte Stieglitz nicht mehr einzugreifen – sie tauchte ohne unser Wissen bei meinen Eltern auf – auch mein Vater schloss sie sogleich ins Herz – sie forderten mich auf, sie mit nach Hause zu bringen, zum Abendessen, über Nacht, das sei doch kein Problem, wenn ich das wolle – ich hatte nicht geahnt, was für tolerante Eltern ich hatte, eine Toleranz, die ich wohl nur ihrer Abneigung für meinen wichtigsten Freund zu verdanken hatte – ja, warum nicht, auf einen Skiausflug, mehrtägige Wanderungen, die mein Vater so liebte – sie sahen Marita schon begeistert an meiner Seite als Diplomaten- oder Anwaltsgattin, mit zwei Kindern, einem Knaben, meiner Reinkarnation, und einem Mädchen, der Tochter, die sie nie hatten – ich begann, dieses rosige Zukunftsspiel mitzuträumen, ich fühlte mich immer mehr zwischen ihr und ihm hin und hergerissen – wir begannen uns schon, mehr als nur zum Abschied, auf die Wange zu küssen – sie begleitete mich, wie sie es immer häufiger tat, nach Hause, hielt mit ihrem Fahrrad auf dem Gehsteig gleich vor dem Gartentor, gut sichtbar für meinen Vater, der gerade den Rasen mähte – wir hatten uns an dieser Stelle in unserer Inszenierung immer kurz umarmt, für den Fall, dass uns jemand beobachtete, doch jetzt war mein Vater zu nah, er winkte uns zu, rief etwas, das im Lärm des Rasenmähers unterging – sie zog mich zu sich heran, öffnete ihre Lippen leicht, ich drückte meine suchend auf ihre, sie nahm meine Oberlippe zwischen ihre Lippen und liess ihre Zunge meinen Zähnen entlang gleiten, um meine Mundhöhle zu erforschen – in meiner Umarmung wurde sie schwerelos, noch nie hatte ich mich in meinem Körper so aufgehoben gefühlt – es war noch schöner als in meinen Tagträumen – sie löste sich in meinen Armen auf, ja, ich wurde stark, gab ihr Schutz, zusammen hoben wir ab, schwebten, aufwärts, aufwärts, sanft, doch kräftig fuhr ich mit zwei Fingern ihrer Wirbelsäule entlang, die ihr jene Seufzer entlockten, die sie auch in meinen Fantasien ausstiess – die andere Hand legte ich um ihren Rücken, drückte sie, noch immer fliegend, fester und fester an mich – erst als das Geräusch des Rasenmähers abrupt aussetzte, uns aus der plötzlichen Angst, taub geworden zu sein, uns aus unserer immer dichter werdenden Welt riss, kehrten wir auf den Gehsteig vor unserem Haus zurück, wo hinter dem Zaun mein Vater stand und uns verschmitzt zublinzelte – Marita schaute mich mit halbgeöffneten Lippen an, ein Schleier hatte sich über ihre Augen gelegt, löste sich dann aber, als müsse das Band, das sich zwischen uns gebildet hatte, wieder zerrissen werden, mit einem Ruck aus meiner Umarmung und trat kräftig in die Pedale ihres Rades – noch während sie unsere lange, von Bäumen gesäumte Strasse, ein Paradies für Radfahrer, entlang fuhr, spürte ich die Hand meines Vaters auf meiner Schulter – »Die mag ich. Auf die kannst du bauen, Steckel!«, rief er – so nannte er mich, wenn er es besonders gut mit mir meinte – wenn er glaubte, dass es mir besonders gut gehe – vermied es aber, mich in Gegenwart anderer so zu nennen, nicht einmal meine Mutter war Teil unserer kleinen Geheimbundes – das Gewicht der Hand meines Vaters auf der Schulter spürend, schaute ich Marita nach – ich wusste, hätte sie meine Freundin nur gespielt, hätte sie sich noch einmal nach mir umgedreht, mir zugewinkt und als Zugabe für alle sichtbaren und unsichtbaren Zuschauer theatralische Kusshändchen zugeworfen – jetzt aber fuhr sie so schnell der Strasse entlang, als könne sie es nicht erwarten, von mir loszukommen, bog nach wenigen Sekunden von der langen, übersichtlich geraden Strasse ab und war – obwohl sie mich drei Tage später, nachdem Stieglitz zu Tode gestürzt war, noch ein letztes Mal küssen sollte –, was ich damals nicht wissen konnte, für immer aus meinem Leben verschwunden – »Der trag Sorge, Steckel«, sagte mein Vater nachdenklich und legte seinen Arm um meine Schultern, »jetzt lass uns hineingehen und deiner Mutter beim Abendessen helfen.« –

Lili springt auf und schlüpft ins Bad, ohne die Tür zu schliessen. Während er dem Plätschern zuhört, das gedämpft aus dem Raum dringt, stellt er sich vor, wie sich ihr Wasser auf die Reise durch das Röhrensystem des Hauses macht, durch die Kanalisation, abwärts, abwärts, in den Tivolibach, an der Fossilienbank vorbei, wo Marita ihre Füsse gewaschen hat, weiter unter der Stadt durch und zurück in die Erde, dieser leidenden, geschundenen Kugel, die Lilis Wasser vielleicht etwas zu heilen vermag –

In Genf werden heute 40 Grad erwartet.

Nur zwei Mails von Josie, die das Wichtigste weiterleitet und/oder für ihn zusammenfasst.

Das erste kündigt sich mit einer Melodie aus dem Broadway-Musical *Mamma Mia* an, die er für den Rest des Tages nicht mehr aus seinem Kopf bringen wird. Ist nicht Schubert auf diese Weise übergeschnappt? Oder war es Schumann? Beim Öffnen entpuppt es sich als pulsierendes

Herzchen, in das aus heiterem Internethimmel ein Pfeil schiesst. *Leb in meiner Welt*, steht da geheimnisvoll. *Was ist es denn, das ich Dir nicht zu geben vermag?* Sie gibt nie auf, denkt er gerührt. Das andere ist die Anfrage der Berliner Oper, im Herbst den Erzähler für *Peter und der Wolf* zu geben, zusammen mit Josies Absage »aus Termingründen«. Sie hat den Auftrag, alles »aus Termingründen« abzusagen, bis er hier fertig ist.

Er ist versucht, Josie anzurufen, lässt es dann aber bleiben.

Lieber googelt er Marita. *Dr. Marita Haibach – Organisationsentwicklung: Fundrasing : Consulting : Training.* Könnte sie das sein? War ihr Nachnahme Haibach? Hat sie geheiratet? Ihren Namen beibehalten? *Marita Parys, Heilerin und Lehrerin der neuen Energie. Marita Köllner. Et fussich Julche.* Nein, eine Kölner Schützenkönigin ist sie bestimmt nicht geworden. Gab es nicht einmal einen Song *Marita's Kitchen?* Fast: der hiess *Martika's Kitchen.* 1997 geschrieben von Prince, gesungen von Martika. Nicht Marita. Er hat eine Zeitlang alles gekauft, was mit dem Prince-Gütesiegel versehen war. Ob er die CD, deren Cover auf dem Bildschirm erscheint, besessen hat, kann er allerdings nicht mehr sagen. Das Internet ist eine Gedächtnisüberprüfungsmaschine, auch wenn es ihn jetzt nicht weiter bringt. Oder doch?

Marina Barsch hiess sie!

»Marina, nicht Marita«, sagt er. Er muss es hören, um es zu glauben.

Mit Nachnamen »Barsch«. Nicht wie der Fisch: wie das Kaufhaus! Wie der Besitzer der drei Kaufhäuser in der Stadt, der ihr Vater ist. War. Wer weiss, ob er noch lebt. Marina, damals die Pausenhoftrophäe, jetzt die millionenschwere Kaufhauserbin? Es genügt, »Barsch« einzugeben, um zur *Barsch-Group* zu kommen. Kaufhäuser sind das wenigste, was diese weltweit tätige Firma im Programm hat.

Zu einer Marina Barsch allerdings führt das Search-Programm der Website nicht. Im Netz ergibt »Marina+Barsch« innerhalb von 0.24 Sekunden zwanzig Treffer, doch nichts, das ihm weiterhilft. Alles über den Fisch, nichts über seine Gedächtnislücke.

Unter »Bildern« gibt es nur einen Treffer: Eine Entenmutter, die von einem Steg aus ihre Jungen im Wasser beobachtet.

Das Plätschern im Gästezimmer hat aufgehört.

Lili kommt mit entblösstem Oberkörper aus dem Bad. Ihre Brüste sind mittelgross, identisch bis auf den grossen linken Warzenhof, der sich auf der Haut ausbreitet wie ein körniger Teppich. Etwas blitzt dort auf. Es ist eine kleine Figur, die an dem durch ihren Nippel gepiercten Ring baumelt. Ein Vogel, der an Lilis körniger Brust pickt und bei der kleinsten Bewegung so weit weghüpft, wie es die kurze Kette zulässt.

Ist es ein Stieglitz? Wie kann es keiner sein?

Sie nimmt den kleinen Silbervogel in die Hand, zwirbelt den Vogel zwischen den Fingern und lässt ihn fliegen, bis er sich an ihrer Brust schon wieder beruhigt.

»Lili, sind Sie noch da?«, ruft ihr Philip über das Intercom zu.

Erschrocken lässt sie von ihrem Rock ab, dessen Gürtel sie lösen wollte, und bedeckt mit einem Arm ihre Brüste. Sie schaut sich um, ein im Käfig aufgescheuchter Vogel. Sie fühlt sich nicht allein im Zimmer. Doch ist da niemand unter dem Bett, niemand im Schrank oder auf dem kleinen Balkon. Das Gefühl, beobachtet zu werden, lässt nicht nach. Sie streicht den Wänden entlang, kratzt von der ohnehin schon abblätternden Farbe ab – wie dringend dieses Haus renoviert werden müsste! – und nimmt das Max-Ernst-Porträt von der Wand. Sie mustert die Malerei des Schrankes, doch kann sie auch dort kein Kameraauge ausmachen. Auch nichts in der Tür, die sie einen Spalt weit öffnet.

Der Korridor: leer. So ruhig.

Evelina Berlanga ist unten, Philip oben, sonst ist keiner im Haus. Keiner kann sie in diesem kahlen Raum beobachten. Keiner, ausser dem Haus.

Lili erschaudert, reisst das Laken vom Bett, um sich zu bedecken, und schaut sich wieder um. Mehr sieht sie nicht, doch sieht sie es jetzt anders. Jede Ritze in der Wand, jeder Wasserflecken an der Decke kommt ihr verdächtig vor. Sie horcht, bis sich erste Geräusche aus der Stille schälen. Sie starrt die Decke an, bis sie sich in Pigmente auflöst, die auf sie niederregnen.

Sie flüstert: »Stieglitz, bist du das?«

»Ich bin's«, sagt Philip.

»Du?«

»Philip«, sagt er.

»Beobachten Sie mich?«, sagt sie nach einer Weile.

»Natürlich«, sagt er. »Jede Sekunde, die Sie da sind. Durch Wände und Decken und zahllose Gegenstände.« Er lässt sich Zeit, bevor er sie mit einem Lachen erlöst.

»Natürlich«, sagt sie und schnaubt. »Entschuldigen Sie. Ich wollte ein Bad nehmen, bevor wir weitermachen. Ich hätte Ihnen das sagen müssen. Das ist doch okay, Philip?«

»Ein Bad?«, fragt er, als sei das nicht zu glauben. »Natürlich ist das okay.« Das war es also, was er gehört hat. Nicht Lilis Wasser, das die Welt heilen könnte, sondern jenes des Hauses, das bislang noch niemanden geheilt hat, im Gegenteil. »Ich mag es, wenn Sie mich Philip nennen«, fügt er zögernd hinzu.

»Habe ich das?«

»Es wäre mir recht.«

»Okay. Lili dann also.«

»Darauf müssen wir anstossen, Lili. Ich habe noch nie-

mandem das Du über ein Intercomsystem gegeben. Oder auch nur am Telefon. Ich bin da etwas altmodisch.«
»Gern«, sagt Lili.
»Gern was?«, lockt er.
»Gern altmodisch.«
»Klink!«
»Klink?«
»Das Geräusch, wenn man anstösst.«
Er kommt sich kindisch vor. Hat er den Vorsprung, den er ausgebaut hat, schon wieder verloren? »Klink«, sagt sie ernst. Sagt es und lässt das Laken fallen. Sagt es und steht wieder halb nackt da. Steht nur da, ohne zu posieren, für sich. Schön und unbescheiden.

Übermütig wirbelt er im Bürostuhl herum, wirft sich auf die Knie, stösst die Bodenklappe auf und schaut zu, wie sich das an der Unterseite festgemachte Metallgefüge langsam zu einer Treppe ausdehnt. Kopf voran, mit den Händen immer nur eine Stufe auf einmal nehmend, lässt er sich hinabgleiten. So, stellt er sich vor, ist er einst aus dem Leib seiner Mutter geschlüpft. Stieglitz' Kammer nämlich ist nicht das Hirn des Hauses, sondern dessen Gebärmutter.

Tisch und Stühle, Anrichte und bemalter Bauernschrank, das alles hat einst unten im Wohnbereich gestanden. Aber anders als unten stapeln sich im Esszimmer der »Spottwohnung«, wie Stieglitz dieses Stockwerk genannt hat, Koffer, Kisten, Schachteln und Büchsen, liegen hier Kleider und Schuhe, Besteck und Küchenmaschinen herum, die längst jemand in die Brockenstube hätte geben sollen.

»Hätte/sollen«: das Mantra der Familie Berlanga.

Hier steht er nun also, klopft sich den Staub aus den Kleidern und sieht alles doppelt vor sich, konkret, zum Anfassen, von den Ablagerungen so vieler Jahre bedeckt, und so, wie die Möbel früher unten im Esszimmer der

Berlangas gestanden haben. Dem Ölbild, das einen von Grün überwucherten Waldbach zeigt und dem er unten gegenüber sass, wenn er in der Villa ass, steht er nun gegenüber. Überrascht stellt er fest, dass es ihm in der Erinnerung wirklicher vorkommt. Er eilt weiter, durch die Spottwohnung, zieht rasch hinter sich die Tür zu, an der das alte Namensschild *F&D Berlanga* hängt.

Es ist Mittag. Evelina wird unten am Küchentisch sitzen, vor sich das Smartphone und die Liste zu bekehrender Schäfchen, die ihr ihre Kirche schickt und die sie durchzutelefonieren hat. Er staunt, wie effizient sie, die wie Rip van Winkle zwanzig Jahre verschlafen hat, mit diesen elektronischen Dingern umgehen kann. Zehn Versuche pro Tag. Sie lässt es stets sieben Mal klingeln, die heilige Zahl der Schöpfung. Nimmt jemand beim siebten Mal ab, so deutet das auf ein Auserwähltsein hin, vor dem es kein Entrinnen gibt. Ihre Tagesquote: Mit fünf Schäfchen ins Gespräch zu kommen, ihnen die Broschüren zuschicken zu können, per E-Mail nachzuhaken. Letztlich aber ist das Ziel der elektronischen Offensive, die Schäfchen in die Villa Berlanga zu locken. Telefonbekehrungen sind selten. Zur Stimme muss sich mit der Zeit ein Körper gesellen, das weiss niemand besser als Evelina. Dann ist es geschehen: Wer den Fuss in die Villa Berlanga setzt, darf als gewonnen gelten. Oder verloren, denkt er, je nach Weltanschauung.

Rasch steigt er die steile Wendeltreppe in die Bibliothek hinab, durchquert sie mit langen Schritten – diesmal geht von den ungezählten ungelesenen Büchern kein Vorwurf aus – und poltert dann die Holztreppe hinunter. Im gedämpften Licht des kleinen Treppenabsatzes ist die Tür nicht zu erkennen. Wie damals stellt er sich die Rückwand eines Schrankes vor, den er nur aufzudrücken braucht, um das magische Reich auf der anderen Seite wieder zu verlassen.

Er steht im Schlaftrakt. Hier beginnt der übrige – bewohnte – Teil des Hauses. Der Korridor: leer. So ruhig. Die Tür des Gästezimmer ist zu. Er horcht.

Da ist nichts.

So klingt absolute Stille.

Wie ein Tonmeister, der den Raumton aufnehmen will, horcht er in die Stille. Je länger er horcht, umso mehr hört er. Knistern, schaben. Ein Schleifen, ein Flüstern. Er hört das Haus. Es wird lauter und lauter. Es lebt. Er stellt sich wie Stieglitz vor, dass er alles hört, was sich hier ereignete. Dann stellt er sich Stieglitz als Teil des Hauses vor.

Ahnte er, dass er so früh sterben würde?

Hätte er nicht hierher kommen sollen? Hätte er sich nicht Lilis Tonband aussetzen sollen?

Er horcht weiter. Hofft er auf eine Antwort?

Ist die Villa eine Zeitmaschine? Eine Gedächtnismaschine? Ist das dasselbe?

Er hätte damals das Haus anzünden sollen, dann sässe er jetzt nicht in der Falle.

Er steht vor dem Gästezimmer. Ist Lili noch im Bad? Wartet sie, wieder auf dem Bett liegend, darauf, dass er weiterspricht? Ob er weiterspricht?

Das Überraschungselement ist auf seiner Seite, denkt er, weiss aber nicht, wozu das gut sein soll.

Dann reisst er die Tür auf.

»Philip?«, ruft sie erstaunt, als sehe sie ein Gespenst.

Sie sitzt auf dem Bett. Trägt Jeans und ein weisses Shirt. Ihre Haare sind nass.

»Hast du jemand anderen erwartet?«, sagt er verletzt.

»Wir hatten doch ausgemacht, dass du mich während der Aufnahmen nicht störst«, sagt sie und schnaubt.

»Shoot!«, sagt ihr Leibchen.

»Ich dachte, du nimmst ein Bad?«

»Dann will ich noch viel weniger gestört werden!«

»Entschuldige, wie dumm von mir.«

Sie nickt.

»Ich muss mich bewegen. Ich erinnere mich besser, wenn ich mich bewege. Ich stelle mir Erinnerungsmuskeln vor, die ich mit meinen Muskeln aktivieren kann.«

»Sag das dem Tonband, nicht mir.«

Als sie das Mikrofon an seinem Hemd anbringt, spürt er den Druck ihres Fingers durch den Stoff. Er berührt ihre Hand, sie hält seiner Berührung gerade lange genug stand, dass es nicht eindeutig ist, ob es eine Aufforderung zu mehr sein könnte. Sie riecht nach Jasmin. Das Max-Ernst-Foto lehnt an der Wand. Ernst schaut ihn von unten an, wissend, gnadenlos, versteinert. Ernst, der Dandy. Der Frauenheld. Für den immer eine Frau da gewesen ist, die ihm den Weg durch seine nächste Lebensphase gewiesen hat. Hätte Ernst an seiner Statt Lili zur seiner nächsten, ihn vor sich selber rettenden Frau gemacht?

»Du errötest ja! Süss!«

Nachlässig spielt sie mit dem Kragen seines Hemdes.

Es ist angenehm, wieder unerfahren zu sein, denkt er und berührt zitternd ihren Arm.

»Lass dir Zeit, ich kann heute länger bleiben«, sagt sie und schubst ihn sanft in den Korridor.

Bevor sie die Tür schliesst, fügt sie leise hinzu: »Steckel.«

Er geht weiter, frisch, wiederbelebt. Er ist wieder mit Lili verdrahtet. Er weiss jetzt, dass er ihr nicht trauen kann und dass er ihr alles anvertrauen wird. Ihr und dem Haus. Dem er auch nicht trauen kann. Doch nur so wird es gehen. Nur so wird er Stieglitz los.

»Ich mag deine Hände«, hört er Lili über den Lautsprecher in seinem Ohr. Er bleibt vor dem Gästezimmer stehen und horcht. Das Haus knistert und flüstert. Lili atmet in seinem Ohr, etwas schneller als üblich. Auch sie ist erregt. Sie wartet auf ihn, wie er auf sie. »Zwei Wartende begegnen sich nicht«, hört er seinen toten Freund. Er hört Max Ernst lachen, er lacht ihn aus, lacht Stieglitz' Lachen.

»Ich mag dein Haar«, sagt Lili, schon fährt er sich durch sein Haar. Er sieht sich wieder vor seinem Elternhaus, ein Haus, das so anders ist als die Villa Berlanga. Ein bescheidenes Einfamilienhaus im Stil der Sechzigerjahre. Er schaut die lange, baumgesäumte Strasse entlang. Es sind junge Bäume, es ist ein junges Viertel, nur wenige Jahre vor seiner Geburt erschlossen. Die Hand seines Vaters liegt schwer auf seiner Schulter, es ist eine gute Schwere. Marita – Marina! –, die ihn gerade zum ersten und letzten Mal wirklich geküsst hat, biegt von der Strasse weg, ohne sich nach ihm umzudrehen.

Lili weiss, dass er schweigt, weil er dabei ist, sich zu verlieben. Was Lili nicht weiss, ist, dass er dabei ist, sich in eine Erinnerung zu verlieben.

Beschwingt steigt er die Treppe ins Erdgeschoss hinunter, forsch durchquert er die Halle mit den geometrischen und den gastronomischen Kunstwerken. Auf einmal stören sie ihn. Machen ihn spielerisch wütend. Jetzt ist er es, der schnaubt. Schon hat er eines, eine Grau-in-Grau-Komposition, schräg an die Wand gestellt und tritt es lustvoll. Dann hängt er das Bild wieder auf und freut sich darüber, wie dynamisch und lebendig es mit den Fussabdrücken geworden ist. Fehlt nicht noch etwas? Er schaut sich nach einem scharfen Gegenstand um, findet einen Kerzenständer, und *ritschratsch!* hat er weitere Verbesserungen an dem Bild angebracht. Die eigentliche Kunst wird sein, Evelinas Aufmerksamkeit darauf zu lenken. Mit einem bübischen Lächeln auf den Lippen schleicht er sich ans Wohnzimmer heran, doch da ist sie nicht.

Er findet sie in der Küche, vor ihr ein Glas Karottensaft. Mit der einen Hand blättert sie in einem Buch, mit der anderen stemmt sie eine Hantel. An ihren Achselhaaren hängen Schweissperlen. Auf dem Tisch ein Blatt, darauf die täglichen zehn Telefonnummern. Drei davon durchgestrichen, hinter einer ein Ausrufezeichen. Sie liest *Evidence. What More Do You Need To Know Than What You Can See?* Zum wievielten Mal? Sie hat es in einem Souvenirladen im Grand Canyon gekauft. Sie hat es von diesem Lou Walther, einem durchgeknallten Kreationisten, auf einem Kanu-Trip durch den Canyon bekommen. Einem Kanu-Bekehrungstrip. Das Buch, das eine Zeitlang in den Grand-Canyon-Geschenkläden unerwünscht war, hat sich im Internet zum heimlichen Longseller gemausert. Mit einer Vielzahl an eindrücklich schönen Landschaftsbildern will es beweisen, dass der liebe Gott den Grand Canyon geschaffen hat, vor etwa sechstausend Jahren, frühmorgens am zweiten Tag der Schöpfung, einem Dienstag.

Er bleibt im Türrahmen stehen. Ein Satz kommt scheinbar aus dem Nichts.

War das eine Gaudi im Hätterenwald!

Er hört sich überall im Haus, nur Evelina hört ihn nicht. Zumindest gibt sie nicht zu erkennen, dass sie ihn hört. Ihr rechter Arm wippt mit der Hantel in die Höhe, bleibt sechs Sekunden lang oben, fährt langsam wieder hinunter, sechs Sekunden, wieder hoch, ihre Arme werden immer kräftiger.

Dann kommt ihm in den Sinn, dass sie sich deshalb nicht nach ihm umdreht, weil sie ihn in der Dachkammer weiss, nicht hinter ihr, mit dem Rücken zur Halle.

»Ich mag deine Augen, Philip«, flüstert Lili in seinem Ohr.

Er weiss, dass Evelina ihn ignoriert. Sie weiss, dass er da ist, doch sie gibt es nicht zu erkennen. Sie hat diese Haltung als Waffe gegen ihn entwickelt: Sie will nicht, dass er weiss, was sie weiss und was nicht. Es funktioniert, wie ihre Gebete. Es verstört ihn. Seine Waffe sind die Worte: So oder so, sie wird seinen Worten nicht entgehen. Wie früher der Wein sickern sie in ihr Unterbewusstsein.

Er räuspert sich.

Man muss schon von allen Wegen abkommen …
Sie seufzt auf, drückt dann eine Taste ihre Telefons. »Sedona? Hast du einen Augenblick? Philip ist wieder auf Sendung.«

– war das eine Gaudi im Hätterenwald! – man muss schon von allen Wegen abkommen, um den Hochsitz, wo sich der Jäger am ehesten zeigt, gut ins Visier zu bekommen – man muss in aller Herrgottsfrühe aufstehen und Geduld haben – er erscheint mit dem ersten Tageslicht – wir liegen schussbereit im Gebüsch, als einer erscheint – er schaut sich um, ob ihm ein anderer Jäger zuvorgekommen ist, sein geschultertes Gewehr ragt aus ihm heraus wie ein Horn – so hat er die Hände für die Sprossen frei – einsilbige Schimpfwörter ausstossend, zieht sich der meist etwas beleibte Jäger recht behend Sprosse für Sprosse zur Hochsitzplattform hoch – bevor er sich dort mit einer Geduld, die er weder seinem Weibchen noch seinem Nachwuchs entgegenbringt, auf die Lauer legt, öffnet er ein flaches Fläschchen aus Metall und nimmt einen kräftigen Schluck – das ist der Augenblick, in dem man den Jäger am Leichtesten erwischt – Stieglitz drückte den Abzug der Winchester, die er seinem Vater entwendet hatte und die ich nicht einmal berühren durfte, und donnerte seine Ladung dem Jäger entgegen – erfolgreich, da es sogleich vor Schmerz und Überraschung und Wut vom Hochsitz röhrte! – der Getroffene mag einen Augenblick lang geglaubt haben, seine Beute habe ihn angegriffen – *Peng!* schiesst der hinterhältige Hase aus einem Busch, *Paff!* erlegt ihn feige das Reh von hinten! Jäger sind einfach gestrickte Wesen, teilen die Welt in lebend-oder-tot ein –

was der Jäger nicht kennt, auf das schiesst er, doch unser Jäger begriff rasch, dass nicht der Fuchsbestand auf ihn geschossen hatte, sondern zwei Halbstarke, deren Kichern ihr Versteck verriet – er schwang sich auf die Hochsitzleiter – jetzt sahen wir, wie stark er blutete: aus dem Oberschenkel, was ein gutes Zeichen war, denn wir wollten nur eine Lektion erteilen – in den Filmen, die wir uns ansahen, sprach starkes Bluten stets für eine Fleischwunde, welche die hübsche Freundin verbindet, die sich auf diese Weise als erfahrene Krankenschwester zu erkennen gibt – und es floss, das Blut: aus der Hose, über die Schuhe und die Hochsitzleiter auf die Wiese vor dem Hätterenwald! – seine Blutspur ging dem Jäger voran, nicht umgekehrt der Jäger seiner Blutspur – wir lachten, Stieglitz und ich – doch als wir merkten, dass ihn sein angeschossener Gang dennoch rasch in unsere Richtung brachte, verging es uns – zwar humpelte er mit seinem verletzten Oberschenkel, doch humpelte er rasch, sprinthumpelte geradezu – wir in die Wiese – da sahen wir, dass zwischen uns und unserem Jäger an einem Baum ein Moped lehnte – »Wir trennen uns!«, schrie Stieglitz, der Verräter, und zog sich in den vor einem Moped sichereren Hätterenwald zurück – ich stand exponiert – mir blieb nur weiter in die Wiese – der Jäger, schon auf seinem Moped, wählte mich und riss es mit einem jähen Röhren in meine Richtung – keine fünfzig Meter trennten uns, die Wiese verlief ebenerdig, der übliche filigrane Baum einsam am Horizont – plötzlich hielt er an – ich ebenso – er legte auf mich an – ich, eine beweglose Silhouette vor dem Morgenhimmel – der Schuss aber kam nicht – was ging in dem Tot-oder-lebendig-Hirn des Jägers vor? – da sah ich Stieglitz hinter ihm, er stand jetzt wieder auf dem Pfad – so gründlich hatte er mich verraten, dass er sehen wollte, wie ich vom Jäger erlegt würde – ich sah mich schon kopfüber von den Jägerschultern baumeln, sah mich im Kofferraum seines Autos, obwohl er mit dem Moped unterwegs war, sah mich ausgewaidet in Plastikbeutel abgefüllt im Tiefkühler, sah mich als Weihnachtsbraten zubereitet – war es schon bald wieder Weihnachten? – ich schloss die Augen, wie immer griff Stieglitz ein – schrie – sodass der Jäger herumwirbelte, von mir abliess, und in den Hätterenwald schoss – schoss und fiel – lag röhrend da, zuckend, waidwund wie ein gefälltes Reh – doch auch des Jägers Beute lag – Stieglitz war gefallen – in den Tod? – in der Filmsprache, die ich später an seiner Statt büffelte, nennt man das Foreshadowing, etwas Kleines wirft seinen Schatten voraus auf etwas vergleichbar Grösseres: früher kleiner Tod zeigt den späteren grossen Tod an, das gibt dem Film Struktur, dem aufmerksamen Zuschauer etwas zum Erraten – intelligentere Zuschauer können sich über den dümmsten Film begeistern, wenn sie auf diese Weise recht bekommen, dümmere Zuschauer begeistert in der Regel schon die Tatsache, dass gestorben wird – mich aber hatte auf der Hätterenwaldwiese der Mut gepackt – war das eine Freundschaft! – Stieglitz und ich! – also doch: er hatte mein Leben gerettet! – von nun an schuldete ich ihm alles! – ich schritt auf den liegenden Jäger zu, der jetzt sein Gewehr nicht mehr hielt, sondern sich an ihm festklammerte, schritt an ihm vorbei, sprang auf den Pfad, wo mich Stieglitz grinsend und heilgesund erwartete – ab in den Wald mit ihm – durchs wilde Hätterenwaldistan! – vom Jäger hörten wir nie wieder etwas, es muss ein Wilderer gewesen sein – oder aber ein Jäger darf nicht zugeben, angeschossen worden zu sein – schon gar nicht von Halbstarken, die er erst für Wild gehalten hat – wir begannen in der Stadt die Legende von den zurückschiessenden Tieren zu verbreiten – flüsternd erzählten wir die selbstverfasste *Ballade vom Füsilier Has* nach dem Reimmuster von Schillers *Glocke*, die wir in der Schule auswendig zu lernen hatten, die *Ballade vom HD Bambi* nach dem des *Erlkönigs* und die *Ballade vom ballernden Bi-*

ber in schnitzelbänkelnden Freiversen – wer uns nicht glaubte, den schickten wir zum Hochsitz im Hätterenwald, wo das üppig vergossene Jägerblut unser klebriger Zeuge war – bald darauf kam es zur Hasenschwemme, zur Rehplage, die Füchse zogen durch die Stadt, es wurde von schafereissenden Wölfen, von honigstehlenden Bären berichtet –

»Ich freue mich, dass du so gut gelaunt bist!«, ruft Lili, als ihr klar geworden ist, dass er nicht mehr weiter spricht. »Wer hätte das gedacht! Wenn wir dem Film einen Schuss Humor injizieren, kann das auch nicht schaden.«

Findet er auch, doch hätte er sich eine weniger klinische Formulierung gewünscht. Er geht zurück in die Halle, wo er mit dem diffusen Licht verschmelzen kann, das durch die Fenster eindringt. Ein Gespenst sein, eine Fliege an der Wand, die zuhört, ohne bemerkt zu werden, das wär's. Er versucht sich dünner, kleiner zu machen, sich im Licht aufzulösen.

Evelina sitzt unverändert am Küchentisch, wenige Meter von ihm entfernt. Sie blättert abwesend in ihrem Buch, das sie längst auswendig wissen muss, und redet auf die arme Sedona ein. Ob sie es bereut, ihrer doppelt so alten Nachbarin aus dem Stupor geholfen zu haben?

»Sollten wir das nicht feiern, Philip?«, ruft Lili.

Es dröhnt in ihm, um ihn. Kann er sich auch in Geräuschen unsichtbar machen, im Lärm verschwinden lassen? Fast meint er, das Kindergeschrei hebe wieder an, doch da ist nichts.

Evelina dreht sich um, sie funkelt ihn aus dem Licht der Küche an, kann ihn aber im Gegenlicht der Sonne nicht sehen.

»Ich ruf dich zurück, Sedona«, sagt sie, drückt eine Taste ihres Smartphones und legt es auf den Küchentisch.

Erst jetzt merkt Philip, dass er Lili auch über die Lautsprecher hören kann und dass es das ist, was Evelina aufgeschreckt hat. Damit verstösst Lili gegen die Regeln, zumal sie die Lautsprecher von ihrem Zimmer aus gar nicht bedienen kann. Heisst: Sie sitzt oben in der Kammer –
Lockt ihn, fordert ihn heraus –
Hastig rennt er die Treppe nach oben –
»Philip, du?«, hört er Evelina. »Bist du das?« Sie klingt besorgt. Ist es ihr im eigenen Haus nicht mehr geheuer? War es ihr das jemals?

Philip hetzt am Gästezimmer vorbei in den Dachstock, durch die Bibliothek, die Spottwohnung –
Tatsächlich, die Ausziehtreppe zur Dachkammer ist heruntergezogen. Es lässt sich nicht vermeiden, dass er beim Klettern in die Kammer, dem Hochsitz des Hauses, an eingetrocknetes Blut denkt, nicht an jenes des Jägers, den sie angeschossen haben, sondern an seines.

»Lili«, flüstert er ins Haus, und es schallt ihm aus allen Zimmern als Echo zurück.

In der Kammer aber ist sie nicht. War sie hier? Jasminduft umhüllt ihn. Wandert sie durchs Haus, von ihm weg, auf ihn zu, nachdem sie sich ihr eigenes Mikrofon angeheftet hat?

Für einen Augenblick glaubt er, Josie zu hören. Ja, er hört sie deutlich. Kann sie ihn nicht in Ruhe lassen, nicht einmal hier, wenn er seinen Geschäften nachgeht? Er greift nach dem Handy in seiner Handtasche. Es ist ausgeschaltet. Dann dröhnt das Kindergeschrei doch durch ihn. Die Quelle ist ihm allerdings klar: Er hat an Josie gedacht, und wenn er an Josie denkt, versagen seine Schutzmechanismen, lassen, wie eine unzuverlässige Firewall, die Viren durch. Instinktiv kratzt er sich. Versichert sich, dass es hier keine Kinder gibt. Dass es hier keine geben darf. Nicht hier! Und schon verstummen sie wieder.

Dann, kopfschüttelnd weitergehend, kommt es ihm in den Sinn: Das ausrangierte Sofa im Wohnzimmer der Spottwohnung! Beim Herkommen nahm er dort eine Silhouette war. Nach wenigen Schritten steht er davor. Abgewetzte Sessel, durchgesessene Sofas, Lampenschirme aus den Fünfzigern, die wieder in Mode sind (und die Josie so gern mag, dass sie ihm schon drei davon in sein Genfer Wohnzimmer gestellt hat), fünf Fernseher, die Geschichte der Fernsehtechnologie dokumentierend. Stapelweise TV-Programme, ein Ethnologenfressen. Er stellt sich vor, ein Ausserirdischer zu sein, der sich das alles verwundert und belustigt und letztlich verständnislos ansieht. Versteinerter Mäusekot. Prähistorische Spinnweben. Öffnet man den Wandschrank, flattern einem aus dem Wirrwarr an Gläsern und Spirituosenflaschen Fledermäuse entgegen. Vielleicht. Er ist kein Ausserirdischer mehr. Er ist einer jener, den der Ausserirdische beobachten würde. Ein Menschling. Eine Fliege an der Wand. Nein, eine Fliege will er nicht sein, denn dann könnte er dem gespenstischen Ausserirdischen nicht sagen:»Ich verstehe mich selber nicht.« Würde ihn der ausserirdische Gast verstehen? Rein sprachlich. Er muss lachen. Er sorgt sich um die Sprache, in welcher er verständlich machen will, dass er sich selber nicht mehr versteht!»Hab ich das jemals?«, hört er sich über Lautsprecher sagen. Das Haus, das weise Haus sagt: »Längst bin ich mir selber ein Rätsel geworden.« Das hat auch Stieglitz gesagt. Das hat auch Robert Walser gesagt. Der muss es gewusst haben. Philip räuspert sich. Die Villa räuspert sich. Robert Walser (schlafwandelnd würde er dessen Werke in Ferdinands Riesenbibliothek finden) räuspert sich. Nur Stieglitz hält sich heraus. Durch eine Lichtsäule steigt gemütlich Staub hoch. Gleich werde ich ins All gesogen, denkt er und denkt an Mathis Winter, dessen Mutter immer noch träumt, er fliege durchs Universum auf sie zu, obwohl er bestimmt längst von tollwütigen Känguruhs erschlagen oder, wahrscheinlicher, irgendwo in den Schweizer Bergen spurlos verunglückt ist.

Dann sagt er, was auch das Haus gleich sagt: »Du bist wirklich ein Rätsel. Ich bin doch leicht zu finden! Folge dem Duft!«

Dann sagt er: »Natürlich!«

Und lacht: Rätsel gelöst!

Lilis Duft hat ihn angelockt wie Blut Mücken. Wäre er eine Mücke, wie leicht wäre Lili zu finden! Aufsetzen, zustechen, absaugen. Er beisst sich auf die Unterlippe, verlässt das Wohnzimmer und schnuppert sich durch den Korridor. Er bildet sich ein, Lilis Jasminduft zu folgen. Ist es überhaupt Jasmin? Er ist nicht gut darin, Düfte zu erkennen. Oder Geschmäcker. Schweinefleisch zum Beispiel kann er mit dem Auge, nicht aber mit dem Gaumen von Rindfleisch unterscheiden. Mit Melodien geht es ihm vergleichbar. Er weiss, dass er sie kennt, doch kann er sie nicht benennen. Selbst Lieblingsmelodien überraschen ihn jedesmal von neuem. Er lauscht und lauscht, es kribbelt in seinem Ohr, es juckt in seinem Gedächtnis. Ach, natürlich *Autumn Leaves!* Im Grunde geniesst er das, der Genuss ist jedesmal neu. Neu und vertraut. Er stellt sich vor, Lilis Haut zu schnuppern, dann zu lecken. Mit der Zunge spürt er den Jasmingeruch, spielt mit ihm, bis nichts mehr von ihm übrig ist und er die wahre Lili riecht. Wie riecht die wahre Lili? Er kann sich nicht erinnern. Er versucht, sich Marinas Geruch ins Gedächtnis zu rufen, aber da ist auch nichts. Wie soll er sich an Gerüche erinnern, wenn er sie nicht erkennen kann? Wüsste er noch, wie Marina gerochen hat, wäre alles gut. Ihm kommt der Schrankfuss des Esszimmers in den Sinn. Hat er dort nachgeschaut? Hat sich damals nicht alles um den Schrankfuss im Esszimmer der Spottwohnung gedreht? Er wirbelt herum, rennt zurück – die Schranktür steht offen! Staub steigt hoch, ihm in die Nase, die Augen, er niest. Kann es sein, dass der

Schrank seit einem Vierteljahrhundert offen steht? Nach wie vor ist er bis oben mit Gerümpel vollgestopft. Der Schrankfuss aber ist leer, so leer, wie er es damals war, als warte er nur darauf, dass sich Evelina wieder darin versteckt. Kann es sein, dass er es war, der den Schrank zum letzten Mal geöffnet hat, damals, als er vor seinem Abhauen nach Stieglitz' Tod die Villa noch einmal systematisch abgeschritten hat? Damals, als er es nicht in die Dachkammer geschafft hat, weil er sich die Hoffnung nicht nehmen lassen wollte, Stieglitz lebe dort weiter. Oder war es eine Befürchtung? Evelina jedenfalls hat die Schranktür bestimmt nicht berührt. Obwohl: Schlank und elastisch wie sie wieder ist, hätte sie im Schrankfuss wieder Platz. Hat sie deshalb so viel zugenommen: Damit sie im Schrankfuss keinen Platz mehr hat? Damit sie den grausamen Spielchen ihres Bruders endgültig entkommt. Weshalb hat sie jetzt dafür gesorgt, dass sie wieder darin Platz hätte, rein spekulativ?

»Komm schon, spiel mit mir!«, hört er.

Und über Lautsprecher hört er: »Hier bin ich, Steckel!«

»Du musst jeder Täuschung nachgehen«, sagt Stieglitz.

Er klingt zufrieden. Er kann es sein: Hat er diese Szene nicht schon damals arrangiert, wenn vielleicht auch nicht vorausgesehen? Indem er das Intercom installiert hat. Indem er zu Tode gestürzt ist und das Feld ihm, Philip Gandolf, überlassen hat?

»Stiklit, stiklit!«, macht Lili. »Such mich!«

Auch sie klingt zufrieden. Fröhlich, für einmal unsachlich, unbeschwert, jünger, als sie sich gibt, jung wie sie eben ist.

Denkt Philip.

»Ich krieg dich, Lili! Warts nur ab! Ich kenne dieses Haus besser als meinen Körper!«

»Nicht als meinen!«, lacht sie, hämisch lacht das Haus mit.

Jetzt ist auch er jünger geworden, leichtfüssig, spielerisch dreht er sich im Kreis, ein Versteck nach dem anderen schiebt sich in den Vordergrund seines Gedächtnisses. Die hohle Wand, in die sich eine schlanke Person (wie Lili) schieben kann. Die Nische hinter dem Spottkühlschrank. Die Vorhänge, hinter denen er Stieglitz oft übersehen hat, weil sie als Versteck zu offensichtlich sind. In der Spottwohnung ist sie nicht, er nimmt sich die Bibliothek vor. So hat er es immer gemacht, wenn er ihn gesucht hat. Von oben nach unten. Systematisch. Das Abgesuchte abgesichert, indem er alle Türen schloss und mit einem Haar versiegelte. Dann kehrte er zurück. War eins verschwunden, wusste er, dass sich Stieglitz in Sicherheit wiegte und das Versteck gewechselt hatte. Das war eine zweite Chance. So hat er ihn meist bald gefunden. Stieglitz ist ihm nicht auf die Schliche gekommen. Mit Lili wird es noch einfacher sein. Zumal sie noch dringender als Stieglitz gefunden werden will.

Er hat recht. Und doch täuscht er sich.

In der Bibliothek findet er einen Pumps, von dem er glaubt, es sei Lilis. Erst als er den Schuh in der Hand hält, sieht er, wie abgetragen er ist. Ein Spottschuh. Ihm kommt in den Sinn, dass Lili Sandalen trägt. Zur Zeit ohnehin barfuss unterwegs ist. Er denkt an die Wasserabdrücke, die sie hinterlässt, vor seinen Augen trocknen sie. Dann steht er wieder vor dem Gästezimmer. Die Tür ist zu. Er will die Tür aufreissen, doch sie ist verschlossen. Er erschrickt. Diesmal ist das Überraschungselement auf ihrer Seite.

»Lili!«, ruft er.

»Lili! Lauf mit mir davon!«

Dann erschrickt er gleich noch einmal.

»Enttäuscht, Steckel?«

Evelina steht vor ihm.

Hält in der Hand ein Glas Karottensaft.

Ja, sie könnte sich wieder in den Schrankfuss falten. Sie ist nur wenige Zentimeter grösser, als sie es mit dreizehn war. Sie ist eine kleine Frau geblieben. Kleine Frauen haben Egoprobleme. Sie müssen dein Leben bestimmen, damit es ebenso klein wird wie ihres.

Die kleine Frau lacht ihn aus: »Du willst weglaufen?« Sie ruft es so laut, dass sie keine Lautsprecher braucht, um im ganzen Haus gehört zu werden.

»Nicht mit dir«, sagt Philip. »Was tust du hier?«

»Ich wohne hier. Auch wenn dir das nicht immer bewusst zu sein scheint. So, wie du das Haus besetzt.«

»Nicht anders als dein Bruder.«

Sie nickt. »Nicht anders als mein Bruder. Ich liebe es, dir zuzuhören.«

»Du hörst mir doch überhaupt nicht zu!«

»So wie ich es liebte, meinen Bruder zuzuhören, wenn er sich über das Intercom meldete. Was für Streiche er uns gespielt hat!«

»Du hast mitgespielt. Du hast ihm deine eigenen Streiche gespielt. Deine Spielchen ...«

Philip klopft an die Gästezimmertür.

»Du wirst nie wie mein Bruder sein, Philip, egal, wie sehr du dich anstrengst.«

Im Gästezimmer regt sich nichts.

»Ich muss zu Lili.«

»Ich hindere dich nicht daran.«

Evelina nimmt einen Schluck Karottensaft. An ihrer Oberlippe bildet sich ein orangenes Halbrund.

»Geschäftliches besprechen.«

Er klopft wieder.

»Du brauchst dich nicht zu rechtfertigen. Es ist mir egal, was du tu tust. Du kannst es unter meinem Dach tun. Auch das ist mir egal.« Sie dreht sich weg, doch nur, um sich ihm wieder zuzuwenden. »Ich hatte einen interessanten Schwatz mit ihr.«

»Mit Lili? Wann?«
»Heute morgen.«
»Deshalb liess sie mich warten?«
»Sie lief mir sozusagen über den Weg. In meinem Haus! Ich war mit einer Tasse Kaffee unterwegs ins Wohnzimmer. Ich bat sie, sich dazuzusetzen. Du hast sie mir nicht einmal vorgestellt. Ich glaube, sie hat das zu schätzen gewusst. Gerade gastfreundlich bist du ja nicht. Das macht das Haus. Gäste waren hier nie willkommen. Mein Vater war so, und mein Bruder war es auch. Nur mit dir hat er eine Ausnahme gemacht. Nur deshalb mache ich mit dir auch eine Ausnahme.«
»Du verpasst keine Gelegenheit, mich daran zu erinnern.«
»Die arme Lili muss sich selbst hereinlassen, in ihr Zimmer gehen – das übrigens ganz schön nüchtern ist für ein Gästezimmer, daran hat auch dein blödes Foto nichts geändert –, und dann warten, bis der Herr Künstler bereit ist, sich an seine Jugend mit meinem Bruder zu erinnern. Vielleicht sollte ich mich ja mal erinnern.«
»Und? Hast du Lili bekehrt?«
»Sie trägt Gott bereits im Herzen, im Gegensatz zu dir. Vielleicht haben wir deshalb nicht über Gott gesprochen.«
»Sondern?«
»Über den Teufel.«
»Ist das nicht dasselbe?«
»Über dich, mein Lieber.«
Er schaut sie verwundert an.
»Überrascht dich das? Sie dreht einen Film über dich. Über deine Kondition, wie sie deine Gabe nennt. Sie recherchiert. Zu meiner angenehmen Überraschung kam ich nicht nur in deinem Leben damals, sondern jetzt auch in deinen Erinnerungen vor. Auch wenn es natürlich verstörend ist, auf diese Weise den Tod meines Bruders erneut zu

durchleben. Wirklich faszinierend, wie du das alles siehst. So vieles wusste ich nicht. So vieles sehe ich anders. Wie könnte ich nicht? Es gibt keine deckungsgleichen Erinnerungen. Es bringt mich dazu, selber darüber nachzudenken. Zum Beispiel ist mir klar geworden, dass ich eifersüchtig auf dich war.«

»War?«

»Ich glaube, ich war in dich verliebt. Verknallt ist wohl das bessere Wort. Ich war dreizehn, du der beste Freund meines Bruders. Ich war eifersüchtig auf Marita. So hiess sie doch?«

»Marina«, sagt er unsicher.

»Erst war ich auf meinen Bruder eifersüchtig, dann auf sie. Ihr wart dauernd zusammen, erst zu zweit, dann zu dritt.«

»Bist du immer noch verliebt in mich?«

»Ich war es, bis wir miteinander geschlafen haben.«

»Das hat mich selber am meisten überrascht«, sagt er bösartig.

»Da habe ich realisiert, dass ich mein Leben lang in dich verliebt war. Aber als wir miteinander geschlafen haben, ging es vorbei, jedesmal ein bisschen mehr. Es war wunderbar mit dir, mein Lieber. Eine Wunderheilung! Du bist mein Unterleibs-Lourdes. Ich hoffe, du hast das auch so erlebt.«

»Zu viel der Ehre. Machst du dich mit solchen Bemerkungen nicht sündig?«

»Nur Lourdes gegenüber. Wir sind nicht so scharf auf Lourdes. Wir sind Fundamentalisten. Wir glauben an das Fundament. Die Bibel. Wörtlich. Und die hat für Lourdes kein Wort übrig. Aber ich bin natürlich gerührt, dass du dir um mich Sorgen machst.«

»Hörst du noch immer Stimmen?«

»Nur deine über Lautsprecher. Wie könnte ich der entgehen? Wie könnte eine andere Stimme da mithalten? Als

Liebhaber warst du übrigens gespenstisch stumm. Hast du an mir so gelitten? Du warst stumm wie ein Hund, der sich an einen permanenten Schmerz gewöhnt hat. Nur am Ende hast du leise gewinselt. Einmal gar Stiklit-stiklit gerufen. Das war fast schon ein Kompliment, muss ich annehmen. Dass du in mir meinen Bruder sahst. Bald aber fand ich es nur noch komisch.«
»Eine Offenbarung nach der anderen. Du kannst mich nicht beleidigen, Evelina.« Er rüttelt an der Tür. »Weisst du, ob Lili das Haus verlassen hat?«
Sie zuckt die Achseln.
»Wie lange ging denn eurer Kaffeetratsch? Da wäre ich ja gern eine Fliege an der Wand gewesen«, fügt er spöttisch hinzu.
»Höchstens ein Halbstündchen. Wir haben aber beide Lust auf mehr. Lili ist ein gutes Mädchen. Sie hat etwas von Sedona. Könnte ihre ältere Schwester sein. Beide so jung und so klug. So verantwortungsvoll. So hübsch. Letzteres wird dir nicht entgangen sein. Ich muss die beiden unbedingt zusammenbringen.«
»Ich werde es nicht verhindern können.«
Evelina schüttelt den Kopf. Dann sagt sie sanft: »Erst habe ich dich geliebt, Philip. Dann habe ich dich nicht mehr geliebt. Jetzt ist auch dieses Gefühl etwas anderem gewichen. Was folgt auf Nichtliebe? Ich weiss es noch nicht, aber ich werde es bald erfahren. Hass wird es nicht sein. Ich werde dich nie hassen, Philip. Egal, was alles geschehen ist. Und vielleicht noch geschieht. Erzähl nur weiter, mein Lieber. Ich bin ja so gespannt, wie es weitergeht.« Sie streckt ihm ihr Glas hin. »Nimm einen Schluck Karottensaft. Es öffnet die Erinnerungsporen.«
Noch vor wenigen Monaten hat es in ihrem Kühlschrank nur Weisswein gehabt. Jetzt nur noch die gesunden Säfte.
»Du brauchst Hilfe, Evelina«, sagt er schliesslich. »Geh

zum Psychiater. Oder nimm wieder die Flasche. Betrunken warst du mir lieber.«

»Es tut mir leid, dich zu enttäuschen, Steckel«, sagt Evelina und steigt die Treppe hinab. »Ich mag deine Hände auch. Mochte sie schon immer. Damals schon, als du sie mir nach dem Tod meines Bruders auf das Knie gelegt hast, weisst du noch? Als du uns am Tag nach dem Unfall hier besucht hast. Ich mochte sie, als wir schliesslich doch miteinander schliefen. Als wir uns nach so langer Zeit hatten. Für diese kurze Zeit für immer, Philip. Habe ich mich für dich aufbewahrt? Wenn ich das nur wüsste! Ich weiss ja selber so wenig von mir. Mir fehlt sozusagen ein Vierteljahrhundert. Aber bilde dir nicht zu viel ein: Du warst eben da. Jetzt ist mir, als habe ich mit dem Teufel geschlafen. Aber das war ja meine Erweckung. Da muss man sich doch erst versündigen! Die beste Heilige muss erst mal eine anständige Sünderin gewesen sein. Stell dir vor, ich wäre schwanger geworden! Hätte dir ein Stieglitzchen geboren. Ich hätte das Teufelchen mit meinen eigenen Händen erwürgen müssen. Aber das ist nicht fair, Philip. Ich kann eine Hexe sein. Das sagt man mir sogar in der Kirche. Eine verdammt effiziente Hexe. Ich rekrutiere die meisten Schäfchen mit meiner Überzeugungsgabe ... Nur dich muss ich noch überzeugen. Die schwierigsten Fälle sind die, die nicht wissen, dass sie einer sind. Könntest ja am Ende der Antichrist sein. Der weiss ja auch nicht, dass er es ist, weil er sich für den Messias hält. Du siehst, ich bin deinetwegen zur Hexe geworden. Um mit dir mithalten zu können. Jedesmal, wenn wir miteinander geschlafen haben, war ich eine. Dafür bin ich dir dankbar. Jetzt büsse ich dafür. Und du wirst es auch. Sei gewiss, Philip Gandolf, du wirst es auch.«

In der Halle unten angekommen, bleibt sie stehen, dreht sich theatralisch zu ihm um.

»Ach, Philip. Deine Hände waren immer so gut zu mir.

Sanft und hart. Sei vorsichtig mit ihnen. Verletze Lili nicht. Du verdienst sie nicht. Und lass die Finger von Sedona. Ich werde dich eigenhändig kreuzigen, wenn du sie auch nur anrührst.«

Philip liegt wach und blättert in einem Bildband über die fehlenden Glieder der Evolutionskette, den er sich kürzlich gekauft hat. Als in Nordpolnähe die erste Versteinerung eines vierbeinigen Fisches, des letzten fehlenden Bindeglieds zwischen Wasser und Landwesen, entdeckt wurde, ist sein Interesse für Fossilien neu erwacht. Zuhause wird er sich auf die Suche nach der Schachtel Versteinerungen machen, die irgendwo in der Wohnung lagert. Dann liest er, ohne sich konzentrieren zu können, in einem Roman, den er der Bibliothek entnommen hat.

Schliesslich, nachdem er sich damit abgefunden hat, dass er nicht wird einschlafen können, vertieft er sich in den *Würgeengel*. Die schlaflosen Nachtstunden sind dafür am besten geeignet. Er staunt selber, wie lange er sich schon mit diesem Stoff auseinandersetzt, ohne auch nur einen Satz seiner Rolle laut ausgesprochen zu haben. Bevor die definitive Theaterfassung vorliegt, an der der Regisseur noch feilt – oder zu feilen vorgibt, vermutlich liegt er an einem Strand auf der faulen Haut –, begnügt er sich mit Buñuels Lesefassung des Films.

MAJORDOMO: Hey, wo gehst du hin?

LUCAS *verlegen* Ahm, bin gleich wieder da. Ich geh spazieren.

MAJORDOMO *die Augenbrauen hebend* Wir erwarten zwanzig Gäste zum Abendessen. Nur dir kann in den Sinn kommen, zu einen solchen Zeitpunkt spazieren zu gehen.

LUCAS *verwirrt* Daran hab ich nicht gedacht. Aber

vielleicht hast du ja recht. Ich schwörs, ich bin gleich wieder da.
Womit klar ist, dass Lucas nicht zurückkehrt. Dass überhaupt etwas faul an der Geschichte ist. Ein Bediensteter nach dem anderen verlässt die Villa, und als später die Gäste nach dem Essen gehen wollen, stellen sie fest, dass das aus unerklärlichen – und im Film unerklärten – Gründen nicht geht. Es gibt eine unsichtbare Linie, die sie nicht überschreiten können.

Philip wird Nobile, den Gastgeber, spielen. Er wird seine Rolle über das Intercom sprechen, das Haus wird sein erstes Publikum sein.

Noch aber ist es nicht so weit; um sich eine Rolle anzueignen, muss er erst alles über die anderen Charaktere wissen, bis er seinen umzingelt hat. Die Methode »Philip Gandolf« besteht darin, die Figur, die er spielt, einzukreisen, deren Umfeld so genau zu kennen, bis sie sich von selber ergibt.

Dann schläft er endlich doch ein, bei Licht und mit dem aufgeschlagenen Buch auf der Brust. Er träumt, der ekelhafte Kerl, mit dem er nach Stieglitz' Tod im selben Spitalzimmer lag, setze sich auf seine Brust, wippe, die Arme ausgestreckt, hin und her und furze ihm, Stieglitz' Vogellachen ausstossend, ins Herz.

Philip schreckt hoch, ringt um Atem. Es ist drei Uhr früh. Verflucht seien die Ärzte! Die Pillen, die ihm die Träume nehmen sollen, bringen sie hervor!

Jetzt wird er nicht mehr einschlafen können. Ein heisses Bad? Immer schon ein gutes Mittel gegen seine periodische Schlaflosigkeit. Allein schon das Plätschern des Wassers, die Vorahnung auf den Geruch des Jasminshampoos, der ihn umhüllen wird, macht ihn schläfrig. Er springt aus dem Bett, schleicht wie ein Einbrecher den Korridor entlang – allerdings nicht zum Bad –, zieht die Tür, die zum Dachboden führt, auf – Wind weht ihm entgegen –, steigt hoch, durch die Bibliothek (wo er, Josie liebt Ordnung, den Roman, der ihn nicht begeistern konnte, zurückstellt) – geistert durch die düstere Spottwohnung, zögert wie immer beim Schrank in der Spottküche – und greift, tief durchatmend (es ist der Geruch von Jasmin, der ihn dorthin zieht!) nach dem Stecken, mit dessen Haken er die Luke zur Dachkammer öffnet und zugleich die Ausziehtreppe herunterlässt.

Langsam zieht er sich hoch. Das Geländer ist kühl. Der Gedanke an Lili hat ihn geweckt. Sie hat ihn gerufen, mit ihrem Geruch.

In der Dachkammer aber ist sie nicht; es riecht auch nicht mehr nach Jasmin.

Philip zieht sich in die Kammer hoch, setzt sich an den Tisch und schaltet das Intercom ein. Lange lauscht er dem elektrischen Surren. Bis er es für das warme Schnurren einer Katze zu halten begann, die gestreichelt werden will. Er tut es. Streichelt die Katze, die es hier auch nicht gibt.

Es gibt hier, in der Dunkelheit, nur Schatten. Von Nachtlichtern geworfene Flächen, von der Finsternis gezogene Linien. Die Dunkelheit ist diskret, liebevoll, zärtlich, sie schützt. Der hellste Fleck, ein Dreieck, fällt wie ein grauer Vorhang vom Fenstersims zum Boden und zeigt mit seinem Spitz auf die zwei Stockwerke unter ihm im Gästezimmer schlafende Lili. Ihr Körper ist nicht mehr als ein Abdruck unter einem dunkelgrauen, bei Tag weissen Laken. Sie liegt auf der Seite, dem Fenster zugewandt. Die Knie hat sie angewinkelt, der Kopf ruht auf der Ellenbogenbeuge des rechten Armes, dessen Hand über den Bettrand hinausragt. Von ihrem linken Arm ist nur die Schulter zu sehen, der Rest verschwindet unter dem Laken. Die Linie auf der Höhe ihrer Hüfte deutet darauf hin, dass sie ihren Arm angewinkelt hat. Das lässt vermuten, dass ihre Hand zwischen ihren Beinen liegt, ihr Geschlecht hält, es vor ihm schützt, für ihn wärmt.

»Lili, Lili«, flüstert er in das Intercom.
»Lili, Lili«, hallt es durch das Haus.
Jetzt ist der Jasminduft wieder da, in seinem Kopf, überall, er hüllt ihn ein. Lili ist zum Greifen nah. Er spürt sie. Morgen wird er sie in den Armen halten. Sie spürt ihn auch, er weiss das. Leise stöhnt sie auf, dreht ihren Kopf etwas zur Seite und zieht ihre Beine noch enger an den Leib.
Sie lockt ihn. Sie lockt ihn doch?

– wir riefen uns nur im Notfall an, es war unter unserer Würde, vor Haustüren zu warten, wir lockten uns mit unserem Ruf durch Kellerfenster und Hintertüren – der eine musste den anderen finden, am Ende nur noch ich ihn, da er in meinem Elternhaus unerwünscht war – oft schon begegnete ich erst seiner Mutter oder seiner Schwester, seltener seinem Vater – einmal ass ich ohne ihn mit den Berlangas zu Abend, Dorothea entschuldigte ihn, sie wisse nicht, wo er stecke, er übe, habe er gesagt – was denn? – sein Gedächtnis, sagte seine Mutter – manchmal drehte ich den Spiess um und richtete mich mit einem Buch in der Bibliothek ein, wo er, der rasch ungeduldig wurde, schliesslich mich fand – jetzt aber, nur wenige Stunden, nachdem ich aus dem Spital entlassen worden war, stand ich vor seiner Haustür und klingelte – hörte die Glocke, die in der mit Steinfliesen belegten Halle hohl klang – horchte dem steinernen Widerhall in meinem Kopf nach, bis ich Schritte aus dem Haus hörte – ein zweites Mal geklingelt hätte ich nicht – »Du? Philip?«, sagte Dorothea nur, als sie öffnete – »Ja, ich, Philip«, sagte ich, als müsse ich das auch mir bestätigen – »Wie geht es dir?«, redete sie nach einer Pause los, mechanisch und gehetzt, wie jemand, der weiss, was zu sagen ist, es aber nicht fühlen will, »Du bist bestimmt ganz durcheinander. Verzeih, dass wir dich nicht im Spital besucht haben, es war ja ein Schock für uns alle. Komm doch rasch herein, Evelina hat auch schon nach dir gefragt, Ferdinand ist irgendwo im Haus…« – sie lächelte verlegen – dass ihr Gatte irgendwo im Haus sei, war der Satz, den sie stets als erstes gesagt hatte, wenn sie mir im Haus begegnete, entschuldigend, als sei sie dafür verantwortlich, dass er nicht da war – als sei es seine verdammte Pflicht, zu erscheinen, wann immer der halbwüchsige Freund seines Sohnes auftauchte – nie habe ich verstanden, weshalb sich Dorothea so schüchtern gab – sie, die die Position der Stärkeren hätte auskosten können, seit ihr Ferdinand aus den Bergen in die Stadt in sein nun von ihr und seinem Sohn bestimmten Leben gefolgt war – doch statt dessen fühlte sie sich für alles verantwortlich, jeden Börsenverlust Ferdinands, jedes Fehlverhalten ihrer Kinder, auch ihre über diesen Sorgen wachsende Nervosität lastete sie sich an – es wäre ja nicht dazu gekommen, hätte sie ihren Mann weiterhin in den Bergen die Gedanken Gottes aus den Wolken lesen lassen! – »Philip«, sagte sie noch einmal, legte mir die Hand um den Arm, drückte zu und zwickte mich mit spitzen Fingern – ihre Berührung schmerzte mich, fuhr mir durch Mark und Bein – ich errötete ob dieser Intimität, doch traute ich mich nicht, mich ihrem Griff zu entziehen, mir kam vor, als entschuldige sie sich auf diese Art – dafür, nicht genug für ihren Sohn dagewesen zu sein – nicht genug für mich dagewesen zu sein? – dafür, Stieglitz, den sie nie richtig ins Herz hatte schliessen können, nicht mich geboren zu haben, entsprach ich doch ihrem Ideal eines guten Sohnes, war ich es doch, der seinen Teller in die Küche trug – gute Zeugnisse nach Hause brachte – auf den Verlass war – selbst Flausen hatte ich gerade genug im Kopf, um als lebhaft und nicht langweilig zu gelten – war jetzt nicht – ich schaute Dorothea herausfordernd an – ein von uns beiden insgeheim gehegter Wunsch in Erfüllung gegangen? – ich legte meine Hand auf ihre – erschrocken liess sie von mir ab und schritt rasch voran ins Haus – ich folgte ihr, ohne mit ihr Schritt zu halten, schon war sie im Wohnzimmer verschwunden, schlenderte allein durch die Halle, wo alle diese abweisenden Bilder hingen – geometrische Flecken, aber auch – als Kontrast wohl – auf Teller geklebte Essensreste – die ich zum ersten Mal aufmerksam betrachtete – Zigarrenasche und schwarze Dreiecke – realisierend, dass mich meine Gefühle nicht beschämten – hätte ich nicht entsetzt kehrtmachen, nach Hause – zu Marina – einfach wegrennen sollen? – ich aber stand schon im Wohnzimmer, hoffend, mein triumphierendes Lächeln habe sich verflüchtigt – Dorothea sass mit dem Rücken zur Tür in dem Sessel, in dem später ihre Tochter so viel Zeit verbringen würde, und Evelina kauerte ihr gegenüber am Boden – die noch schlanken, in groben Baumwollstrümpfen steckenden Beine angewinkelt, den Kopf auf das Sofa gelegt – sie liess nicht erkennen, ob sie meine Anwesenheit wahrnahm – »Es ist so gut von dir, uns deine Aufwartung zu machen«, sagte Dorothea, »Setz dich doch, Philip. Kann ich dir Tee anbieten?« – sie verliess das Wohnzimmer, ohne meine Antwort abzuwarten oder auch nur, mich anzuschauen – ich zögerte, ob ich einen Stuhl heranrücken sollte, entschied mich dann aber, mich neben Evelina auf das Sofa zu setzen – neben ihren Kopf, neben ihr langes, schwarzes Haar, das vom Sofa floss – »Hallo, Evelina«, sagte ich – sie regte sich nicht – sie, die jetzt das einzige Kind ihrer Eltern war, atmete nur schwerer – sie war die Überlebende, die Verfluchte – noch war im Hause Berlanga die Entscheidung nicht gefallen, sie an ihres Bruders Statt zur Trägerin des Berlangaschen Erbgutes oder sie qua Überleben für den Tod des designierten Erben verantwortlich zu machen – Silbertablett oder Kreuzigung? – keine guten Alternativen für eine Dreizehnjährige – niemand ausser mir, dem besten Freund ihres Bruders, ihrem Fastbruder, hätte ihr in diesem Augenblick näher, keiner hätte ihr eine grössere Stütze sein können, vielleicht der erste Freund, der vieles wieder ins Lot gebracht hätte – doch als sich meine Hand ihrem Kopf näherte, schluchzte sie auf, schien aber meine Nähe zu wollen und legte ihre Hand auf meinen Oberschenkel – und als ich meine Hand um ihren Kopf wölbte, drückte sie ihren Kopf drängend dagegen – ich fasste in ihr Haar, das sich seidig und leicht fettig anfühlte – sie legte ihren Kopf auf meinen Oberschenkel, umfasste mein Knie – als ich Evelina zu streicheln begann, betrat Dorothea das Wohnzimmer mit Tee und Gebäck – und warf mir einen verwunderten Blick zu – ich schrie auf, denn Evelina hatte ihren Kopf in meinen Schritt gerammt – ihre Mutter blieb mit dem Tablett in der Hand unter der Tür stehen – langsam stand sie auf, ohne Scham, wie nach einer Pflicht, die sie endlich erledigt hatte, wankte – etwa damals schon betrunken? – in Trance an ihrer Mutter vorbei aus dem Wohnzimmer – »Aber Evelina …«, murmelte diese – »Es tut mir so leid, Frau Berlanga«, keuchte ich, zog in einer plötzlichen Eingebung das Steinauge aus der Tasche – oder war ich deshalb gekommen? – und legte es auf den Tisch, »Er hat es immer bei sich getragen.« – »Mir auch, ich …«, Dorothea setzte sich, »entschuldige meine Tochter, sie hat noch nicht begriffen, was geschehen ist. Dass … dass …«, sie musste es aussprechen, »dass sie ihren Bruder verloren hat.« – Ich nickte – »Hat sie dir wehgetan?« – ich schüttelte den Kopf, jetzt nickte sie – »Einmal hat er gesagt, sie habe ihn gebissen. Das war, nachdem er ihr die Haare, die immer alle so gerühmt hatten, abgeschnitten hat. Manchmal hat sie ihn angespuckt. Ihn und seinen Vater. So etwas tun doch alle Kinder.« – Sie lachte gekünstelt auf – »Wirklich?«, sagte ich leise, starrte dann das Steinauge an, als würde es mir gleich zublinzeln – »Vielleicht hast du ja recht. Schon seit einem Jahr ist sie so anders. So verändert. Die Pubertät natürlich. Dennoch frage ich mich manchmal ...« – sie schaute mich flehend an, als wolle sie mein Verständnis dafür, dass sie nicht anders konnte, als das Folgende zu fragen – »Gibt es etwas, das ich wissen müsste, Philip? Ich weiss ja nicht einmal, was ihr unter meinen eigenen Dach treibt. Ihr verbringt so viel Zeit oben, und oft ist Evelina auch im Dachstock. Sie sagt, sie sei stets allein, lese in der Bibliothek, aber stimmt das auch? Und manchmal hatte ich den Eindruck, dass sie die Nacht oben verbringt. Was ... was tut ihr oben? Ist etwas geschehen, das du mir nicht sagen kannst? Jetzt, da dein Freund tot ist, schon gar nicht?« – ich schüttelte den Kopf – »... oder erst jetzt, da ...« – doch wieder unterbrach sie sich – wieder schüttelte ich den Kopf – und während sie stumm mein Schweigen forderte, wuchs in mir das Bedürfnis, endlich alles herauszuschreien – Dorothea goss mir mit überraschend ruhiger – beruhigter – Hand Tee ein, legte ein schon geschnittenes Stück Kuchen auf meinen Teller und sagte stolz, »Selbstgebacken – sein Lieblingskuchen« – und berührte meine Schenkel dort, wo eben noch Evelinas Hand gelegen hatte, bevor sie mir den Teller überreichte – »Ich mag ihn auch sehr gern«, sagte ich geschlagen – »Wäre ihr wenigstens das erspart geblieben«, fuhr sie fort. »Ich war gegenüber, sah bei der Becherovka« – einer Nachbarin, der Dorothea aushalf – »nach dem Rechten. Immer will sie etwas zur Unzeit – und dann war Evelina bei ihr, ohne mir etwas davon zu sagen – sie aber nahm den Anruf der Polizei entgegen! ... will aber nicht gewusst haben, wo ich war ... und weil sie ihren Vater nicht fand oder gar nicht erst suchte, machte sie sich allein auf den Weg ... zur Tivolistrasse ... und als ich nach Hause kam, lag ein Zettel auf der Kommode im Eingang. Etwas ist mit Stieglitz passiert. Dazu ihr Schnörkel, ein Herzchen ... Weshalb hat sie mich nicht geholt? Oder der Polizei gesagt, wo ich zu finden gewesen wäre? Dann, nachdem sie ihren toten Bruder gesehen hat, lässt sie sich von der Polizei zu einer Nachbarin fahren, die zweihundert Meter weit weg von uns wohnt. Dabei war ich bereits wieder zu Hause und versuchte Sinn aus dieser verstörenden Nachricht zu lesen. *Etwas ist mit Stieglitz passiert!* Ich rief Ferdinand an, er beruhigte mich. Mit einem Jungen passiere doch immer etwas. Wenn, dann müsse man sich über sie Sorgen machen. Natürlich, dachte ich, rief aber dennoch deine Eltern an, doch niemand ging an den Apparat. Ich rief bei Marina an. Ihr Vater sagte, sie würde dich treffen, wusste aber nicht, wo. Vielleicht in dieser Fossilienschlucht ... von der ich nur wusste, dass sie an der Tivolistrasse lag ... ich raste der Tivolistrasse entlang, wusste ich doch nicht, wo der Einstieg war ... wo ihr euch herumtreibt, die Schlucht zieht sich ja der ganzen Strasse entlang ... Als ich schliesslich wieder nach Hause zurückkehrte, war Evelina auch da, erzählte ... ich ... sag, Philip, was kann ich tun? Stimmt das alles überhaupt, Evelina benimmt sich so seltsam ... so ... bitte, Philip, kümmere du dich um sie, bitte, versprichst du mir das?« – »Ja, natürlich«, sagte ich und stopfte mir Kuchen in den Mund, damit ich nicht weiter reden konnte – ich war noch nicht fertig mit dem Kuchen –, schon lag ein weiteres Stück auf meinem Teller – »Etwas stimmt hier doch nicht«, sagte Dorothea wieder, »Wie konnte sie nur so schnell bei der Unfallstelle eintreffen? Und als sie dort eintraf, brachen die Helfer gerade mit meinem Sohn im Tragtuch durch das Gebüsch aus der Schlucht.« – »Doch, das stimmt alles«, log ich mit vollem Mund für Evelina, »genau in dem Augenblick, als Evelina eintraf, brachen die Helfer mit Stieglitz aus dem Gebüsch...« – »... die sie gerade noch zurückhalten konnten...« – »... sonst hätte sie sich selber in die Schlucht gestürzt, ihrem Bruder nach...« – »... den sie doch so geliebt hat…« – »…es tut mir so leid, Frau Berlanga…« – »…und du hast alles gesehen…« – »…nur die Hälfte…« – »…und konntest nichts tun…« – Dorothea schnitt ein Stück Kuchen ab, legte es auf ihren Teller. »Es tut mir so leid für dich, Philip, er war dein bester Freund, entsprechend wird er dir fehlen. Immer fehlen. Menschen«, fügte sie nachdenklich und etwas zusammenhangslos hinzu, »sind nicht zu ersetzen. Man muss warten. Man muss sie wachsen lassen. Dann – vielleicht, wenn man geduldig genug ist – wächst einem ein anderer Mensch zu. Es ist so gut, dass du Marina hast.« – »Marina«, sagte ich hilflos – »Du hast sie knapp verpasst. Ich hatte mich gewundert, dass ihr nicht zusammen gekommen seid. Sie ist ein so gutes Mädchen. Kümmer dich auch gut um sie, Philip, dann wirst du es gut im Leben haben. Und wenn du es gut hast: Vergiss meine Evelina nicht.« – Ich nickte nur, forderte dann herrisch, so, wie wir es auf unseren Stadtstreifzügen gemacht hatten, mehr Kuchen – Dorothea schaute mich verblüfft an, legte dann aber das Stück Kuchen in meinen Teller, und als sie es tat, setzte das Zittern wieder ein – setzte die Trauer um den verlorenen Freund ein – aber auch die Wut, die ich schon so lange auf ihn hatte und die nun endlich ungehindert ihren freien Lauf nehmen konnte – es kamen die Nachwirkungen der Medikamente dazu, die noch einmal durch meinen Körper wellten – mein rechtes Bein, dasjenige, auf dem Evelinas Kopf gelegen – das Dorotheas warme Hand berührt hatte – fing zu zucken an – das Zucken übertrug sich auf meine Brust – ich verschüttete Tee, die Tasse, die ich in der Hand hielt, fiel, zerbrach auf dem Boden und verfärbte den Teppich – dort, wo Jahrzehnte später Evelina Wein verschütten sollte, als sie endlich aus dem Sessel hochschoss, in dem sie doch nicht ihr ganzes Leben verbringen wollte – und aus dem jetzt – damals – manchmal bin ich so verwirrt – Dorothea aufsprang – »Das macht nichts, Philip, mach dir nichts daraus«, sagte sie, schon war sie auf den Knien, bevor ich auch nur eine Scherbe aufheben konnte – sie kniete vor mir und tupfte die Flüssigkeit mit ihrem Rock auf, immer schneller, immer verzweifelter versuchte sie, den nassen Teppich mit ihrem Rock trocken zu reiben, bis sie sich selber verkrampfte und aufschluchzte, es war ein mädchenhaftes, ein verzweifeltes Schluchzen, in dem ich das Schluchzen ihrer Tochter wiedererkannte – »Ich habe ihn dann doch noch gesehen«, sagte ich, ohne es zu wollen – ohne es stoppen zu können – »ich bin nämlich in der Nacht im Spital in den Keller geschlichen, Frau Berlanga...« – »In den Keller?«, murmelte sie, »des Spitales?« – »Ja«, fuhr ich fort, »vielleicht, weil er es an meiner Statt, hätte er, nicht ich, überlebt, getan hätte. In die Pathologie, und da lag er auf dem Schragen, mein Freund, tot, schrecklich sah er aus, ich werde diesen Anblick nie mehr vergessen, er...« – »Was erzählst du nur immer für Geschichten?«, unterbrach sie mich ruhig und ohne sich nach mir umzusehen. »Man hätte dich doch nicht in die Pathologie gelassen, schon gar nicht in der Nacht. Manchmal weiss ich wirklich nicht, was ich von dir halten soll, Philip. Ich danke dir, dass du gekommen bist, jetzt aber geh bitte. Geh erst einmal, wir müssen alle erst einmal aus diesem Alptraum aufwachen. Wir sind alle so verwirrt. Geh, und nimm dieses Ding mit« – sie zeigte auf das Steinauge. »Nimm es mit, ich möchte es nicht im Haus haben, es erinnert mich zu sehr an dich.« – Dann sank sie in sich zusammen, rutschte zu Boden, schluchzte – ich streckte die Hand nach ihr aus und berührte im Aufstehen ihre Schulter – sie schrak zurück – ich stand über ihr, schaute auf ihren Kopf, ihre ergrauten Wurzeln, die sich durch ihr blond gefärbtes Haar arbeiteten, dann zog ich mich aus dem Wohnzimmer zurück – »Feigling!«, zischte mir Evelina in der Halle zu – hatte sie dort auf mich gewartet, um mir das zu sagen? – ich stand mit dem Rücken zu ihr, drehte mich um – eine kleine Gestalt stand vor mir – vornübergebeugt, das Haar verdeckte das Gesicht – ich sah nur Haare – Haare – Haare – was, wenn dahinter kein Gesicht – »Feigling!«, zischte Evelina. »Bleib mir bloss vom Leib, Philip!« – »Ich habe doch nichts getan!«, rief ich – sie ging rückwärts auf die Treppe zu – ich folgte ihr hinkend, noch immer schmerzte mein Schritt von dem unverdienten Schlag – sie blieb stehen und schob das Haar zur Seite, ihr Gesicht öffnete sich wie eine Bühne, auf der allerdings nicht Hass gespielt wurde, wie ich jetzt erwartet hätte, vielmehr trat aus den Winkeln ihrer Lippen ein Lächeln auf – ich erwiderte es erleichtert – da klatschte etwas Feuchtes in mein Lächeln, legte sich auf meine Lippen, floss in meinen Mund, und noch bevor ich begriff, was es war, wusste ich, dass sich in mir eine Wunde auftat, die durch nichts mehr zu heilen sein würde, nicht durch mein Wegrennen, für das ich mich, so glaube ich heute, in jenem Augenblick entschied – nicht durch meine späteren Erfolge, deren einzige Ursache, so will ich manchmal glauben, jener Augenblick mit Evelina war, den es auszulöschen galt – sie aber liess nur ihre Arme sinken, neigte den Kopf vor, der Haarvorhang schloss sich wieder vor der Gesichtsbühne – Speichel war es, begriff ich, was jetzt in meinen Mund herumschwamm, ich war zu entsetzt, um ihn auszuspucken, würgte also unseren Speichel, zu dem er sich vermengt hatte, angewidert herunter – ich dachte an Marina, als sie mich küsste und ihre Zunge in meinen Mund drängte – nur sie konnte mich noch retten – doch es war zu spät, Evelina war es gelungen, sie und alle künftigen Marinas im voraus auszulöschen – sie jedoch, als habe sie nicht eben den grössten Triumph ihres Lebens erlebt, stand nur da, als ginge sie das alles nichts an, vornübergebeugt noch kleiner und durch ihr langes Haar doch irgendwie gross wirkend, ihre Arme hingen leblos herab, ihr Haar war schwarz, so wie es unter ihren abgekauten Fingernägeln schwarz war – und so stand sie schwarz und endlos vor mir – tut es heute noch, wenn ich an sie denke – wie ein nasser Sack hing der Wollrock von ihrer noch ungeformten Hüfte – angeekelt senkte ich den Blick, dachte an die kratzenden Wollstrümpfe unter dem Rock, sah die plumpen Schuhe, den schwarzweissen Schachklinkerboden der Villa Berlanga, der mir zublinzelte, ein Sonnenstrahl war durch das Hallenfenster gefallen – »Weshalb tust das?«, sagte ich, gegen Tränen ankämpfend, »Weshalb tust du mir das an?«, meine Stimme klang dumpf, verunsichert, ich war zu beschämt, um wütend zu sein, »Jetzt, da dein Bruder tot ist?«, fügte ich hinzu, was anderes gab es schon zu sagen? – langsam wandte sie sich ab, scheinbar willenlos, wie dicke Seile drehten sich ihre Arme mit ihrem Körper mit – meine Finger verkrallten sich in den Stoff meines Shirts, ich schluckte, mir war, als leere sich gleich mein Mageninhalt über den Boden, doch nichts geschah – ich stand nur da, eine lächerliche Gestalt, die unter Schluckauf litt, die etwas Unsichtbares aus sich heraus zu würgen versuchte, jedes Schlucken riss mich hoch, stellte mich auf die Zehenspitzen, hob meine Schultern, mein Kinn – langsam, doch unaufhaltbar fasste Evelina nach dem Geländer, behäbig zog sie sich Stufe um Stufe die Treppe hoch und verwandelte sich vor meinen Augen in die frühzeitig gealterte Frau, der ich ein Vierteljahrhundert später an der Beerdigung ihrer Eltern wiederbegegnet bin, dort, auf dem Ostfriedhof vor dem offenen Doppelgrab, wo sich unsere Schicksale wieder vermengten wie eben unser Speichel – erst, als Evelina im oberen Stockwerk verschwunden war, wischte ich meine Lippen sauber, betrachtete jetzt nur noch erstaunt meinen von der Schneckenspur ihres Speichels überzogenen Handrücken, meine Schamspur, die ich an der Hose wegsäuberte, die den Hosenstoff weisslich verfärbte, lange rieb ich meine Hand trocken – jetzt, da ich dies erinnere, Lili, frage ich mich, ob es Evelinas Spucke, nicht Stieglitz' Todessturz war, der mich lebenslang in diesen Zustand versetzt hat, dass ich – kann das sein? – mit dem Traum von Stieglitz' endlosem Sturz am Ende *ihren* Traum träume, nicht meinen – ich weiss nur zu gut, dass man falsch leben und auch falsch erinnern kann, aber kann man auch falsch träumen, Lili? – hörst du mir überhaupt zu? – oder war ihre Spuckerei, die ja nicht erst an jenem Tag begann, ihr hilfloser Versuch, sich mit mir gegen die Übermacht seines Todes zu verbünden? – seines, bin ich plötzlich versucht zu sagen, unfairen Todes – unfair uns gegenüber – bin ich vielleicht ihretwegen, nicht seinetwegen, ebenso überraschend wie unvermeidlich wieder in der Villa Berlanga gelandet? – gestrandet – hocke in seiner Dachkammer, als sei ich *er*, als sei er noch am Leben, ich längst gestorben – ich ... ich ... ich ... – *ihn*, Lili, hat Evelina angespuckt, immer ihn! – ihn und seinen Vater! – nie aber mich! – immer aus einer Laune heraus, ein Jux, ein Spiel, konnte sie doch noch nicht wissen, wie erniedrigend es ist, angespuckt zu werden, ein Mal, das haften bleibt – oder wusste es die kleine Kröte vielleicht doch? – »Schau, was ich für dich hab, Brüderchen!«, lockte sie ihn, manchmal hatte sie etwas Süsses, manchmal gab sie ihm einen Kuss, doch wenn er es am wenigsten erwartete, spuckte sie ihm ins Gesicht und rief: »Jetzt fang mich! So fang mich doch!« – er aber versteinerte auf der Stelle, als habe ihn mit der Spucke der Schwester ein Fluch getroffen, es machte ihn hilflos und wund, Stunden dauerte es, Tage manchmal, bis er sich erholt hatte – auch ihren Vater habe sie angespuckt, hat er mir erzählt, bereits aus dem Babybett. »Stell dir das mal vor: Du beugst dich über diese kleine Kröte und kriegst eine Speichelfontäne ab!« – »Das war doch nur ein Säuglingsschluckauf, der Riesenrülpser eines Kleinkindes, der alle ausser dir zum Lachen bringt, Ferdinand!«, beschwichtigte Dorothea ihren ins Mark getroffenen Gatten, der aber war untröstlich, wollte es sein, er war ein Schmoller, der sich von Kindern, gar Babies beleidigen liess – er bestand darauf, von seiner Tochter, die noch nicht einmal reden, geschweige denn hämische Strategien entwickeln konnte, mit Vorsatz erniedrigt worden zu sein, es fehlte gerade noch, dass er von dem nur gerade rülpsenden, sabbernden und furzenden Menschlein eine Entschuldigung erwartete! – in ihrer vorbehaltlosen Liebe für ihre Tochter gelang es Dorothea nicht, den Schmerz ihres Mannes ernst zu nehmen, wie lächerlich es doch für einen erwachsenen Menschen war, auf einen Säugling so unversöhnlich zornig zu sein! – so begannen die beiden noch weiter auseinanderzudriften – Dorothea aber wischte seine Bedenken nicht nur weg, sondern spornte die heranwachsende Tochter an, indem sie die Spuckgeschichten in ihrer Gegenwart bei jeder Gelegenheit zum Besten gab, sie mit allerlei Details zum Familienevergreen ausschmückte – so verwandelten sich die Unverschämtheiten der Kleinen in den liebenswerten Streich eines geradezu überirdischen, elfenhaften Wesens, was den so zusätzlich gedemütigten Ferdinand als immer grösseren Trottel dastehen liess – dieser führte für jede auf Beifall stossende Episode einen neuen Spuckvorfall an, der die hinterhältige Art seiner Tochter noch augenfälliger werden lassen sollte – so steigerten sich die Berlangas in einen irreparablen Zustand hinein – Ferdinand zürnte und schmollte immer mehr, Dorothea glühte vor Stolz auf ihre witzige Tochter – diese spuckte nun bei jeder Gelegenheit – spuckte Lieferanten an – lauerte dem Türklingeln auf, um den Postboten niedlich lächelnd anzuspucken – schlich sich spät noch aus dem Bett, drapierte sich auf dem Schoss eines männlichen, nie weiblichen Gastes – diesen erwies sie stets die Ehre, zu ihren Verbündeten zu werden – wartete, bis sie sein Vertrauen ganz hatte, und *platsch!* floss ihre Sosse über dessen verblüfftes Gesicht – woraufer von der Mutter der Delinquentin lächelnd gezwungen wurde, das üble Spiel mitzumachen – noch nicht einmal ein Handtuch bekam er – da kann es nicht erstaunen, dass ihr auch ihr Bruder ins Visier geriet, der darin ebenso wenig Charme, Witz oder gar Liebe zu erkennen vermochte wie sein Vater, und wie sein Vater tauchte auch der Sohn bald in den Anekdoten der in diesem Zusammenhang unerwartet unbarmherzigen Mutter auf – einmal war ich dabei gewesen, als Evelina Stieglitz anspuckte – mir blinzelte sie komplizenhaft zu, während ihr Speichel von seinem Kinn einen Faden zog, zum Tropfen geronn, riss und zu Boden klatschte – doch als sie das Entsetzen in meinen Augen sah, sagte sie entschuldigend: »Er war eben da« und wandte sich ab – »Er war eben da«, dieser Satz, den sie damals schon als Dreizehnjährige gesagt hat, warf sie mir später hin, als ich wissen wollte, weshalb sie am frischen Grab ihrer Eltern darauf eingegangen war, dass ich zu ihr in die Villa einziehe, und dann sagte sie ihn noch einmal, als ich ebenso unerwartet wie heftig schliesslich doch noch ihr erster Liebhaber geworden war – so war es also auch damals, als ihr Bruder gestorben war, diese kleine, liebesunfähige Egoistin hatte jemanden zum Anspucken gebraucht, und ich war eben da – bin es immer noch – noch lange, nachdem sie im oberen Stockwerk verschwunden war, stand ich in der Halle der Villa Berlanga, verlassen, allein, umgeben von den kalten, geometrischen Bildern, die meine Verlorenheit unterstrichen, den unter Glas ausgestellten Essensresten und Zigarettenstummeln, die jeden, der hier auf Gastfreundschaft hoffte, eines Besseren belehrten – aus dem Wohnzimmer wehte Dorotheas Schluchzen, Ferdinand, wie immer, war irgendwo im Haus – mein Herz raste noch immer ob der Ungerechtigkeit, die mir widerfahren war, doch die Scham, die ich fühlte, war nicht mehr jene des ungerecht Angespucktwerdens, ich war nicht Ferdinand, der wegen seiner Teenagertochter schmollte, ich war nicht Stieglitz, der sich von seiner jüngeren Schwester erniedrigen liess –

ich tat damals, so weiss ich heute, Lili, den ersten Schritt ins Erwachsenenleben, dem mit dem Verlassen der Villa Berlanga, meines Elternhauses und der Stadt schneller, als ich denken konnte, weitere folgen sollten – was ich spürte, war die kühle, geradezu geometrisch abstrakte Scham dessen, der verlassen – durch den Tod des anderen verraten! – worden ist und der von nun an diesen Alleinseinsklumpen im Herzen tragen muss – die Schatten einiger Äste fielen durch die Glastür, die in den Garten führte, auf den hellen Steinboden, sie wehten im Wind, ich stellte mich in diese Schattenäste, weil sie mir Trost zu versprechen schienen – und wirklich, sie umgarnten, lockten mich, sie hüllten mich in ihre Bewegungen ein, ich tanzte mit ihnen, sie wurden zu einem Wesen aus Fleisch und Blut, das aus dem Boden gestiegen war, mich abschmeckte, abtastete, mit seinen Schattenzungen leckte, mir schmeichelnd um die Beine strich, sich aber unversehens beleidigt und ungeduldig wie eine Katze von mir abwandte und im wieder schwarzen Boden versank – schwere Regenwolken hatten sich vor die Sonne geschoben, die plötzliche Dunkelheit aber war mir genauso recht, sie versetzte mich in eine seltsam feierliche Stimmung, die Schatten hatten mich aufgefordert, ihnen in den Garten zu folgen, von wo sie mir den Weg aus der Villa Berlanga gewiesen hätten, in ein ganz anderes Leben – »Lass uns abhauen, solange noch Zeit ist!«, hatte Stieglitz oft gerufen, wie oft hatten wir diese Flucht geplant, jetzt musste ich sie allein antreten! – jede unserer Stadtwanderungen, jede Walderkundung war eine kleine Flucht gewesen, eine Reise ins Ungewisse, auf der wir insgeheim hofften, uns so gründlich zu verirren, dass wir nicht mehr zurückfinden würden – im Hätterenwald war es so gewesen – in der Fossilienschlucht schwärmten wir manchmal davon, in ein anderes Leben zu stürzen, nicht in den Tod, in unserer Vorstellung sanken wir durch den Tivolibach oder sogar die Felsbank, wo er schliesslich gestorben ist – wo wir schliesslich gestorben sind – in eine andere Welt, von der wir nicht mehr wussten, als dass es sie geben musste – weniger ein Wissen, als eine Hoffnung – selbst als wir uns in der Villa voreinander versteckten, schwang jedesmal die Hoffnung mit, nicht mehr gefunden zu werden, sich im Haus zu verlieren, durch ein Hasenloch zu fallen oder durch einen rückwandlosen Schrank in ein unbekanntes Reich zu stolpern – keiner von uns hätte sagen können, was letztlich an der Welt, in der wir lebten, so schrecklich war, wir waren in allem privilegiert – Stieglitz' Tod aber trieb mich wirklich in eine andere Welt, weil die Welt mit Stieglitz nicht mehr möglich war – mir kam es so ungerecht vor, dass ich nun in dem Leben, in das wir doch zu zweit aufgebrochen waren, alles allein machen musste – dass mich Stieglitz damals durch seinen Verrat im Hätterenwald schliesslich gerettet hatte, war eben doch keine Rettung gewesen, sondern die Ankündigung eines noch viel grösseren Verrates, des ultimativen Verrates! – unsere Fluchtwege waren doch längst angelegt gewesen! – in die Grenzmauern geschlagene Eisenstufen, Tunnels, die wir unter der Mauer durch gruben, versteckt hinter Sträuchern, wir wussten, welche Bäume gut zu besteigen waren, welche überhängende Äste hatten, die sich unter unserem Gewicht bogen, aber nicht brachen, und von denen wir in den weichen Acker gleiten konnten – dann weg in den Wald, in die Welt dahinter, das war doch unser Plan gewesen! – einen anderen gab es nicht! – das Grundstück hatte sich damals noch am Rand der Stadt befunden, noch zu Stieglitz' Zeit war es eingemeidet worden, wir hatten die Bauarbeiter beobachtet, wie sie die Ortstafel entwurzelten und die Strassen entlang trugen, vom Schlafzimmerbalkon aus nahmen wir stolz wie Fidel Castro die Parade der Arbeiter ab – in diesem Augenblick aber wischte ich das alles weg, ich weigerte mich, von den Schatten gelockt, von ihnen verwandelt zu werden – war es damals, dass ich mich

Stieglitz zum ersten Mal widersetzte? – oder hoffte ich immer noch, dass alles sei nicht wahr, sei bloss ein weiterer Streich? – die Dunkelheit verlor das Interesse an mir, zog sich langsam aus der Halle zurück, die Sonne spielte wieder mit den Ästen, die jetzt nur noch Äste waren – ich hatte den erlösenden Augenblick verpasst, mir blieb nur noch übrig, Evelina nach oben zu folgen – als wollte ich sie verspotten, zog ich mich ebenso langsam die Treppe hoch, Stufe um Stufe, keuchte und stöhnte laut und lächerlich – der Korridor im Schlafstock war leer – die Zimmer waren es ebenfalls – selbst im Zimmer ihres Bruders, in dem ich sie am ehesten vermutet hätte – heulend auf seinem Bett zusammengerollt – und das ich als Letztes betrat, fand ich sie nicht – noch einmal schritt ich Raum für Raum ab, achtete auf jede Veränderung, die sich seit meinem letzten Besuch ereignet haben könnte – so hatte ich es immer getan, wenn ich ihn suchte, stets hatte er Hinweise hinterlassen, immer war etwas anders, ein Bild umgehängt, etwas fehlte, ein Pantoffel Evelinas lag im Elternschlafzimmer unter dem Bett, ein Apfel glühte in der Seifenschale des Kinderbades – irreführende Hinweise, die mir aber signalisierten, dass ich auf der falschen Spur war – immer wieder schreckte ich auf – hatte sich da nicht ein Vorhang bewegt? ein Schatten aufgelöst? – die vertrauten Zimmer wurden mir fremd – »Stiklit, stiklit«, hallte es durch das Haus – oder nur durch meinem Kopf – ich schnellte herum – keiner da – ich riss Schranktüren auf, sogar Schubladen, zog Duschvorhänge, Bettdecken weg – nichts – spielte Evelina mit mir? – er rief mich doch, weil er sich besonders gut versteckt hatte, wollte mir eine Chance geben, ihn zu finden – ich hörte ihn in meinem Kopf, hatte ihn immer, wenn er nicht da war, gehört – »Stieglitz, wo steckst du?«, antwortete ich und verstummte – mir wurde klar, dass er von nun an in mir hauste, meinen Körper als Lautsprecher nutzte, mir meine Gedanken raubte, bis nichts mehr von mir übrig bleiben würde, bis er mit mir zugrunde gehen würde – »Okay!«, rief ich verzweifelt, »Du hast mich erwischt! Komm jetzt heraus, lass uns in die Fossilienschlucht gehen, Marina wartet bestimmt schon auf uns… Ist denn auch der Tod nichts anderes als ein Streich für dich? Und dann, Freund, was dann? Was, wenn das Jenseits, ein noch grösserer Scherz ist? Die ganze Menschheit fällt auf diesen monumentalen Streich herein? Wohin hauen wir dann ab?«, lachte ich – oder er? – »auch Gott ist nichts anderes als ein gigantischer Scherzbold, der in seiner Dachkammer in sein Intercomsystem hustet!« – »Der Tod das Lehrstück!« – »Es folgt das Jenseits, das Meisterwerk!« – »Zweifle niemals an deinen Zweifeln!« – »Stiklit, stiklit«, hörte ich wieder – ich wirbelte herum – nichts – nur ich, der flüsterte, schwitzte – der schrie und verzweifelte – verstummte schliesslich – ich begriff, ich war allein, würde es immer sein – ich begriff, sein Tod war real – kein Streich, zumindest nicht seiner – ich lehnte mich gegen die Wand und schloss die Augen – zum ersten Mal herrschte vollkommene Stille in der Villa Berlanga – ich spürte, wie ich mich in der Stille verlor – ich musste weiter, doch jetzt ging es mir nicht mehr darum, Evelina aufzuspüren – mochte sie jemand anderen zum Anspucken finden! – meine Freundespflicht war es jetzt, mich von ihm zu verabschieden, Raum für Raum – ich strich über die Möbel und dachte an Dorothea, die oft erzählt hatte, dass sich ihre Mutter auf diese Weise vor dem Krieg von ihrem Elternhaus im Vorarlbergischen verabschiedet hatte – der Grossvater wartete ungeduldig im Auto, das sie heimlich über die Grenze in die Schweiz bringen sollte, Hupen durfte er nicht, jede Auffälligkeit war zu vermeiden – zu gern würden sie die Nachbarn an die Nazis verpfeifen, ein einziges Hupen könnte Buchenwald bedeuten – wo nur blieb seine Frau, was brachte sie doch alle mit ihrer Sentimentalität in Gefahr! – schon stand ich vor der Tür, die in den Dachstock führte, und zog den schweren Vorhang weg, hinter dem sich ein Stich verbarg, der unsere Stadt im 16. Jahrhundert zeigte – man musste nahe heran, um die alte Klosteranlage zu studieren – und um dabei gar nicht erst auf die Idee zu kommen, dass sich hinter diesem gelüfteten Geheimnis das eigentliche Geheimnis verbergen könnte – ein labyrinthischer, paradiesisch verspielter dreistöckiger Dachboden, von dem man in der Stadt schon Gerüchte gehört haben mochte, und der sich einem hier lediglich mit einem leichten Druck gegen die Mitte des Stiches eröffnet hätte – eben dort, wo sich das Klosterareal befand – schon wandte sich der Besucher, dessen oberflächliche Neugier befriedigt war, ab, ohne den eigentlichen Schatz zu Tage gefördert zu haben – ein heftiger Wind blies mir entgegen, denn mit dieser klinkenlosen Tür öffnete man auch den Windkanals des Hauses – es wehte so heftig, dass ich mich gegen den zunehmenden Druck anstemmen musste, der Wind fuhr mir durch die Haare, raste durchs Haus – in fernen Zimmern knallten Türen zu – vom Küchentisch flatterten die Zeitungen, manchmal bimmelte sogar die Hausglocke, die, längst durch eine elektrische ersetzt, nur noch zur Zierde neben der Haustür hing – es fielen Vasen – es schepperte und bebte – es lebte das Haus – und niemand konnte den Dachstock heimlich betreten oder verlassen – das hiess, Evelina hatte sich nicht nach oben zurückgezogen – ich schlüpfte hinein, fasste nach der Schlinge, die auf der Innenseite der Tür angemacht war, um zu verhindern, dass die Tür zuknallte, und liess sie langsam hinter mir zuschnappen – ich stieg die steile Holztreppe hoch – als Halt diente mir bloss die rohe Holzwand, an der man sich Spiessen holte, kaum hatte man den Dachboden betreten, drang er auch schon in einen ein – von hier oben liess Stieglitz die alte Becherovka in die Falle laufen, wir wollten das Intercomsystem ausprobieren, und dafür eignete sich niemand besser als die alte Schachtel, die ihren Übernamen dem Schnaps ihrer tschechoslowakischen Heimat verdankte, den sie so gern trank, aber zu geizig war, selber zu kaufen – wir waren uns einig, dass an ihrer rührseligen Geschichte nichts stimmte, mit nichts als den Kleidern am Leib wollte sie in die Schweiz gekommen sein, die Kommunisten hätten sie aus ihrem geliebten Karlsbad vertrieben – oder war es Marienbad? –, wo sie ein so schönes Leben geführt habe – als Trittbrettfahrerin, lästerten wir, die den Stalinisten heldenhaft mit ihren spiessigen selbstgehäkelten Decken und ihren in dunklen Korridoren geflüsterten Unflätigkeiten trotzte – wie eine Prostituierte schritt sie unermüdlich die Strassen unseres Viertels ab, stets auf der Suche nach einer wehrlosen Hausfrau – Pech hatte, wer gerade Einkäufe anschleppte oder vergass, das Garagentor zu schliessen – nicht eine Einbruchswelle, so bin ich überzeugt, sondern die Becherovka hat dafür gesorgt, dass die Haustüren nach und nach verriegelt wurden – selten bin ich einer Person begegnet, in deren Gegenwart einem so unwohl wurde, und die doch das Talent hatte, jeden mit Mitleid zu überfluten – die es fertigbrachte, verwöhnt und vorwurfsvoll im Kartoffelstock herumzustochern, wenn er ihr nicht schmeckte. War ihr die Sauce zu scharf, der Stuhl zu hart, so lästerte sie drauflos, und doch gelang es ihr, sich überall wieder zum Essen einzuladen, ja, die Köchinnen gaben sich Mühe, besser zu kochen, sodass die Becherovka mit den verschlossenen Haustüren nicht nur für mehr Sicherheit im Viertel sorgte, sondern auch, dass sich das Niveau der Küchen erheblich verbesserte – »Jemanden, der wie die Becherovka mit dem ganzen Körper jammert, kann sich niemand entziehen«, stellte Stieglitz unfehlbar die Diagnose – für ihn durfte sie natürlich keine harmlose Schmarotzerin sein, die es wegen der brutalen Politik des 20. Jahrhunderts in unser verschontes Land verschlagen hatte, eine Spionin musste sie schon sein, eine Millionenerbin, eine verschollene Flugpionierin – ging nicht damals das Gerücht um die Welt, Amilia Earhart habe auf einer unentdeckten Insel überlebt? – eine exilierte Diktatorenwitwe, eine verschlagene Giftmischerin – »Drachenschuppen, Wolfsgebeiss, Hexengift und Vollgescheiss aus dem Bauch des Salzmeerhais, Schierlingswurzel dunkelweiss, von dem Lästerjud die Leber; Ziegengalle; Blütengeber, die man von den Bäumen riss, als der Mond in Finsternis, Türkennas, Tatarengrind und den Finger von dem Kind, das erwürgt wurd bei Geburt von ner Frau, die strassenhurt – all dies macht der Kessel fein, und mit Tiger-Innerein wird die Supp bald fertig sein«, rezitierte Stieglitz in der Dachkammer ins Intercomsystem, während ich vom Erdgeschoss aus die Strasse beobachtete – als hätten wir die Becherovka so beschworen, erschien sie auch schon auf dem Gehsteig und begann vor dem Haus auf und ab zu gehen – sie wusste, es war Zeit für Dorothea Berlanga, das Abendessen zuzubereiten, irgendwie wusste sie auch, dass Ferdinand, der sie nicht ausstehen konnte, nicht zu Hause sein würde – was sie nicht wusste, war, dass Dorothea noch nicht zu Hause war – kochte sie, zeigte sie sich immer wieder auf dem Küchenbalkon, um Abfall in den Kompost zu werfen oder Petersilie zu schneiden, der dort in Töpfen wuchs – ich sah, wie sich die Becherovka buchstäblich zurechtrückte, wie sich ihre Knochen bogen, ihre Gelenke leierten – gleich würde sie mit dem ganzen Körper zu jammern anfangen – gleich würde man die verlorene, aus ihrer Heimat vertriebene Seele zum Abendessen hereinwinken, gleich konnte sie sich satt essen und zugleich an allem herummeckern, was gab es auf Erden Herrlicheres! – der Küchenvorhang flatterte – auf dem Gehsteig spielte die Becherovka überrascht, war sie doch nur zufällig am Haus vorbeigekommen, nichts lag ihr ferner, als sich aufzudrängen – die Balkontür flog auf – sollte sie wirklich?, signalisierte sie pantomimisch – da ich mich nicht zeigen durfte, liess ich den Besen sprechen, wirbelte mit ihm von meinem Versteck aus durch die Luft – schon drehte sie sich um und steuerte ihren Körper wie einen überladenen Dampfer auf das Haus zu, machte sich am Gartentörchen zu schaffen, immer bereitete ihr dessen Schliessmechanismus Mühe, sie fluchte, schäumte vor Zorn – was für eine Unverschämtheit, ausgerechnet einem alten Flüchtling ein solch schwer zu handhabendes Schloss zuzumuten! – war den Leuten denn nicht bewusst, dass sie dies an die geschlossene, mit Stacheldraht versehene tschechoslowakisch-österreichische Grenze erinnern musste, an der sie bildlich gesprochen auch mit aller Kraft hatte rütteln müssen, um durchgelassen zu werden! – jetzt aber ging es nicht um ein historisches Statement – also nahm sie sich zusammen, und weil sie sich ganz auf die zu erfüllende Aufgabe konzentrierte, liess sich das Törchen märchenhaft leicht öffnen, so wie sie wohl in Wahrheit auch die tschechoslowakisch-österreichische Grenze bequem dösend im Zugabteil überquert hatte – triumphierend stakste sie auf die Villa Berlanga zu, auf den uneben gelegten Platten des Gartenwegs wie auf Steinen in einem Fluss hüpfend, schon war sie bei der Haustür angelangt, die von unsichtbarer Hand aufgestossen wurde – ich zog mich geräuschlos aus der Küche ins Wohnzimmer zurück, von wo ich die Halle beobachten konnte – die Becherovka aber stutzte, sie fühlte sich nicht wirklich willkommen, wenn sie nicht an der Tür von der Hausherrin empfangen wurde, wo steckte die Frau Berlanga nur, was hatte sie mit nur gerade zwei Kindern schon zu tun? – erzürnt stocherte die Alte mit ihrem Stock in das Haus hinein, als könne sie auf diese Weise die guten Geister, die sie bewirten sollten, herbeilocken, oder wenigstens jene, die ihr böse wollten, vertreiben – sie hievte sich die Stufen hoch, stocherte ein weiteres Mal in das düstere Haus und betrat es vorsichtig, das schmackhafte Abendessen im Kopf, das hellte die Gedanken wieder auf, war

Dorothea nicht die beste und duldsamste Köchin im Viertel? – »Hallo!«, rief sie mit fordernder Stimme, »Frau Berlanga? Sind Sie da?«, der ungeladene Gast schob sich in seinen Brockenstubenkleidern weiter in die Halle – ich musste mich beherrschen, nicht loszukichern – sie starrte durch die Halle, auf der anderen Seite die Glastür, vielleicht war Dorothea rasch in den Garten gegangen, Salat pflücken? – der schmeckte am Besten aus dem Garten, doch bitte nicht aus dem Supermarkt! – und überhaupt, es gehörte sich doch nicht, jemanden von der Strasse in ein menschenleeres Haus zu locken! – einen lieben Gast – sie setzte sich in Bewegung, indem sie den Stock schwang, das ging ihr in die verhockten Knie, die Beine folgten dem Stock, eins nach dem anderen, bis wieder der Stock an der Reihe war, als sie bei der Treppe angelangt war, musterte sie die Stufen misstrauisch, Stufen waren ihr Feind geworden – »Dorothea!«, rief sie, ihre Ungeduld nicht mehr verbergend, »Wo sind Sie?« – »Wir heissen Sie herzlich willkommen!«, erklang es da im Haus, mehrstimmig wie im Chor, und doch schien es nur eine Stimme zu sein, die aber wie Gottes Stimme von überall her kam – wirklich, es war gespenstisch, aus allen Ecken der Halle dröhnte diese mehrstimmige Stimme, die doch ein und dieselbe war – es klang wirklich, als spreche das Haus – die Becherovka blieb auf der Stelle stehen – wie vom Schlag getroffen, dachte ich, wie vom Donner gerührt – wie nur kriegte Stieglitz, der oben in der Dachkammer hockte und sein Opfer nicht sehen konnte, das Timing so perfekt hin? – dieses drehte sich um, schon nicht mehr so schnell wie eben noch, meldete sich doch wunschgemäss ihre Arthritis – da war niemand, die Halle in diesem gottlosen Haus menschenleer – »Verehrteste!«, sprach da das Haus, wieder perfekt getimt – »Wir können es nicht in Worte fassen, wie sehr wir uns geschmeichelt fühlen, dass Sie den Weg zu uns nicht gescheut haben!« – »Wer spricht da?«, schrie die Becherovka verzweifelt, »Herr Berlanga?«, versuchte sie den Feind zu benennen, doch blieb es ruhig – Stieglitz, ein frühreifer Meister der Dramaturgie, setzte eine kurze Pause, die auch mir im Wohnzimmer durch Mark und Bein ging, dann dröhnte er weiter. »Auch wenn wir Sie leider davon in Kenntnis setzen müssen, dass Ihr Weg noch nicht zu Ende ist. Wir erwarten Sie oben in der Bibliothek« – »Oben? Was soll ich oben?«, rief die Alte entrüstet, schaute die Treppe gequält an, wandte sich ihr aber bereits zu. »Was gibt es da oben, was es nicht hier unten geben könnte?« – »Wie jeder weiss, ist es die höchste Schule gepflegten Essens, erst einmal seinen Hunger zu pflegen, ihn zu wässern wie eben ein hungriges Pflänzchen«, unterbrach sie das Haus – »Aber meine Arthritis! Mein Rheuma! Meine schwindenden Muskeln!«, rief die Becherovka, die längst schon den Überblick über die Zipperlein, die über sie in Umlauf waren, verloren hatte – »Natürlich tut es uns aufrichtig leid, Ihnen die vielen Stufen nicht ersparen zu können, doch wird es Sie bestimmt freuen zu hören, dass oben ausgewählte Amuse-Bouches und eine Flasche Becherovka auf Sie warten. Anschliessend empfehlen wir einen Krankenkassenbesuch beim Hausarzt, worauf sie seine Frau bestimmt wieder mit ihrem über unsere Strassen hinaus bekannten Ratatouille verwöhnen wird« – »Eine Unverschämtheit ist das!«, rief sie, machte sich an die prüfende Qual des Treppensteigens, immer erst das rechte Bein auf die nächste Stufe hievend, dann das andere nachziehend, pausierte kurz und stiess ein Zischen aus, von dem nicht klar war, welches Ende ihres Körpers es hervorbrachte, bevor sie die nächste Erniedrigung in Angriff nahm – »Türkennas, Tatarengrind«, begleitete sie singend das Haus – »Was… was…«, stotterte die Alte – »All dies macht der Kessel fein, und mit Tigerinnerein wird die Supp bald fertig sein« – »Was… was…«, stotterte sie, doch da verstummte das Haus so unvermittelt, wie es zu sprechen begonnen hatte – Dorothea wunderte sich, weshalb wir beim Abendessen so verschmitzt aufgekratzt waren, doch verrieten wir uns nicht – mitten ins Essen platzte ein Anruf Marinas – meine Mutter, die mich bei ihr glaubte, suche mich – Marina, berichtete Stieglitz, der den Anruf entgegengenommen hatte, habe meiner Mutter ausgerichtet, ich sei schon unterwegs nach Hause – »Blöder Kerl!«, zischte ich ihm unter der Tür zu, »weshalb willst du mich loswerden?« – auf dem Heimweg überlegte ich mir, ob mir dieser verpasste Anruf einen Vorwand lieferte, Marina von einer öffentlichen Telefonzelle aus anzurufen, wagte es, bekam das Besetztzeichen, wanderte verunsichert zur nächsten Telefonkabine, wieder besetzt – ich machte mich auf zu einer dritten Kabine, die nun nicht mehr auf meinen Weg lag – wieder besetzt – ich rannte zurück zur zweiten Kabine – besetzt – zurück zur ersten – besetzt – voran zur zweiten – als endlich jemand ranging, rief ich. »Hast du mit Stieglitz gesprochen? So lange?« – es blieb eine Weile still, dann sagte Marina, die tatsächlich dran war. »Nein, mit deiner Mutter, Dummerchen. Wann nimmst du mich endlich mal wieder mit zu dir nach Hause? Ich unterhalte mich doch so gern mit ihr« und legte auf – erst spät, erzählte mir Stieglitz am nächsten Tag, als sich alle schon zurückgezogen hatten, stieg Dorothea, die eine schlaflose Nacht ahnte, auf der Suche nach einem Buch in die Bibliothek – dort fand sie die Becherovka – die schliesslich mit schmerzenden Knien und den Spiessen, die sie sich im Treppenhaus geholt hatte, oben angelangt war – für Stieglitz war es ein Leichtes gewesen, sie zu beobachten, ohne dass sie ihn bemerkte – als ihr die grüne Flasche Becherovka auf einem Tischchen entgegen blitzte, habe sie schon etwas leiser geflucht, berichtete er, stehend noch füllte sie sich das Gläschen, das daneben stand, und leerte es, schwer setzte sie sich, gierig griff sie in die riesige Schale Erdnüsse, die einen leicht ranzigen

Geruch verströmten – was sie von dem kräftigen Windzug hielt, der plötzlich durch den Dachstock fegte, wussten wir nicht – Stieglitz hatte den Dachstock verlassen, überliess zum ersten Mal jemandem sein Reich, jemandem allerdings, der nicht wusste, was für eine Macht ihr da in den Schoss gefallen war, und die, hätte sie es gewusst, nichts damit anzufangen gewusst hätte – es galt, die Flasche Becherovka, die Schale Erdnüsse, egal wie ranzig, zu leeren! – eine Aufgabe, die die Alte mit Bravur löste, wie Dorothea, die nach Mitternacht erschien, mit einem Blick erkannte – auf die Idee, sich die Zeit mit einem Buch zu vertreiben, war die Becherovka auch in einer Bibliothek nicht gekommen –»Na, endlich!«, meckerte sie – ohne Fragen zu stellen, half Dorothea der betrunkenen Alten auf die Beine, führte sie durch die Bibliothek und stützte sie die endlosen Treppen hinunter – wieder war jede Stufe ein Vorwurf, ein Schlag in die Knie, ins Genick – war jede Stufe eine Verwünschung – unten setzte Dorothea sie an den Esstisch, wärmte den Hackbraten mit Kartoffelstock auf, den es zum Abendessen gegeben hatte, und weckte die Kinder – liess aber Ferdinand schlafen – die Becherovka, die ahnen musste, dass hier etwas nicht stimmte, spielte mit, ass mit unverminderter Gier, obwohl ihr von den Erdnüssen speiübel war, stopfte Hackbraten und Kartoffelstock in sich hinein, verlangte Nachschlag und hielt sich auch bei der Nachspeise nicht zurück, sie frass sich schwindlig, bis sie kaum mehr auf dem Stuhl sitzen konnte – es war schon bald zwei Uhr früh, als sie sich auf den Heimweg machte. »Bestimmt will die Familie den Rest des Abends unter sich verbringen, auch wenn der Herr Papa scheints Besseres zu tun hat«, lallte sie noch eine letzte Beleidigung – immerhin mied sie das Haus einige Wochen lang, wer weiss, was die alleswissende Villa ihr für einen Schrecken eingejagt hatte – dann aber hockte sie unversehens wieder am Berlangaschen Esstisch, erwähnte den Zwischenfall mit keinem Wort, das einzige, was auf ihn schliessen liess, war, dass sie nun mit noch grösserer Unverschämtheit verlangte, gefüttert zu werden, als sei dies ihr Geburtsrecht – wir aber hätten zufriedener nicht sein können, der vollendete Streich ist jener, von dem das Opfer nicht einmal merkt, dass ihm einer gespielt wird, und den anschliessend alle weiter spielen – selten habe ich Stieglitz zufriedener als in jenen Tagen gesehen, er barst nur so vor Einfällen – »Warts ab!«, rief er immer wieder, »du hast noch nichts gesehen!« – An dem Tischchen, an dem die Becherovka stundenlang in Erwartung ihres Gratisessens geharrt hatte, war es auch, an dem ich am Tag nach Stieglitz' Tod seinen Vater zum letzten Mal sah – stumm sass Ferdinand da, gealtert über Nacht, die grauen Haare schlohweiss und scheinbar doppelt so lang wie am Tag zuvor, sein Rücken gekrümmt, sodass aus seiner hageren Gestalt ein Buckel aufzusteigen schien, ein Käfer, der sich über ein Heft beugte und vor sich hinkritzelte – ich räusperte mich – er aber kritzelte weiter, als nehme er mich nicht wahr, auch, wenn er aufschaute – und doch wärmte mich sein Blick wie Sonnenstrahlen – »Herr Berlanga«, sagte ich und trat näher – er murmelte etwas vor sich hin, senkte wieder den Blick und schrieb weiter – »Ferdinand?«, sagte ich – »Ich habe dich schon gesehen«, sagte er mit überraschend klarer Stimme, »dein Freund ist nicht hier« – »Natürlich nicht«, platzte ich heraus, wie Stieglitz fiel es mir schwer, eine so offensichtlich unnötige Bemerkung durchgehen zu lassen – »So natürlich ist das nicht, Junge«, sagte er ruhig, »dein Freund ist seit knapp vierundzwanzig Stunden tot. Das heisst«, er schaute eine Weile auf seine Uhr, »jetzt! Jetzt sind es genau vierundzwanzig Stunden, seit Paul tot ist! Das heisst, mein Lieber, dass er sich noch immer hier irgendwo aufhalten könnte. Anders gesagt: Je länger sie tot sind, desto schwieriger wird es, sie unter uns zu erkennen. Sie gehen nicht weg, doch die Signale, die sie aussenden, werden immer schwächer. Ein Knarren kann anzeigen, dass er sich nähert oder schon wieder entfernt, ein Knarren kann aber auch nur ein Knarren sein. Auf einmal ist ein Schatten nur noch der Schatten, den eine über das Haus ziehende Wolkenformation wirft. Das heisst, dass wir uns an einen weiteren Tod gewöhnt haben. Man muss schon sehr geübt sein, die Signale auch lange nach dem Tod noch deuten zu können. Willst du denn nicht begreifen?«, rief er, auf einmal zornig geworden, »wir, die Lebenden, sind das Leben nach dem Tod, weil die Toten in unserer Erinnerung weiterleben! Unser Gedächtnis ist das Reich der Toten! Das ist die Erinnerungsfalle, du wirst schon sehen. Weil wir nie von den Toten loskommen, und von den Lebenden auch nicht, weil wir schliesslich in unserem Gedächtnis festsitzen. Es ist teuflisch, Junge. Unsere Hölle ist die Erinnerung. Als Gott das Vergessen schuf, erfand der Teufel die Erinnerung. Du denkst, ich sei verrückt geworden, nicht wahr? Das denkst du doch, Philip?«, sagte er – ich nickte, ohne es zu wollen, seine Augen strahlten nun eisig – »Doch ist längst egal, was du denkst. War es schon immer. Das war es auch Paul, der hat sich nur lustig über dich gemacht. Hörst du ihn, hat er gesagt, wenn du ihn mit diesem dämlichen Vogellockruf gesucht hast. Oft hockten wir an diesem Tischchen und hörten dir zu. Mit dem hast du es leicht, sagte ich. Du warst ihm ein nützlicher Idiot, mein Lieber, ein Mitläufer, den er beliebig manipulieren konnte, manipulieren und kontrollieren, und du wirst es bleiben, dein Leben lang. Einen wie Stieglitz wirst du nicht wieder finden, und einen wie Stieglitz wirst du nie los«, lachte er, »wenn es dich beruhigt«, fuhr er fort, »auch ich habe mich in ihm getäuscht ... hätte ich ihn nur mehr in seine Sohnespflicht genommen ... vielleicht wäre er doch noch ...«, er brach den Satz nicht ab, liess ihn lediglich versiegen – wir schauten einander an, was gab es noch zu sagen? – »Ich bin hierher gekommen, um Ihnen das persönlich zu sagen, Herr Berlanga«, sagte ich schliesslich – »Was?«, schoss er zurück – »Dass es mir leid tut.« – »Es tut dir leid«, wiederholte er fragend, »persönlich?«, dann lachte er auf: »Du lügst doch, Philip. Du lügst doch dauernd. Du wusstest ja nicht einmal, dass ich hier oben bin.« – »Wo sollten Sie denn sonst sein?«, sagte ich trotzig, verletzender, als ich es beabsichtigt hatte, »was tun Sie schon die ganze Zeit?« – »Ich schreibe«, sagte er – »Was denn? Die Börsenkurse?« – er liess sich nicht provozieren, schüttelte nur den Kopf, »das ist vorbei. Ich schreibe an jenem Werk weiter, das ich aufgegeben habe, als mein Sohn geboren wurde, und das ich jetzt, da er tot ist, weiterschreiben muss« – »*Das Wolken-Evangelium?*«, rief ich, als habe ich eine Erkenntnis gehabt – er nickte – »Vielleicht werde ich es auch mit dem Schreiben versuchen« – jetzt war er es, der mich verspottete. »Paul wäre der Schriftsteller geworden. Du hast das Zeug dazu nicht. Bleib bei der Schauspielerei, mit deinem Talent zur Verstellung« – »Das ist nicht fair, Herr Berlanga, nicht ich bin es, der sich verstellt, es war...« – »Stieglitz«, beendete er meinen Satz. »Ich weiss. Es ist alles so kompliziert. Dann ist alles plötzlich so klar geworden« – obwohl ich nicht verstand, was er meinte, nickte ich – er beugte sich zu mir hin – wie buschig seine Augenbrauen waren, dachte ich, trimmt er sie nie? – »Es gibt nichts Persönliches am Tod«, sagte er, »rein gar nichts, hörst du, Sohn« – so hatte er mich nie genannt, verwechselte auch er mich mit Stieglitz? – »Es hat keinen Sinn. Hörst du? Es hat keinen Sinn!« – »Was?« – er schaute mich verwundert an, hatte er mich wieder vergessen? – »Kinder zu haben«, fuhr er fort. »Setz nur keine in die Welt!« – »Aber Sie haben doch noch Ihre Tochter, Herr Berlanga« – »Evelina wird mich auch verraten. Sie enttäuscht mich bereits. Sobald ich alles niedergeschrieben habe... dann... dann... ist alles egal, denn dann werde ich angekommen sein! Ich! … ich habe das lange nicht begriffen, weil ich auf meinen Sohn gewartet habe, doch nun, da Paul weg ist, bin ich…« – »Sie sind eben da«, grinste ich, ohne den höhnischen Ton in meiner Stimme zu verbergen – »So ist es, genauso ist es, Philip«, rief er freudig – ich wollte nur noch weg, weg aus der Villa, aus der Stadt, jetzt wusste ich es, das war meine Bestimmung, weg zu gehen, immer weg – Ferdinand begann wieder zu murmeln, dann kritzelte er wieder – ich begriff, dass er aufschrieb, was er vor sich hin murmelte, er war sein eigener Gott geworden, der sich sein Evangelium diktiert – immer schneller schrieb er, weil er immer schneller vor sich hin murmelte, wild kratzte sein Füller über die Seite, Speichel tropfte aus seinem Mund und verfloss mit der Tinte – »Ich gehe noch einmal nach oben, in die Dachkammer, wenn Ihnen das recht ist«, sagte ich leise – er reagierte nicht mehr auf mich – als ich ihn im Vorbeigehen streifte, rutschte seine Feder aus – »Entschuldigen Sie bitte«, murmelte ich – »Sieh her!«, rief er, und jetzt klang er höhnisch, »das bist du, Sohn, nichts als ein versehentlicher Strich!« – ich las, was er schrieb, gleich neben dem Strich – *Sieh her, das bist du, Sohn, nichts als ein versehentlicher Strich!* – so schnell ich konnte, raste ich die Wendeltreppe hoch, die in das zweite Geschoss des Dachbodens führte, in das, was Stieglitz – oder war ich es gewesen? – die Spottwohnung genannt hatte – hier stellten seine Eltern ab, was sie unten nicht mehr haben wollten und von dem sie sich nicht trennen konnten – Stieglitz kam auf die Idee, mit den ausrangierten Teppichen, Möbeln oder Bildern den Wohnbereich, den sie unten einst geprägt hatten, im oberen Dachstockwerk Zimmer für Zimmer wiedererstehen zu lassen – so entstanden die früheren Wohnungen der Berlangas Schicht für Schicht neu, durchdrangen einander, Stück für Stück lagerten sie sich ab wie geologische Schichten, an denen sich alles Wissenswerte über die Bewohner ablesen liess, die Familienvergangenheit setzte sich hier als das Sediment des Hausgedächtnisses ab, das zugleich eine Hommage an die Vergangenheit der Berlangas als auch eine Verhöhnung war – an der Wohnungstür, die einst ihren Dienst als Haustür geleistet hatte, hing das alte Messingschild, das, als sich Nachwuchs einstellte und *F&D Berlanga* nicht mehr ausreichte, durch ein vergoldetes *Familie Berlanga*-Schild ersetzte wurde – neben der Tür stand verlässlich wie ein junger Baum der schwarze, fünfarmige Garderobenständer, der lange unten in Gebrauch gewesen war – daran hingen abgenutzte, aber auch nie getragene Kleider aller Berlangas, Mützen, Sommer- wie Winterjacken, schwere Mäntel, ein Fuchspelz, aus dem Motten flatterten – darunter Schuhe für alle Jahreszeiten und Gelegenheiten, Sandalen und Stiefel und Skischuhe, das Meiste noch brauchbar – daneben die Sitzbank, auf die sich früher Ferdinand mit einem im ganzen Haus hörbaren Seufzer hingesetzt hatte, wenn er nach Hause kam – mit diesem Seufzer blies er die Blähungen aus, die die ständigen Fluktuationen der Börsenkurse in ihm verursacht hatten, dann streifte er noch lärmender die Schuhe aus und stülpte geniesserisch einen Pantoffeln nach dem anderen über seine Füsse – sechs Generationen seiner Hausschuhe paradierten unter der Bank – im Eingangsbereich der Spottwohnung lagen auf einer Kommode aus der Mode gekommene Handschuhe, Listen längst erledigter Besorgungen, Schlüssel, die nichts mehr öffneten – da stand das alte Postkommödchen Dorotheas – sie liebte es, zu korrespondieren, ständig sass sie an ihrem aufklappbaren Schreibtischchen und schrieb in einer Leidenschaft, die jener Ferdinands vergleichbar war – einer Schreibwut, der auch Evelina anheimfallen sollte – Dorothea schrieb an ihre Verwandtschaft, an Freundinnen und Bekannte, sie schrieb Dankesbriefe an Verkäuferinnen, die sie besonders gut bedient hatten, auch an jene des Kaufhauses Barsch, stelle ich mir vor, und sollte sie auch an den Besitzer geschrieben haben, bestimmt nicht ohne zu erwähnen, Grüsse an dessen Tochter Marina auszurichten, die mit ihrem Sohn befreundet war – sie schrieb Leserbriefe, manchmal schrieb sie auch den Verfassern von Leserbriefen, sie schrieb an die von einer Zeitung Rat Suchenden, wenn sie dem Rat der Zeitung etwas hinzuzufügen hatte – nie aber schrieb sie Klagen, Beschwerden; was sie zu sagen hatte, war stets positiv formuliert, als Aufmunterungen, Trost, in Lob gekleidete Verbesserungsvorschläge – wie schwer fällt es mir, diese verbitternde Frau als nach aussen so unerschütterlich optimistisch zu sehen – verschenkte sie ihren Optimismus an andere, so liess es sich für sie vielleicht besser mit ihrer zunehmenden Bitterkeit leben – auf dem Postkommödchen oben lagen noch ungeöffnet Dorotheas letzte Briefe, die sie nicht mehr abschicken konnte, und die Evelina in ihrer Verwirrung oder in einer späten Erfüllung eines Stieglitzschen Planes hierhin gelegt haben muss – in einem Ständer steckten Schirme und Stöcke, den Korridorwänden entlang stapelten alte Zeitungen, seit Jahren bereit für die Altpapiersammlung, dicke, staubige Teppiche führten an Stichen vorbei, gerahmten Postern, Landkarten, unterbrochen von Wappen und Schildern, darüber der eine oder andere gebrauchte Säbel, ein Karabiner, Pistolen – am Gespenstischsten kamen mir aber stets die Zimmer selber vor, jetzt umso mehr, da bereits drei der vier Bewohner der Villa Berlanga tot sind und die Vierte im Grunde eine vom Tod Erweckte ist – das alte Elternbett verhöhnt jenes unten, das seit dem Tod Dorotheas und Ferdinands unbenützt ist, Evelina schläft in ihrem Mädchenzimmer, einem nervenschonenden Refugium aus zarten Farben, bunten Reproduktionen aus dem Tierleben und auffällig vielen unzerbrechlichen Gegenständen – dieses wird hier oben nur ungenügend verspottet, hätte Stieglitz gesagt – aber seine Schwester war ja erst dreizehn, als er starb, und am Haus und damit auch an der Spottwohnung wurde nach seinem Tod nichts mehr verändert – immerhin standen oben vier sozusagen grösser werdende Kinderbetten nebeneinander, es häuften sich Kleider, denen Evelina entwachsen war und für die es keine Kommode gab, da sie sich von ihrer alten nie hatte trennen wollen, auf einem Tischchen lagerten Zeichnungen, überall lag Spielzeug herum – so reproduzierte Stieglitz das Original von zwei Stockwerken weiter unten im Massstab 1:1, als sei es eine Kunstinstallation, deren Authentizität ein einziger abweichender Millimeter zerstören könnte – in der Küche der Spottwohnung – dort, wo es über die Zugtreppe in die Dachkammer ging – spielten Stieglitz und Evelina »guter Vater – böse Tochter« – Stieglitz liess sich in der Rolle des Vaters ihrer Mutter schwer auf den Stuhl krachen und schaute sich ungeduldig um – er war doch da, weshalb war es das Essen nicht? – herausfordernd hantierte er mit dem Besteck, drehte schliesslich das Radio an – das seines Grossvaters – und verkündete mit strenger Miene: »Ich sage es nur einmal: Ruhe während der Nachrichten!« – schon kicherte das Schwesterchen unvernünftig munter drauflos – »Genau so ist es gewesen!«, erzählte ihre Mutter den Kindern gern. »Genau so! Mittag für Mittag kicherte ich munter drauflos, Vater brauchte nur das Radio einzuschalten, so konnte ich mich nicht mehr zurückhalten!« – »Ist es denn wirklich zu viel verlangt, ein paar Minuten lang ruhig zu sein?«, dröhnte Stieglitz als Grossvater, eine Frage, die er auch Dorothea gestellt hatte – schon kicherte Evelina hilflos drauflos – »Und wie das zu viel verlangt war!«, habe sie gesagt, erzählte Dorothea weiter und fing selber wieder wie ein kleines Mädchen zu kichern an – sah bestimmt die Szene mit ihrem Vater vor sich – die später oben in der Spottküche von ihren Kindern erneut aufgeführt wurde – »zumal es nie bloss bei den Nachrichten blieb« fuhr sie fort, »Hatte Vater das Radio eingeschaltet, blieb es an, und war es an, mussten alle still sein, ein Knopfdruck genügte, und wir alle verstummten!« – »Radio! Radio!«, rief sich Evelina selber zu und verfiel so hartnäckig in ihr glucksendes Kleinmädchenkichern, dass sich Stieglitz sorgte, sie würde daran ersticken – sie lachte Tränen – ihr Lachen rüttelte ihren Körper durch – sie erstickte dann doch nicht, musste aber höllisch dringend pinkeln – sie bekam regelrecht Muskelkater von den Lachkrämpfen – drohend hob Stieglitz die Hand – was aber konnte sie tun? – allein die Namen, die im Radio genannt wurden, brachten sie genauso zum Lachen, wie sie schon ihre Mutter zum Lachen gebracht hatten – »Goering! Himmler! Goebbels! Ribbentrop!« – oder wie der hiess – »Ribbentrop!« – ja, so hiess er! – »Riefenstahl!«, jubelte Evelina – schaltete man jetzt das Radio ein, ging es fast noch lustiger zu – »Breschnjew! Leonid! Iljitsch!« – »Andropov!« – und manchmal – »Schostakowitsch! Solschenizyn!« – »Schosti! Solsch!« – »Schostisolsch!« – ausser sich vor Wut donnerte der Vater die Faust auf den Tisch, die Gläser hüpften, die Teller bebten, Evelinas Kichern versiegte – knien musste Dorothea, wenn ihr mit Vernunft nicht beizukommen war! – also kniete auch Evelina vor Stieglitz hin – der sie am Ohr packte und sie grob wieder auf die Beine zog – »Die Russen können jeden Augenblick kommen, und du lachst, Göre! Wie kannst du angesichts der ständig kommenden Russen lachen! Dir wird das Lachen schon noch vergehen!« – es verging ihr tatsächlich für eine Weile – sie schrie vor Schmerz auf, doch forderte sie ihren Bruder nicht auf, sanfter zu sein, schon beim zweiten Mal war der Schmerz erträglicher, er gehörte zum Spiel, sie gewöhnte sich an ihn – das Kichern aber konnte auf Dauer der schlimmste Schmerz nicht stoppen, die Russen hätten schon wirklich kommen müssen! – nicht nur immer dieses Gedrohe, das für weiss nicht wen gut war – dieses frühreife, vorlaute Gehabe machte den Vater natürlich nur noch zorniger, wutentbrannt hämmerte er auf den Tisch ein – jeder Schlag fuhr ihr durch die Knochen, doch jetzt waren es nicht mehr die lustigen Namen, jetzt waren es die Schläge, die sie zum Kichern brachten, es war ein ausser Kontrolle geratendes Trio aus Schlägen, Kichern und dem Fluchen des Vaters – das abrupt aufhörte, als der Vater die Tochter erstmals ins Gesicht schlug – das war nicht ausgemacht gewesen – Stieglitz starrte auf seine Hand, als erkenne er sie nicht mehr – das gerötete Gesicht seiner Schwester leuchtete – »Ich habe das nicht gewollt«, stotterte er, »nicht so hart« – Evelina schwieg – flehend sah er sie an – sie legte ihre Hand auf die Hand, die sie geschlagen hatte und tröstete sie streichelnd – sagte: »Aber so hart war es gar nicht, Lieber« – und als sie versuchte, ein Kichern aus der Kehle zu pressen, lächelte er – und als ihr das Kichern gelang, nahm er sie erlöst in die Arme – und sie sagte: »Ist das alles, was du drauf hast, Brüderchen? Bestimmt hat Grossvater Mutter viel härter geschlagen! Was würde Mutter sagen, wenn du mich schlägst wie ein Waschlappen?« – sie kicherte vieldeutig, jetzt gelang ihr das Kichern wieder in jeder gewünschten Tonlage – »aber mach dir nichts draus, es ist noch kein Meister vom Himmel gefallen« – und nahm seine Hand und legte sie auf ihre gerötete Wange und rief munter: »Los!« – und wieder schlug er – und wieder schlug er sein zartes Schwesterchen härter, als er es gewollt hatte, doch hatte sie ihn nicht geradezu dazu verführt? – das kleine, schamlose Luder? – diesmal fiel sie beinah hin, so kräftig hatte er sie geschlagen – Waschlappen, also wirklich! »Und jetzt sperr mich in den Schrank! Ab mit mir in den Schrank!«, jubelte die endlich gekonnt Geschlagene – stolz rieb sie sich die Wange – sie riss die Schranktür auf, und als habe Stieglitz seinen Text vergessen, fuhr sie für ihn mit verspottend tiefer Stimme fort: »Rein mit dir, du ungezogene Göre, das soll dir Mores lehren!« – da verwandelte er sich wieder in den tobenden Bersekervater, sie sich zurück in das misshandelte Unschuldstöchterchen – er packte sie grob am Haar, an den Schulter, stiess sie mit dem Knie vor sich her –»Nein, bitte nicht!«, jauchzte sie, »nicht in den Schrank!« – nahm sich aber zusammen, um für den Bruder glaubhaft verängstigt zu klingen –»Da ist es so dunkel, da hat es Schaben drin und Spinnen und Ungeheuer und Gespenster und Ausserirdische, die mich entführen werden... und... und...!« – »Los! Rein! Göre!«, schrie Stieglitz – und zum ersten Mal bei ihrem verfluchten Spiel glaubte er dem Ton seiner Stimme –»Lieber, lieber Vater, ich bin auch ganz brav!« – doch dem Vater war der Geduldsfaden gerissen, er stiess ihren Kopf in den Schrankfuss – noch hielt sie sich fest – doch was vermochten diese dreizehnjährigen Ärmchen gegen einen einmal entfachten väterlichen Zorn auszurichten? – sie knickten ein wie Zündhölzer – viel dicker waren sie auch nicht – und glänzten verschwitzt wie brennendes Wachs – er packte sie am Hemdchen, stiess ihren Oberkörper in das Schrankdunkel – packte sie am ungezogenen Arsch – konnte es sich immerhin verkneifen, die Hand auf die noch kindlich unschuldige, doch schon fraulich angenehme Wölbung klatschen zu lassen – die nackten Beinchen, die weiss besockten Füsschen folgten – krach! – gerade noch rechtzeitig vermochte sie sich klein zu machen, noch kleiner, als sie ohnehin schon war – als sie sich von diesem Augenblick an ein Leben lang fühlen würde – klein! – klein! – klein! – schon knallte die Tür zu, schon war es stockfinster – der Vater polterte aus dem Esszimmer – das Schreien, das Jammern verhallte – verspottet von der Spottwohnung, durch die der strenge, aber gerechte Vater stapfte – seine Schritte verhallten ebenso – es half alles nichts, sie war ungezogen, Strafe musste sein – wie lange würde sie hier eingesperrt bleiben, die halbe, die ganze Nacht? –»Du schon?«, rief Evelina enttäuscht, als er die Tür schon nach wenigen Minuten wieder öffnete.»Das hat mir noch kein bisschen Mores gelehrt!« – auf ihr Drängen hin spielten sie bereits am nächsten Abend wieder, gleich, nachdem sie unten Abend mit Ferdinand, der keine Ahnung hatte, in was für eine böse Travestie er oben geraten war, gegessen hatten – diesmal hielt es Stieglitz fast eine Stunde aus, bis er die Schranktür öffnete – doch wieder rief sie ihm »Du schon?« entgegen – »Das hat mir noch kein bisschen Mores gelehrt!« – doch schon war es wieder Bettzeit – Stieglitz hatte den Auftrag erhalten, sicherzustellen, dass seine kleine Schwester spätestens um neun im Bett lag – von da an, geschützt vom unübersichtlichen Haus, spielten sie jeden Abend – jeden Abend flehte die Kleine nachdringlicher, »Sperr mich über Nacht ein!« – er bot an, sie für zwei Stunden einzusperren und für sie unten eine Ausrede zu finden, sie habe Kopfschmerzen und schlafe schon, es sei nicht nötig, dass die Mutter nach ihr schaue, doch sie liess nicht mit sich feilschen, sie wollte keine zwei Stunden, sie wollte keine halbe Nacht, sie wollte die ganze – »Ich war doch sooo ungezogen«, insistierte sie, als Stieglitz schliesslich nachgegeben hatte – damit unten keiner etwas merkte, spielten sie jetzt nach ihrer Bettzeit, es war schon fast Mitternacht – »Und nimm auch meinen Pullover, ich muss auch frieren, lieber Vater, die krabbligen Ungeheuer müssen mir über die Haut kriechen, sonst lerne ich es doch nie!« – und sie warf ihren Pullover aus dem Schrank und kauerte sich zitternd hin – dabei war es kaum kalt, die Villa Berlanga schien nie vollständig abzukühlen, bewahrte ihre Hitze Sommer wie Winter – früh am nächsten Morgen schlich Stieglitz nach oben und öffnete behutsam die Schranktür – Evelina schlief, er berührte sie, sie fühlte sich doch etwas kalt an, er erschrak, rüttelte an ihr, wie konnte sie in dieser verkrümmten Stellung überhaupt schlafen – »Mir hat geträumt, dass ich eine ganz brave Tochter war«, rief sie plötzlich, »kannst du dir das vorstellen, Vater?« – »Eigentlich nicht«, brummte er gehässig, musste dann aber loslachen, »Komm schon, du musst duschen und dir etwas anderes anziehen, beeil dich, die Mutter ist schon in der Küche und bereitet das Frühstück vor!« – »Hat nicht der Grossvater«, fragte Evelina, als sie am nächsten Abend wieder oben spielten, »der Mutter jedesmal ein Stückchen Schokolade gegeben, als er sie befreit hat? Sozusagen um die Strafe nachträglich zu versüssen?« – »Kann sein«, sagte Stieglitz, der wusste, dass sie recht hatte, der sich aber auch vor einer weiteren dummen Idee seiner Schwester fürchtete – »Ich fühle mich nämlich schon ein bisschen besser, Vater«, wechselte sie wieder in den Spielton, »ich mache Fortschritte, bin ein kleines bisschen weniger ungezogen, wenn auch noch immer *sehr* ungezogen ...« – am nächsten Abend, wieder gleich nach dem Essen, lockte sie ihren Bruder wieder nach oben, diesmal würden sie etwas anderes spielen, sie war völlig verändert, fröhlich, unbeschwert, neugierig folgte ihr Stieglitz – sie drehte das Radio an, das sofort begann, lustige Namen auszuspucken, sie kicherte los und setzte sich, wieder ganz liebliche Tochter, an den Tisch – dann verkündete sie ernst. »Es hilft alles nichts! Ich war wieder ungezogen! Schlag mich wieder, Vater, du musst mich härter schlagen!« – »Was hast du denn getan?«, fragte Stieglitz, der nicht spielen wollte – »Das spielt doch wirklich keine Rolle, du blöder Kerl!«, rief sie – so zornig hatte er sie noch nie gesehen – sie packte seinen Arm, zog ihn an sich, schlug sich damit und lachte auf, langsam erst, da er sich sperrte, sie riss seinen Arm fester und gab sich eine schallende Ohrfeige – allmählich erlahmte der Widerstand ihres Bruders, bald klatschte seine Hand williger in ihr Gesicht – im Grunde mochte er seine Schwester ja nicht wirklich, dauernd wurde sie von den Eltern gelobt, selbst dann, wenn sie wie ein Holzpflock tanzte oder ihn anspuckte, oder auch nur, weil sie in ihren Mundwinkeln Grübchen bildeteten, wenn sie lächelte – es fühlte sich gut an, sie zu schlagen, Haut auf Haut, mächtig und zärtlich zugleich – und schlug er sie wirklich zu hart, sagte er sich, dass nicht er es war, der sie schlug, sondern der Vater – sie lachte wieder auf, jetzt lachte er mit, wieder schlug sie sich mit seiner Hand ins Gesicht, diesmal hatte sie nicht mehr das Gefühl, ihn führen zu müssen, sondern von ihm geführt zu werden, sie liess seinen Arm los, schon klatschte er ihr von selber ins Gesicht, unter Tränen jauchzte sie auf: »Und jetzt pack mich!«, rief sie – »Was meinst du?«, fragte er entsetzt – »Na, in den Schrank! Sei keine Memme, Brüderchen!« – das ging nun wirklich zu weit, jetzt schlug er sie wirklich, er war kräftig, hatte Muskelhügel auf den Oberarmen, ganze Möbelpackerberge, mit denen er spielen konnte, die sich wie Wellen hoben und senkten – jetzt war sie es, die ihn entsetzt anstarrte – war er zu weit gegangen? hatte sie ihm das nicht zugetraut? – ha! – »In den Schrank mit dir!«, schrie er – Evelina, die sich noch die gerötete Wange rieb, sah sich ängstlich um, gehorchte dann, was blieb ihr angesichts roher väterlicher Gewalt übrig – zum ersten Mal sah sie in den Augen ihres Bruders ein Blitzen – das Blitzen des Wolfes, wie sie es später für sich nannte, eines Wolfes, der alt genug geworden war, seine Beute selber zu erlegen – und ich, dachte sie, habe ihn dazu gebracht, ihn, meinen Wolfsbruder, wie liebe ich ihn, später will ich einen solchen Mann an meiner Seite, meinen sich nach mir verzehrenden, mich verzehrenden Wolfsmann! – »Wirds bald?!«, schrie er, er riss ihr den Pullover vom Leib – »Nicht so grob!«, rief sie – »Nicht so lahmarschig!«, fauchte er zurück, bereits wieder ein bisschen verunsichert – doch als seine Schwester, die seine Verunsicherung spürte, lächelte, schlug er sie erneut – sie faltete sich in den Schrankfuss – er schlug die Tür zu – beinah hätte sie sich die Finger eingeklemmt, sie beklagte sich – doch er war schon weg, seine Schritte verhallten selbstbewusst, männlich, womöglich für immer, wer würde sie hier oben finden? – da setzte die Angst zum ersten Mal ein – diese nicht gespielte Angst – das Zittern, das ihren Körper packte, war wirklich – die Zeit kroch, jede Minute bohrte sie in ihr Herz wie ein Pfahl – schliesslich wurde die Tür einen Spalt geöffnet, gerade weit genug, dass ihr zwei Gegenstände gereicht werden konnte, worauf sie die Dunkelheit schon wieder krachend einschloss – »Die Schokolade!«, begriff sie dankbar. »Und was ist das? Wein!« – ja, wirklich, es war eine Flasche Wein, die sie in der Hand hielt, schon für sie entkorkt, ein Glas würde sie ja wohl nicht auch noch wollen, allein schon von dem Geruch, der aus der Flasche stieg – ja, dem Flaschengeist! – wurde ihr neblig im Kopf, der Nebel bereitete sich im Schrankfuss aus, hüllte sie ein, trug sie weg, wie gut der Flaschengeist schmeckte, als sie schliesslich an ihm nuckelte und in den Mund nahm – durch die Kehle schwemmte er in ihre Seele! »Was sagst du nun?«, hörte sie ihn sagen – wer war er denn jetzt, der Vater? der Vater ihres Vaters? wurde sie Schluck für Schluck zur Tochter des Vaters ihres Vaters, zur Frau ihres Vaters, war sie zu ihrer Mutter geworden? – da wurde wieder die Tür geöffnet – ja, da stand einer, ein männliches Exemplar der menschlichen Gattung – als sie ihren Kopf herausstreckte, um zu erkennen, wer es war, wurde sie wieder geschlagen, von oben nach unten, mit dem Handrücken – *patsch! patsch! patsch!* – jeder Finger schlug eine Bahn in ihre Wange – zart, wie der Wein, der in ihrem Magen brannte, heftig wie der Wein – sie glühte vor Schmerz, im Magen, im Herzen – nach jedem Schlag wurde sie geküsst – wurde sie auf die Wange geschlagen – wurde sie gleich auf die geschlagene Wange geküsst – wurde sie auf den Oberarm geschlagen – und geküsst – bis um sie die Höllenflammen züngelten, bis sie lichterloh brannte – oh Sünde, was bist du gut! – »Die Schläge werden dich von deinem Benehmen heilen, die Küsse von den Schlägen, Töchterchen!

Bald wirst du ein durch und durch braves Mädchen sein!« – sie bezweifelte das, doch hatte sie trotz ihrer jungen Jahre schon genug über die Menschen gelernt, um zu wissen, dass sie meist das Gegenteil dessen meinten, was sie sagten – Sünden waren nicht schlecht, sie waren gut, sie wurden am meisten von jenen begangen, die sie den anderen verboten – oh Menschen! oh Teufel! – schon wurde die Tür wieder zugezogen, die Schritte verhallten, sie lauschte der Stille, die Stille, die jetzt ihr Schmerz, die Stille, die ihre glühende Lust war – ihre Lust auf die Sünde – je mehr sie in der Stille versank, umso lauter wurde sie – und je mehr sie von ihr hatte, umso mehr davon wollte sie – doch da verwandelte sich die Stille und zeigte ihr böses Gesicht – Spinnen mit Flammenhörnern krochen aus der Stille, Schaben mit Menschengesichtern – eines davon das ihres Bruders – sie schrie – schrie – sie aber wusste von den schon zahlreichen lustvoll schmerzhaften Nächten, dass man die Stille nur für beschränkte Zeit mit Schreien zerreissen kann – dass die Stille immer wiederkehrt, schon da ist, auch wenn noch das eigene Schreien dröhnt – sie suchte nach einer neuen Methode, fand sie auch gleich unter ihrer Zunge, wo wie durch ein Wunder ein Stückchen Schokolade zu liegen kam, das jetzt schmolz, das sie mit einem Schluck Wein aufweichte, durch ihre Mundhöhle jagte, in ihren Schlund sog – so schlagartig wie von den Schlägen wurde ihr heiss, sie konnte nicht genug kriegen, nicht von der lauten Stille, nicht von der Weinschokolade, nicht von der üblen Lust, die durch sie bebte, sie schlug um sich, implodierte und explodierte zur gleichen Zeit – sie war ein einstürzendes Gebäude – sie war ein Erdbeben – sie war ihr privater Weltuntergang – sie merkte nicht einmal, dass die Spinnen und Schaben jetzt aus ihrem Magen krochen, durch ihre Kehle schwammen, aufwärts, aufwärts, durch die Mundhöhle, über ihren Körper – sie war so glücklich, noch nie wollte sie den Tod so sehr – erst, als die Männerstimme sagte: »Hier stinkts ja höllisch!«, begriff sie, dass ihr Glück Übelkeit war, dass sie in einem Himmel von Alkohol und Kotze und Pisse hockte – Gott, war ihr übel – sie begriff jetzt, weshalb man speiübel sagte, spie ihr Übel aus so gut sie konnte – wer nur trat ihr gegen den Schädel! – hämmerte sich aus ihrem Hirn ins Freie! – schnitt ihr wieder und wieder und wieder mit einem Messer durch die Iris! – zersplitterte den Raum, in dem sie hockte, nur um ihn wieder zusammenzufügen und wieder zu zersplittern – »Evelina!«, rief Stieglitz besorgt. »Bist du okay?« – Sie schrie, »o ja!« – schlief ein – gleich war sie wieder wach – da stand er wieder vor ihr, rüttelte sie angewidert, angeekelt schaute er seine Fingerspitzen an und wunderte sich, ob sie sich schon verfärbten – »Evelina, los, mach schon, du musst duschen! Musst dich bereit machen, sonst merkt es die Mutter!« – »Sag selbst, Vater, was war ich doch für ein ungezogenes Mädchen!«, rief sie glücklich – er schaute sie unwirsch an, für ihn war das Spiel vorbei, für Evelina aber hatte es, was er nicht begriff, erst begonnen – sie kicherte, doch nur vorsichtig, denn jedesmal explodierte ihr Schädel, jedesmal bebte es ein weiteres Mal durch sie hindurch, was sie wieder kichern liess, worauf der Schädel wieder platzte – »Los!«, rief er und zerrte sie aus dem Schrankfuss, schleppte sie mit Müh und Not mit sich nach unten, die kalte Dusche half wenigstens ein bisschen – ihre Mutter wunderte sich, wie maulfaul ihr Plappertäschchen am Frühstückstisch auf einmal geworden war, das fröhliche Mädchen war doch sonst nicht still zu kriegen, immer noch etwas fiel ihr ein, sprang schon wieder auf, weil etwas für ihr komplexes Frühstücksritual fehlte – jetzt hockte sie in sich gesackt da, stocherte wie eine Nonne, die jede Lust für Jesus aufgegeben hat, in ihrem Joghurt – so beobachtete Dorothea eine schleichende Veränderung, wie man sagt, wie eine Giftschlange schlich sie, zischend und hinterhältig – auch sah das unternehmungslose Mädchen immer mehr wie eine lustlose Nonne aus, kompensierte ihren Verlust an Lebensfreude mit einem Gewinn an Körpergewicht, lange wollte ihre Mutter auch den unangenehmen Geruch, der von ihrer Tochter ausging, nicht wahrhaben – ihre Schulleistungen sanken – war es Faulheit, die Dorothea roch? – dann gingen erste Meldungen ein, Evelina schlafe im Unterricht ein, Evelina schreibe ab, gegen den Willen ihrer Mitschülerinnen, die sie auszuschliessen begannen – Evelina maule die Lehrer an, Evelina beleidige Mitschüler, als Evelina mit einem Stein nach einem Mitschüler warf, wurde der Schuldienst eingeschaltet, als sie beim Klauen erwischt wurde, ihre Versetzung in eine Sonderschule beantragt – wo sie ihr schlechtes Benehmen verfeinerte – Sonderschule folgte auf Sonderschule – manchmal büchste sie aus, schien aber gefunden werden zu wollen, denn schon am nächsten Tag las man sie irgendwo auf einer Landstrasse auf – es folgten Internate, es folgte eine katholische Mädchenschule, wo sie dabei erwischt wurde, wie sie Messwein klaute, und als herauskam, dass sie sich ebenso grosszügig in den Dorfläden bediente und die Ladenbesitzer nicht darauf verzichten wollten, Anzeige zu erstatten, trat sie die Reise durch die Kliniken an, um die Strafanstalten zu ersparen – in denen sie alle ohnehin sahen, hatte sie doch das Mündigkeitsalter erreicht – um das zu vermeiden, nahmen sie die Eltern wieder in ihre Obhut – polsterten ihr Mädchenzimmer, entfernten alle scharfen Gegenstände – wie lange schon, Lili – Evelina –, starre ich in das Dunkel des Schrankfusses –

II.

»Niemand ist ein anderer«

Geschirrklappern dringt aus der Küche, von draussen wehen Kinderstimmen vom erst kürzlich erstellten Spielplatz unter dem Fenster herein. Nichts dringt so unverhohlen in seine Gedanken, raubt ihm seine Konzentration wie dieses anschwellende und wieder abebbende Geschrei. Immerhin dringt auch die würzige Luft des milden Herbsttages, der sich ankündigt, in seine Kammer. Es ist Oktober. 18 Grad. Über die globale Klimakatastrophe, an die der heisse Sommer denken liess, redet niemand mehr. Der Planet geht für eine weitere Runde in die Verlängerung. Dass Pluto im Sommer von den führenden Astronomen zum Zwergplaneten degradiert wurde, hat an seinem Platz im Sonnensystem-Mobile, das über seinem Schreibtisch hängt, nichts geändert. Schaut er hoch, sieht er das auf sein Skelett reduzierte Geheimnis des Weltall. Ist es sich selbst auch ein Rätsel?

Es ist wieder Zeit, die Villa Berlanga niederzubrennen. Schon flammt das Streichholz in seiner Hand auf, schon fängt die Luftaufnahme des Hauses Feuer. Stets hält er die Flamme so unter das Papier, dass sie ein Loch durch die Dachkammer brennt. Dann lässt er es in den Aschenbecher fallen und schaut dem Feuerbad zu, bis es sich in ein Aschenmeer verwandelt hat. Das gibt ihm Mut für den neuen Tag, den er für diesen besonders benötigt. Er wird für das On-Camera-Interview für den Film über seine frühen Jahre, den Lili Fontana dreht, nach St. Gallen fahren.

Nach drei Monaten Funkstille rief sie ihn endlich an und sagte, sie habe als Kulisse in einem stillgelegten Fabrikareal die Spottwohnung nachbauen lassen. Auch wenn er nicht versteht, weshalb sie nicht die wirkliche Spottwohnung benutzt. Verweigerte Evelina die Dreherlaubnis, um sich und ihren Bruder zu schützen? vor der Öffentlichkeit? vor ihm, mit dem sie ein Stück Vergangenheit teilt, weit zurückliegende, aber auch jüngere? –, so schätzt er dennoch die Ironie, die sich dahinter verbirgt: Verspotteter Spott löst sich auf. Doch in was?

Er schlief schlecht, immerhin traumlos. Wie so oft ist er über dem *Würgeengel* eingeschlafen. Als er um fünf Uhr früh aufwachte, war ihm gleich klar, dass er nicht mehr würde einschlafen können. Leise, ohne Josie zu wecken, schlich er aus dem Schlafzimmer, setzte in der Küche Kaffee auf und schritt, während er auf den Kaffee wartete, die Wohnung ab, als sei sie ein Palast mit unendlich vielen Zimmern. In seinem Büro dann, dem Impuls nachgebend – oder war es Instinkt? –, dies könnte ihm helfen, um seine dramaturgischen Probleme zu lösen, leerte er den Schreibtisch. Lampe, Notebook, die längst zu korrigierenden Mathematikhefte, die unbeantwortete Korrespondenz, Bürokram – das alles stapelte er auf dem Fenstersims.

Jetzt, bevor er sich an den *Würgeengel* macht, blättert er in dem Ordner, in dem er seine Erzählungen ablegt. Die jüngste, *Grand Canyon*, führte immerhin zu einem Teilerfolg. Eine Redakteurin, die so jung klang, dass sie seine Tochter sein könnte, rief ihn vergangene Woche an. Bestimmt in der Absicht, ihn zu loben, obwohl es dann auf ein mündliches Massakrieren seiner Arbeit hinauslief, in das sie sich lustvoll hineinsteigerte: zu flapsig im Umgang mit einem so zeitbestimmenden Thema wie Evolution versus Kreationismus (sie sprach *versus ferssus* aus, was ihn aus irgendeinem Grund besonders beleidigte), zu achtlos fragmentarisch in der Ausführung und als Krönung auch noch lesbenfeindlich. Immerhin hatte er *einen* Nerv getroffen. Als sie sagte, es sei noch kein Meister vom Himmel gefallen, musste er laut herauslachen. Jetzt war die junge Dame beleidigt und fügte indigniert hinzu, der Zweck ihres Anrufes sei es, ihm zu versichern, dass ihr und auch ihren Redaktionskolleginnen der Text trotz der zahllosen Vorbehalte so gut gefallen habe, dass sie gern mehr von ihm lesen würden, ob er denn mehr habe? Ja, sagte er und schickte sie mit einem Knopfdruck in den Äther.

Er legt den Ordner zu den anderen Sachen auf den Sims zurück und starrt die leere Schreibtischplatte an. Wie lange steht er schon am Fenster? Für einen Augenblick fragt er sich, weshalb der Tisch leer ist, dann kommt es ihm wieder in den Sinn. Er betrachtet die Sachen, die dem Wetter auf dem Sims schutzlos ausgeliefert sind. Er weiss nicht, weshalb er das wieder tut, er weiss nur, dass er es tun wird. Auf den Nachmittag sind Regengüsse angesagt. Die Erzählungen hat er im PC, doch der PC lagert ebenfalls beim Fenster. Einen neuen kann und will er sich nicht leisten. Die Examenshefte den Schülern in jenem Zustand zurückzugeben, in dem er sich lautstark weigert, sie entgegenzunehmen, darf er sich nicht leisten. Nicht wieder. Darauf, dass Josie die Fenster schliessen wird, ist kein Verlass. Sie bringt es fertig, während eines Sturms alle Fenster ausser seinem zu schliessen. Im Lehrerzimmer des Gymnasiums wird geraunt, der Rektor habe ein Auge auf ihn geworfen. Er kennt ihn kaum, manchmal geistert er durch die Korridore, grüsst ihn bestenfalls aus Versehen. Egal. Noch regnet es ja nicht. Doch das Fenster wird er nicht schliessen, bevor er geht, das steht fest.

Auf den Tisch, den er in die Mitte des Raums schiebt, stellt er sechs Gedecke. Es müssten zwanzig sein, doch wer hat schon Platz für so viele Gedecke in seinem Büro, zumal in Genf, wo jeder Quadratzentimeter zehnfach verrechnet wird? Er schaltet das Tonbandgerät ein, das auf dem Boden liegt, tritt an den Tisch heran, nimmt eine Serviette und faltet sie »mit einem teilnahmslosen Ausdruck« auseinander, wie es das Textbuch verlangt. Dann faltet er sie wieder zusammen und legt sie zurück. Zu umständlich diesmal, zu bewusst, zu wenig beiläufig. Wieder faltet er sie auseinander, teilnahmslos, obwohl er sich, wie er findet, noch zu sehr darauf konzentriert hat. Er legt die Serviette auf den Tisch zurück, tritt zum nächsten Gedeck und sagt »sotto voce«: »Die Walküre?«

Ein guter Einstieg. Dann stellt er sich wieder vor das erste Gedeck und sagt ebenfalls »sotto voce«, aber mit einer weiblichen Stimme: »Ja, Lätitia. Ich nenne sie so, weil sie so grimmig ist und ... eine Jungfer.«

Er stellt sich wieder vor das andere Gedeck und sagt »zweifelnd, doch dem Gehörten Glauben schenken wollend«: »Eine Jungfer? Meinst du wirklich?«

Das muss schneller gehen. Und bösartiger klingen.

»Es heisst, sie habe ihre Tugend intakt behalten.« Er beugt sich zu seinem unsichtbaren Gesprächspartner und flüstert: »Es könnte sich um eine Art Perversion handeln.«

Er lacht, mehrstimmig, kehlig, kichernd, er lacht für alle Gäste, die die Bemerkung gehört haben, auch für Stieglitz lacht er, dessen Vogellachen lacht er, dass es dem Haus durch Mark und Bein geht.

Rasch tritt er zurück. Etwas stört ihn. Es ist das Max-Ernst-Foto. Mag Buñuel auch mit Ernst zusammengearbeitet haben (in *L'âge d'or*), so hat es in der Villa Nobiles doch nichts zu suchen. Ebenso wenig wie der Band über die Skulpturen Ernsts, aufgeschlagen auf der Seite, die *Das Auge der Sphinx* zeigt. Neben der Tür hängt eine Vitrine mit Hunderten von Steinen, die er unermüdlich sammelt, meist am Ufer der Rhone. Längst weiss er nicht mehr, welches Stieglitz' Steinauge ist; er weiss aber, dass jeder dieser Steine jenem Ernsts ebenbürtig ist. Ob Lili mit ihrer Spekulation, Ernst sehe auf dem Sommer-Foto wie Stieglitz aus, wäre er älter geworden, recht hat? Das lässt sich nur in der Fantasie nachweisen. Wahllos greift er nach einem der Steine und steckt ihn ein.

Weil er genau in dem Augenblick, als es an der Tür klopft, das Buch zuklappt, hört er das Geräusch nicht. Ein etwa fünfzehnjähriger Junge steckt den Kopf herein. »Mama will wissen, wo die Teller geblieben sind. Und wann du mit Condi rausgehst.«

»Kannst du nicht klopfen, Paul?«

»Ich habe geklopft, Pa.«

»Was musst du nur immer schwindeln«, sagt Philip.

Als der Junge die Teller auf dem Tisch – und diesen in der Mitte des Raumes – wahrnimmt, seufzt er.

»Bring sie doch gleich mit, Pa. Frühstück ist fertig.«

Der Junge zögert. »Soll ich dir was helfen?«

Philip sagt mit Leandros Stimme: »Sag der grimmigen Jungfer, dass ich gleich komme. Mit den Tellern. Und Condi ...«

Da hat sich der Kopf schon zurückgezogen, ist die Tür wieder zu.

»Und dass sie mich nicht stören soll, wenn ich nicht gestört werden will«, fügt er leise hinzu.

Er bleibt noch eine Weile vor seinem zu Nobiles Tafel umfunktionierten Tisch stehen. Er weiss, dass er diese Szene aus dem *Würgeengel* noch einmal durchgehen muss. Seine Methode, die eigene Rolle einzustudieren, besteht darin, erst das ganze Stück zu verinnerlichen. Erst muss er alle anderen Rollen im Kopf haben. In diesen Stimmenchor kann er dann seine einbetten, die des Gastgebers Nobile. Er muss alles über den Hintergrund der Figuren wissen, deren Biografien, Gewohnheiten, Geheimnisse, Vorlieben. Er muss alles über den Ort, über Mexiko, das Land, in dem das Stück spielt, wissen. Er muss buchstäblich alles wissen, bevor er mit der eigentlichen Arbeit beginnen kann. Was er wissen muss, beschränkt sich nicht nur auf das

Stück, an dem er gerade arbeitet. Er muss auch wissen, weshalb Pluto kein Planet mehr ist. Er muss wissen, wer Max Ernsts Steinauge gefunden hat – Roland Penrose –, und dann muss er alles über Roland Penrose wissen. Dieses Alleswissenmüssen ist natürlich dabei hinderlich, seine Rolle innerhalb nützlicher Frist einzustudieren. Aber so funktioniert nun einmal seine Methode, die Methode »Philip Gandolf«. Immerhin hat sie dazu geführt, dass ein Dokumentarfilm über ihn gedreht wird. Wenn das kein Erfolgsausweis ist. Schade nur, dass ihn sein Sohn so gesehen hat. Ob Paul ihn versteht? Er ist noch so jung, so alt wie sein Freund Stieglitz war, als er starb. Philip macht sich Sorgen um ihn. Er klebt zu sehr an seiner Mutter. Wie anders Stieglitz und er doch waren! Ist es normal in seinem Alter, mit der Mutter auf den Gemüsemarkt zu wollen, sie beim Besuch bei ihrer Mutter zu begleiten, der ihm doch lästig sein müsste, dann mit ihr ins Kino zu einer Julia-Roberts-Schmonzette zu gehen? Er hat sich sogar bereit erklärt, bei ihrer wöchentlichen Telefonaktion zur Hand zu gehen. Josie verdient mit dem Verkaufen von Tranchiermessern und ähnlichem zusätzliches Geld, hängt täglich stundenlang am Draht, hakt Kundenlisten ab.

»Tranchiermesser!«, brüllt Philip.

»Kommst du?«, antwortet es unbarmherzig aus der Wohnung.

Dort, in der Wohnung, wird man denken, sein Gebrüll gehöre zu seinen Bühnenvorbereitungen. Nun, im *Würgeengel* gibt es durchaus Tranchiermesser.

»Tranchiermesser«, murmelt er noch einmal, jetzt nur für sich. Dann ist ihm klar, wie er das Problem mit der *Würgeengel*-Szene am besten löst: indem er sich wieder die Filmfassung ansieht. Darin wird er die Lösung finden, wie er den knappen Juana-Leandro-Dialog am besten interpretieren kann. Dass ihm diese so naheliegende Lösung immer erst so spät in den Sinn kommt!

Er versucht sich daran zu erinnern, ob im Film ein Tranchiermesser vorkommt. Obwohl er ihn mindestens fünfzig Mal gesehen hat, sieht er keines vor sich. Er sieht die Küche, das Schaf, die krabbelnde Hand.
Wieder die Serviette.
Wieder einen Schritt zurück.
Um die krabbelnde Hand zu begreifen, wird er ein Medizinstudium absolvieren, macht er sich über sich selbst lustig.
Bevor er mit Leandros Stimme »sotto voce« »Die Walküre« sagen kann, setzt das Zittern ein. Langsam, wellenförmig, spült es vom Herzen her durch seinen Körper. Erreichen die Wellen seine Extremitäten, beginnen diese zu zittern, er verkrampft sich von aussen nach innen.
Wieder klopft es an der Tür, wieder öffnet sie sich, doch diesmal zeigt sich niemand. Sich langsam, majestätisch – rechthaberisch! – entfernende Schritte, dann Josie, die aus der Küche ruft, ob er denn endlich komme. Ihre Worte sind wie ihre Schritte: ultimativ, fordernd, ihm das Gefühl gebend, er habe etwas falsch gemacht. Sie gibt ihm dieses Gefühl immer. Macht er immer etwas falsch?
Das war die letzte Warnung; jetzt isst die Familie Frühstück ohne ihn. Er weiss nicht, weshalb diese Vorstellung ihn so verstört.
Hastig würgt er seine Pille ohne Wasser herunter – sie wird in seinem Magen in den Kaffeesee fallen, der sich dort schon gebildet hat, und gleich wird er mit dem frisch gepressten Orangensaft, der schon für ihn bereitsteht, nachspülen – und brüllt: »Verdammt nochmal, ich komm ja! Seht ihr nicht, dass ich arbeite! Seht ihr das wirklich nicht?«
Erst als er seine Gedanken auf die Zugreise ans andere Ende der Schweiz konzentriert, beruhigt er sich wieder. Oder beginnt die Pille schon zu wirken? Das Zittern jedenfalls lässt nach, wenn auch noch nicht die Hirnge-

spinste. Wahnvorstellungen, wie ein ihm feindlich eingestellter Psychiater einmal gesagt hat. Den er deshalb auch nicht mehr aufsucht. Immerhin, krabbelnde Hände sieht er keine. Ein gnädiger gestimmter Arzt, den er Josie zuliebe erträgt, benutzte das Wort »Wunschreisen«, das ihm besser behagt. Er freut sich auf seine Wunschreise durch die Schweiz. Stunden allein mit sich selbst, mit seinen Hirngespinsten, die fantasiebegabtere Geister positiv werten würden. Er freut sich auf Lili, die in ihrem letzten Telefonat, als er noch einmal anrief, um letzte Details des On-camera-Interviews durchzugehen, sagt, sie habe ihn schon vermisst. Lili muss man die Liebeswürmer aus der Nase ziehen. Dass sie ihn in der Villa gelockt hat, dass sie ihn in eindeutig sexueller Absicht durch das ganze Haus gehetzt hat, will sie nicht mehr wahrhaben. Daher ihr langes Schweigen. Forsch, wenn es um Berufsangelegenheiten geht, zurückhaltend in romantischen Belangen. Wie er. Wie in seinen Marina-Tagträumen wird er die Initiative übernehmen. Nur dass es diesmal nicht bei Tagträumen bleiben wird. Dann bedankte sie sich – freundlicher als nötig, ein weiteres Signal – für die vielen zusätzlichen Tapes, die er ihr geschickt hat. Für die Erzählungen. Nur für die Blumen mochte sie sich nicht wirklich bedanken. Schickte er ihr zu viele?

Während er so langsam wie möglich, jeden Schritt, der ihn Lili näher bringt, geniessend, durch den Korridor geht, stellt er sich vor, in der Stadt ein Hotelzimmer zu nehmen, ohne es Josie zu sagen –

Lili lockte ihn. Dann verschwand sie. Jetzt hat er sie wieder im Ohr. Das Spiel geht weiter. Er ist am Zug.

Er bleibt stehen. Aus der Küche am anderen Ende des Korridors kriecht Licht, ein ängstliches Wesen, das in die Dunkelheit gesogen wird. In dem ängstlichen Wesen zeichnen sich die Konturen seiner Frau und seines Sohnes ab. Verängstigte Wesen in einer Hülle, die nicht schützt.

Schutzlose Gespenster. Wie werden sie ohne ihn auskommen?

Diesmal wird es anders ablaufen.

Wie oft hat Josie ihm vorgeworfen, davonzulaufen? Aus Fortbildungskursen wie aus Beziehungen. Er beende nichts. Selbst aus seinen Sätzen laufe er manchmal davon.

»Nicht diesmal« murmelt er, »diesmal wird beendet!«

Diesmal wird er sein »Muster«, wie sie es nennt, durchbrechen. Er wird zurückkommen, um Josie alles zu sagen. Es wird hart werden, für alle. Sie wird sagen, sie habe das geahnt. »Gespürt«, wird sie sagen. Er spürt nie etwas. Das wirft sie ihm vor. Das stimmt natürlich nicht. Während sie alles im Nachhinein spürt. Was ist damit gewonnen? Es stimmt, dass es ein falsches Signal ist, jedesmal, wenn er Lili Blumen geschickt hat, auch Josie einen Strauss zu bringen. Den kleineren. Was sie nicht weiss. Dennoch ist das dumm. Er kann sich vorstellen, dass sie *das* gespürt hat. Es kann auch sein, dass er zu viel von Lili geredet hat. Dass er sie zu offensichtlich heruntergemacht hat, als Regisseurin, als Mensch, immer ein verräterisches Verhalten. Gesagt hat Josie nichts, sich keinen Unmut über die Blumen anmerken lassen. Keinen, den er gemerkt hätte. Vielleicht spürt er ja wirklich so manches nicht. Wie enttäuscht sie sein wird. Enttäuscht! Ist das das Wort, das ihm für ihre Reaktion auf das Ende ihrer achtzehnjährigen Beziehung einfällt? Nach allem, was sie für ihn getan habe. Das wird sie sagen. Es stimmt, Josie hat viel für ihn getan, sie hat alles für ihn getan. Wird es vermutlich weiterhin tun, selbst wenn er mit Lili zusammen sein wird. Das ist das Hauptproblem: Josie bemuttert ihn, Lili aber will ihn. Selbst Sex mit Josie ist körperliche Bemutterung. Sex mit Lili wird – Sex sein. Die Liebe wird entsprechend sein. Rein. Ist es schon. Sie muss nur noch greifbar werden. Das ist der Hauptunterschied. Heute, heute abend... Er verdrängt den Gedanken an später. Fühlt sich verpflichtet, an

Josie zu denken. Weinen wird sie nicht, nicht vor ihm zumindest. Nicht einmal die Tür wird sie zuschlagen. Sachte zuziehen wird sie sie. Einschliessen wird sie sich, sich von ihm wegschliessen. Von ihm erwarten, dass er laut geht, damit sie weiss, dass er gegangen ist. Das ist es, was es so unerträglich macht: Sie erwartet von ihm, dass er sich schlecht benimmt. Er wird es tun, allerdings für sich. Er wird die Wohnungstür zuknallen, es wird sein Befreiungsschlag sein. Er wird – von St. Gallen aus – die Trennung beantragen. Sie, die ihm in Nichts nachstehen kann, wird gleich auf der Scheidung bestehen. Bevor sie es tun kann, wird er sich schuldig sprechen. Er wird auf alle Bedingungen eingehen. Er wird auf das Sorgerecht für Paul verzichten. Bald ist der Junge alt genug, um zu verstehen, was sich in seiner Jugend abgespielt hat, und wird freiwillig auf seinen Vater zukommen. Er tritt aus dem Korridorschatten, in dem er lange gestanden hat, in den Küchenschein und sagt: »Spürst du etwas?«

Josie sitzt am Küchentisch, an dem sie frühstücken. Paul lehnt mit seinem Teller in der Hand am Herd, tunkt sein Toastbrot in das Ei, stopft einen grossen Bissen in den Mund. Sie schaut ihn an, findet etwas in seinem Gesicht, das sie lächeln lässt und antwortet spielerisch: »Ich spüre, dass du hungriger bist, als du zugeben wirst.«

Gegen seinen Willen lacht er.

»Ich spüre« – sie berührt seinen Arm – »dass du mit dem Stück vorangekommen bist. Nobile ist keine einfache Rolle. Du suchst dir nie einfache Rollen aus.«

Paul grinst, erntet aber von seiner Mutter einen strafenden Blick.

»Spürst du auch, dass ich über Nacht bleiben werde, Josie?« Philip giesst sich Kaffee ein und setzt sich. Er vermeidet es, sie anzuschauen. Er will im Grunde nicht bösartig klingen. »Vielleicht auch länger.«

»Das habe ich nicht gespürt«, sagt sie vorsichtig. »Das

habe ich mir gedacht. Die Reise ist doch zu lang für nur einen Tag. Du kommst erst am frühen Nachmittag an. Besuchst bei dieser Gelegenheit deine Jugendstätten. Wir kommen schon mal ein Wochenende ohne dich aus.«
Er wird hier ja nicht wirklich gebraucht.
»Auch länger, wenn es dir gut tut.«
Er, Egoist, der er ist, tut es ja nur für sich.
»Hast du denn ein Hotel gebucht?«
Ihr Ton macht ihm klar, dass sie das getan hätte.
»Pa hat wieder Theater gespielt«, sagt Paul in die Stille.
»Er hat das ganze Büro umgebaut, alles verstellt, sodass –«
»Petz nicht, Paul, das gehört sich nicht«, unterbricht ihn seine Mutter. »Es wäre nicht schlecht, wenn du dir auch ein Hobby zulegen würdest. Warum nicht Theater. Es tut gut, sich vorzustellen, jemand anderer zu sein. Das fördert die Fantasie. Trommle doch ein paar Freunde zusammen und –«
Sie verstummt, verärgert über sich selber, zuviel gesagt zu haben.
»Vielleicht hat er ja keine Freunde«, sagt Philip.
»Natürlich habe ich Freunde. Jede Menge!«
»Auch nicht eingebildete?«
Wütend knallt Paul seinen Teller auf die Anrichte und verlässt die Küche.
»Ich muss los«, sagt Philip, dem der Appetit vergangen ist.
Josie lacht leise. »Ihr solltet euch mal hören, ihr Streithammel. Kann es sein, dass ihr beide durch dieselbe Phase geht, Paul zum ersten, du zum zweiten Mal? Midlife crisis, mein armer Liebling? Vergiss deine Pillen nicht. Du steigerst dich sonst wieder in etwas hinein. Ich wünsch dir viel Vergnügen auf deiner Reise. Das wird dir gut tun. Natürlich bin ich neugierig, wie das Filmen geht. Das ist ja wirklich aufregend. Eine einmalige Chance. Bist du mir auch wirklich nicht böse, dass ich dich nicht begleite? Ich denke wirklich, das ist besser für dich.«

Er schüttelt den Kopf.
»Ruf mich an, wenn du dich entscheidest, über Nacht zu bleiben. Wann musst du für die Schule zurück sein?«
»Dienstag nachmittag. Ich kann mich im Zug vorbereiten.«
»Besuchst du die Berlangas?«, fragt Josie und küsst ihn auf die Stirn.
»Die sind doch alle tot.«
»Doch nicht die Schwester ... Evelina?«
»Die ist es für mich.«
Josie nickt. »Evelina Berlanga. Ein schöner Name. Du hast mir nie viel von ihr erzählt. Hast du etwas für sie empfunden?«
Er schüttelt den Kopf. »Schliess bitte das Fenster in meinem Büro.«
»Manchmal wissen wir selbst nicht, was genau wir für wen empfinden«, sagt sie mehr zu sich selbst als zu Philip.

Die Wohnungstür fällt ins Schloss, und auch wenn es sich nicht wie ein Befreiungsschlag anhört, ist er froh, allein im Treppenhaus zu stehen. Das Echo des Türzuschlagens hüllt ihn ein. Es trägt ihn. Für einen Augenblick stellt er sich vor, die Treppe hinabzuschweben, getragen von dem Ton, den längst keiner mehr ausser ihm hören kann. Es ist der Ton des Alleinseins. Er schützt ihn. Dann schüttelt er abrupt den Kopf, will sich wachschütteln. Es ist der Gedanke, Lili anzurufen. Doch er entscheidet sich dagegen. Poltert beschwingt die Treppe hinunter, hält der alten Madame Championnet, die im Stockwerk über ihnen wohnt, die Tür auf und erntet ein verführerisch heiseres »Merci bien«. Seinen Namen sagt sie nie, als kenne sie ihn nicht. Wann aber hat er sich das letzte Mal so ansteckend beschwingt gefühlt? In der Villa natürlich, als ihn Lili per Intercom durch das ganze Haus lockte!

Er hat Zeit, zu Fuss zum Bahnhof zu gehen. Vom

Plainpalais, über den er rasch läuft, bis zum Gare de Cornavin sind es eine halbe Stunde, zumindest mit seinen langen Beinen. Er dreht sich noch einmal um und betrachtet das Haus, in dem er mit Josie und Paul wohnt. Eine schäbige Mietskaserne an guter Lage. Dank einer Erbschaft Josies konnten sie mit den steigenden Mietpreisen mithalten. Eines Philip Gandolfs aber unwürdig. Er dreht sich um, eilt über die Strasse, ohne sich um den Verkehr zu kümmern. War das der Abschiedsblick? Jenseits des Plainpalais, den er betreten hat, erhebt sich die Altstadt Genfs, hockt selbstzufrieden in ewigem Stein, längst schon mitsamt Bewohnern versteinert, auf seinem steilen Hügel. Die Herrenhäuser, die stillen Pflastersteingassen, das Maison Tavel, in dem er Josie, eine Touristin in Genf wie er, kennengelernt hat, die versnobbten Bistros – in einem davon haben sie sich vor achtzehn Jahren verliebt –, selbst die weltweit einmalige Altgenfer Selbstzufriedenheit sind mehr nach seinem Geschmack. Hier hätte einer wie Philip Gandolf seine Wohnung. Seine Stadtresidenz, mit Blick über St. Pierre oder den See. Ein Landsitz in der Provence, mit einem echten Van Gogh an der Wand. »Starry, starry night«, summt er vergnügt – ein Sitz in L.A., dieser Grossstadtkrake, auf die man sich physisch für das unvermeidliche Abwickeln der Filmdeals einlassen muss. Ja, schiesst es ihm durch den Kopf, natürlich wird er sich für eine Neuverfilmung des *Würgeengels* einsetzen, stellt sich schon das Gespräch mit einem dieser Hollywoodidioten in Shorts mit Drink in der Hand vor, dem er die 3D-IMAX-Idee zugunsten seiner subtilen Schwarzweiss-Vision von Buñuels Stoff, dessen Namen er ihm erst buchstabieren muss, auszureden hat. »Too subtle! Too ambiguous! Too complex! Europeans!«, hört er ihn schon schreien, bevor er, Philip Gandolf, aber seine ganze prestigeträchtige Macht einbringen wird, springt der Produzent in den Swimmingpool. Am nächsten Tag wird ihn auf seinem Smartphone ein verdächtig schweizerisch-harmonischer Versöhnungskompromiss erreichen – »That's Hollywood, my dear!« – auch hier will keiner ein potentiell lukratives Wässerchen trüben!

Dann bleibt er erneut stehen, diesmal, um einem Mädchen nachzuschauen. Es ist vielleicht dreizehn, trägt einen kurzen Plisserock, keine Strümpfe, obwohl es so warm auch wieder nicht ist. Weisse Söckchen, die in flachen Lederschuhen stecken. Wer läuft im 21. Jahrhundert noch so herum? Es trägt Sommerschuhe. Das Mädchen, das gemerkt hat, dass er ihm zuschaut, fächert ihm aufreizend mit dem Röckchen zu, streckt ihm dann die Zunge heraus, wirbelt herum und rennt kichernd davon. Das Kichern ruft nicht nur unangenehme Erinnerungen an die junge Evelina wach, es verdoppelt und verdreifacht sich auch im blöden Grinsen von zwei weiteren halbwüchsigen Gören, die auf einer Parkbank sitzen. Das Mädchen rennt auf sie zu und wirft sich zwischen sie auf die Bank. Er wendet sich kopfschüttelnd von dem zungenherausstreckenden Görentrio ab und verfällt in leichtes Traben. Das Kichern verfolgt ihn durch den Park, es hallt von der Oper wider, an der er vorbeikommt, dem Kino, in der er sich die neuen Godard-Filme anschaut, und verflüchtigt sich erst, als er den Wind von der Rhône her spürt.

Im Zug hat er ein Abteil für sich. Er breitet sich aus, so gut es mit seinen Sachen geht. Hätte er mehr mitnehmen sollen? Der Duffelbag, darin, unter anderem, seine Digitalkamera, mit der er zu seinem Schutz, als vorauseilende Rache und fürs romantische Archiv, jene aufnehmen will, die ihn filmt, besetzt den Platz gegenüber. Darin auch die Mathehefte, übersät von schmierigen Fingerabdrücken untalentierter Fünfzehnjähriger, mit denen er sich herumärgern muss. Eine Zeitung, darauf ein angebissener Apfel, markiert den Sitz daneben, die Plastiktasche voller zusätzlicher Kassetten kümmert sich um den Sitz neben ihm. Zwar hat Lili ihn nicht darum gebeten, noch mehr aufzuzeichnen, doch hat sie ihn auch nicht aufgefordert, damit aufzuhören. Er will sie – wie mit der Digitalkamera – steuern, wie sie ihn steuert.

Auf den nummerierten, in der Chronologie der Ereignisse aufgenommenen Tapes erzählt er sein Leben nach Stieglitz bis zu jenem Punkt, an dem er es nach bürgerlichem (oder feuilletonistischem) Verständnis geschafft hat: im Residenztheater München, dem ersten einer nicht abbrechenden Reihe von Triumphen. Flüchtig – zu flüchtig, das weiss er – streift er auch die Tatsache, dass er seiner Stadt und seiner Familie seit Stieglitz' Tod unwiderrufbar den Rücken gekehrt hat. Da ist sein Erinnerungsfluss erstmals ins Stocken geraten. Begründungen sind in der Erinnerung schwer zu formulieren. Ein Vierteljahrhundert hat er seine Eltern nicht gesehen, nicht mit ihnen geredet, ihnen nicht geschrieben. Er hat einen Bruder, von dem er nicht weiss, was aus ihm geworden ist und den er möglicherweise nicht einmal wiedererkennen würde. Nur seiner Mutter ist er einmal begegnet, auf dem Bahnhof in Zürich, als er den Chefdramaturgen des Schauspielhauses für ein Projekt aufsuchte, das er dann schliesslich absagte, weil das Theater nicht in der Lage war, auf seine Bedingungen einzugehen. Erst hatte er gedacht, sie erkenne ihn nicht. Er war schon zu nah an ihr dran, um noch umzukehren, richtete also den Blick geradeaus und beschleunigte den Schritt. Sie rief sogleich seinen Namen, in selbstsicherer Verzweiflung, als habe sie ihr Leben lang auf diese Gelegenheit gewartet. Streckte wie eine Süchtige den Arm nach ihm aus. Als er nicht stehen blieb, streiften ihre Finger seinen Arm und brannten sich verlangend durch den Hemdstoff in seine Haut. Über ihr verbittertes Gesicht zuckte wie ein Blitz Hoffnung. Als er dennoch weiterlief, rief sie für einen Augenblick zweifelnd: »Du bist es doch?«

Und gleich darauf: »Natürlich bist du es!« Sie setzte sich in Bewegung. Lief ihm, ihrem Sohn, nach, durch den Bahnhof, ins Bankenviertel. So schnell sie auch lief, er lief stets ein bisschen schneller. Er gab ihr keine Chance. Durch halb Zürich rief sie seinen Namen, zahllose Unbekannte wandten sich nach ihr um, nur er nicht.

Er wischt die Gedanken an seine Mutter weg.

Er will nur an Lili denken. Lili. Schon denkt er an Lili. Schon steigt ihm ihr Jasminduft in die Nase. Hat er auf den Tapes zu viel über sich preisgegeben? Je mehr sie über ihn weiss, umso runder wird ihr Bild von ihm, auch wenn stets ein Rest Unerklärliches zurückbleibt. Das hat sie ihm selbst gesagt. Er weiss, dass manche der Stellen wie Rechtfertigungen klingen. Doch lieber als mit Nichtinformation will er sie mit totaler Information beliefern. Auch diesen Film soll die Methode »Gandolf« prägen. Was macht mehr Sinn?

Er will sich auf Lili freuen. Freut er sich auf sie? Plötzlich ist er sich nicht mehr sicher.

Als sich ein junger Mann seiner Sitzreihe nähert, reisst er den Duffelbag an sich, umklammert ihn, als habe ihn ihm der Fremde, der kopfschüttelnd weitergeht, wegnehmen wollen.

Instinktiv solle man handeln, hat Stieglitz gepredigt, das aber war impulsiv. Funktioniert hat es dennoch.

Lili. Er will sie anrufen. Wirklich?

Lausanne rast an ihm vorbei, die Weinberge, der glitzernde See, dann stechen sie in die Höhe, seine Lieblingstrecke.

Einmal kam dann doch eine Antwort, wenn auch nicht von Lili selbst, sondern von ihrer Assistentin. Er wusste nicht einmal, dass sie eine hatte. Die Assistentin liess ihn wissen, Frau Fontana melde sich zum gegebenen Zeitpunkt bei ihm. Frau Fontana! Zum gegebenen Zeitpunkt! Sie sagte, er solle sich doch bitte beruhigen. Er! Philip

Gandolf! Wieder eine, die ihn bemuttern wollte! Er wolle mit Frau Fontana sprechen, jetzt!, sofort!, subito, rief er schrill; das Frau Fontana möglichst abschätzig ausgesprochen. Sie sei zur Zeit nicht erreichbar. Per Smartphone sei jede sofort immer überall erreichbar! Für ihn sowieso! Weltweit! Telepathisch, wenn nötig! Man müsse schon in der Hölle schmoren, um für ihn nicht erreichbar zu sein! Nun, liess ihn die arrogante Gans wissen, in diesem Fall wolle sie ihm Frau Fontanas genaue Worte nicht länger vorenthalten: Ja, sie sei durchaus erreichbar, nur eben nicht für ihn, tatsächlich sitze sie neben ihr, Schenkel an Schenkel, so nah. Verfluchte Lesbe!, schrie er. Ein kehliges Lachen vom einen Ende der Schweiz zum anderen. Dann, trocken: Er habe sich zu den vereinbarten Konditionen zur Mitarbeit an Lili Fontanas vom Schweizer Fernsehen mitproduzierten Film über falsche Erinnerungen bereit erklärt, habe nun also vertragstechnisch nichts mehr zu diesem zu sagen und solle um Himmels Willen bloss aufhören, ihr weiterhin wie ein Verrückter Tapes, Stories und Blumen zu schicken, das sei ja nicht zum Aushalten.

»Konditionen!«, brüllt er wütend, was ihm einen tadelnden Blick der alten Schachtel einbringt, die mittlerweile anscheinend in seinem Abteil Platz genommen hat. Zerknittert wie der Duffelbag hockt sie neben diesem und dem angebissenen Apfel.

»Blöde Gans«, murmelt er.

»Das verbitte ich mir!«, ruft die Frau resolut.

Was hat er sich nur dabei gedacht, die Kontrolle über seine Erinnerungen, alles, was von seinem gelebten Leben bleibt, einer Fremden anzuvertrauen? Wie hat er sich verraten gefühlt, als sie einfach verschwunden ist, nachdem sie von ihm hatte, was sie wollte! Verraten und verkauft. Weshalb gesteht er sich das nicht endlich ein?

»Ich meine nicht Sie«, sagt er, »obwohl Sie mit guter Wahrscheinlichkeit auch eine blöde Gans sind.«

Kopfschüttelnd hievt sie sich aus ihrem Sitz und greift umständlich nach ihren Taschen.

Der Apfel fällt zu Boden, gerade noch rechtzeitig kann er ihn zu Matsch treten.

Sein Handy klingelt. Typisch.

»Verrätst du mich liebend, verzeih ich dir«, sagt er ins Gerät und grinst die Frau an, die sich aus dem Abteil schiebt.

Könnte ein Stieglitz-Satz sein. Ist es vermutlich auch.

»Ich bins«, sagt Lili verunsichert.

Stieglitz hätte sich nie auf eine wie Lili eingelassen.

»Sag, Philip, dieser Kerl…«, setzt sie vorsichtig an.

Und plötzlich ist ihm alles klar: Stieglitz hat Lili auf ihn angesetzt. Fünfundzwanzig Jahre nach seinem Tod. Daran ist nichts Übersinnliches, Stieglitz hat ledliglich die Falle klug aufgebaut, bevor er aus dem Leben gestürzt ist. In seines, Philip Gandolfs. Das er fortan leben musste. Natürlich hat auch Stieglitz' Tod zum Spiel gehört. Weshalb hat es nur fünfundzwanzig Jahre und eine wie Lili gebraucht, bis er das gemerkt hat?

»Philip?«

Es kann sein, dass Lili etwas sagt, doch er hört nicht hin. Ihre Sätze sind Schwingungen in seinem Gehörgang, die seinen Körper durchdringen. Lieber stellt er sie sich in dem provisorisch eingerichteten Filmstudio im Sittertobelareal vor. Er hat sich das Gelände im Internet angesehen, per Satellit aus dem Weltall. Längst ausrangierte, vor einiger Zeit umfunktionierte Fabriken, kamen immer näher. Früher Karton, heute Yogamatten. Früher Werktätige, heute Kulturschaffende. Vorwiegend rötliche Ziegelsteine. Asphaltierte Strassen und Plätze, aus denen das Gras büschelweise drängt, verbinden die Gebäude. Vertrocknete Rossschnecken. Bremsspuren. Die muss er sich vorstellen, so nah kann man noch nicht heranzoomen. Es riecht nach nächtlichem Unfug. In einer dieser Lagerhallen, auf deren

Dächer er schaut, steht zur Verhöhnung der Spottwohnung deren Spottversion. Spott im Quadrat, Spott in der dritten Dimension. Er stellt sich vor, ein Terrorist zu sein, der sein Ziel mit der Gratissoftware auswählt. Boom!
»Was bleibt übrig«, sagt er.
»Wovon?«, sagt sie rasch.
Von dir nichts, denkt er. Seine Bombe hat ein virtuelles Loch in das Fabrikdach gerissen. Volltreffer. Sie hat Lili mit ihren Lügenprojekt über seine vorgeblich falschen Erinnerungen zerfetzt. Nichts bleibt übrig.
»Das war keine Frage. Ich habe nur gerade eine private Entscheidung für mich getroffen. Endgültig.«
Das nur leise hörbare Knacken, diese elektronische Verunsicherung in der Leitung, überträgt sich auf die Anrufende, dem Angerufenen aber verschafft es ein Gefühl der Überlegenheit. Gestärkt lehnt sich Philip in den Sitz zurück. Jetzt, da er Lili virtuell in Stücke gefetzt hat, kann er gelassen mit ihr reden. Was immer sie ihm zu sagen hat, kommt aus einer Welt, der er nicht mehr angehört.
»Von was für einem Kerl redest du?«
»Der im Spitalzimmer neben dir lag.«
Er nickt nur.
»In der Nacht, nachdem Stieglitz gestorben ist.«
Er spürt ihr Zögern: Hört er ihr auch zu?
Insistierend, erklärend redet sie weiter: »Du hast die Szene mit ihm ausführlich beschrieben. Beschworen geradezu.«
So. Hat er das.
»Boom!«, sagt er. »Du bist futsch.«
»Was?«
Da er nicht antwortet, fährt sie fort.
»Ich habe mir jene Stelle auf den Tonbändern oft angehört, und jedesmal kam sie mir unverständlicher vor. Dass du geflohen, im Keller des Spitals gelandet bist, kam mir plausibel, wenn auch etwas unwahrscheinlich vor. Ein biss-

chen wie ein Bubentraum. Aber egal. Mich interessiert dieser Kerl. Beschreib ihn mir doch etwas genauer. Weisst du vielleicht noch seinen Namen?«

Ein Mittdreissiger mit seiner dreizehnjährigen Tochter platzt in sein Abteil und macht ihm den Atemraum streitig.

Er erschrickt, als sich seine Antwort als Frage formulieren hört: »Heisst er vielleicht Wagner?«

Der Typ setzt sich neben den Duffelbag, die Tochter fläzt sich auf seine Zeitung, spielt mit der Fussspitze mit dem Apfelmatsch vor ihr.

Philip räuspert sich.

»Fragst du mich?«, schnaubt Lili in sein Ohr. »Ich war nicht dabei.«

Er presst die Augen zu. Als erstes verschwindet der junge Vater mitsamt Tochter, falls sie es ist.

Sich erinnern (ruft er sich in Erinnerung) ist wie Fernsehen ohne Bildschirm, wie Hirnfernsehen. Mit dem Unterschied, dass er das Programm bestimmen kann. Er kann sich ebenso leicht in den Keller des Spitals am Sterbetag seines Freundes zurückversetzen, wie er Lili im Gästezimmer abrufen kann.

»Fred Wagner«, sagt er bestimmt.

Fred Wagner, natürlich. Da ist der Name wieder, klar wie je zuvor.

»Fred Wagner«, wiederholt sie. Sie klingt schnippisch. Im Grunde klingt Lili immer schnippisch.

»Wie oft willst du den Namen noch hören?«

Er spürt, wie er aggressiv wird. Aggression ist gut, sie setzt Mut voraus.

»Überhaupt nicht mehr.«

Wirklich, wie konnte er sich nur von so einer locken lassen?

»Ich geh dir nicht mehr auf den Leim!«, ruft er.

Mit offenen Augen ist er wieder dem Typen mit seiner kleinen Gespielin ausgesetzt.

»Schwein«, sagt er.
Der Typ schaut ihn misstrauisch an, scheint dann aber zu entscheiden, Philip falsch verstanden zu haben, und schaut wieder zum Fenster hinaus.
Draussen Fribourg, bald schon Bern.
»Zumal du ohnehin alles über mich weisst«, sagt Philip. »Mehr als ich selber.«
Er funkelt den Typen an, zwinkert dem Mädchen zu, es solle sich in Acht nehmen. Beides, Anfunkeln wie Zuzwinkern, bedeutet *Nimm dich in Acht!* Einmal als Drohung, das andere Mal als Warnung. Der Typ ignoriert ihn – Philip hat das Zögern in seinen Augen in der sich spiegelnden Fensterscheibe gesehen –, das Mädchen aber guckt ihn frech an.
»Du hast mich ausspioniert! Ja, Fred Wagner hiess der Kerl. Ob es dir passt oder nicht.«
Die Leitung knistert eine Weile unverständlich, bevor sie sagt: »Meine Recherchen haben tatsächlich für einige Überraschungen gesorgt.«
Ihre Stimme scheint weniger aus dem Handy als aus ihm selbst zu kommen.
»Lass es mich kurz machen, Philip: Es gibt keinen Fred Wagner.«
»Du warst in der Nacht, nachdem Stieglitz gestorben ist, allein im Krankenzimmer.«
»Das ist Ansichtssache«, sagt er nur.
»Die Wirklichkeit ist keine Ansichtssache. Dein Gedächtnis spielt dir Streiche, Philip. Es ist eine Trickkiste. Es stattet deine Vergangenheit mit Polstern und Kissen aus, auf denen du dich ausruhen kannst, damit du dich nicht an deiner Vergangenheit verletzt. Würde es das nicht tun – unser Gedächtnis mit falschen Erinnerungen füttern –, wir würden alle wahnsinnig werden. Du hast dir diesen Fred Wagner eingebildet. Wie Marina, deine verpasste Liebe, die es nie gegeben hat. Auch eine Erfindung. Ein

Hirngespinst. Eine Fantasie, wenn dir das lieber ist. Oder Sedona, diese Chimäre aus der Traumwelt deiner Erzählungen. Ehrlich gesagt, blicke ich nicht durch, was du tatsächlich erlebt hast und was du falsch erinnerst. Ich gebe zu, du lieferst ein letztlich in sich stimmiges Bild von dir. Doch eben, das Bild stimmt nur in sich, für dich, nicht für andere, die daran beteiligt sind. Vielleicht ist das immer so, wenn man sich erinnert, da es keine wirklich *wirkliche* Erinnerung gibt, weil wir alles ein bisschen zu unseren Gunsten verfälschen. Du aber bist ein extremer Fall.«

Der Typ starrt noch immer zum Fenster hinaus, während das Mädchen ihm zuzwinkert.

»Eine Zeitlang dachte ich sogar, es habe auch Stieglitz nicht gegeben. Aber den gab es sehr wohl, das konnte mir seine Schwester bestätigen. Auch dass er in der Fossilienschlucht gestorben ist, ist wahr. Dann habe ich begriffen, dass du dich in vielem an das Leben von Stieglitz erinnert hast, als sei es deins. Was aus seinem Leben hätte werden können – der berühmte Philip Gandolf, von dem kein Mensch jemals gehört hat! –, hätte er länger gelebt. Was dir von deinem Leben nicht gepasst hat, hast du ihm zugeschrieben. Begriffen habe ich das, als ich deine Aufzeichnungen mit den Erinnerungen Evelinas verglichen habe.«

»Du hast sie auch ...«, sagt er überrascht.

Das Mädchen, dem er seine Aufmerksamkeit entzieht, senkt beleidigt den Blick.

»Auf Band sprechen lassen? Aber natürlich! Ich musste doch die andere Seite der Geschichte kennen. Sie sagt, nicht ihr Bruder habe sie damals in den Schrank in der Spottwohnung eingesperrt und gequält, das seist du gewesen.«

»Sie lügt! Trinkt sie wieder?«

»Ich glaube ihr. Ich glaube sogar dir insofern, dass für dich stimmt, was du sagst. Ich halte dich nicht für einen bewussten Lügner. Ebenso wenig, wie ich Evelina jedes Wort glaube. Fest steht allerdings, dass sie sich mit ihrer

Vergangenheit endlich abgefunden hat, während es für dich – metaphorisch, aber auch buchstäblich – selbst die Villa Berlanga noch gibt.«

»Natürlich gibt es sie noch!«, ruft er ohne zu zögern.

»Auch das stimmt nicht, Philip.«

Er hört, wie Lili zu einem Schnauben ansetzt, es aber unterdrückt.

»Sie ist vor zwölf Jahren abgebrannt. Brandstiftung wurde ausgeschlossen, die Versicherung hat bezahlt, Evelina verkauft. Jetzt steht dort eine kleine Siedlung. Mehrere Blocks in einer Grünanlage. Die Villa Berlanga gibt es nur nur noch in deinem Kopf.«

»Lili«, sagt er ruhig und versucht das Mitleid, das sich in seine Stimme schleicht, zu verdrängen. »Liebe Lili. Wie kannst du das sagen? Bist du übergeschnappt? Ich verbrachte den ganzen Sommer in der Villa. Ich war in der Dachkammer, während du im Gästezimmer warst!«

»In deinem Büro in Genf warst du, wo du die Tapes aufgenommen hast!«, ruft Lili, »während ich sie mir in St. Gallen angehört habe.«

Auf einmal verschwimmt alles vor seinen Augen, in seinem Kopf setzt ein Brummen ein, das lauter und lauter wird. Philip sehnt sich danach, im Büro seiner Genfer Wohnung zu sein. Selbst das Kindergeschrei wäre ihm jetzt recht. Er vermisst die milde Oktoberluft, die sich am Morgen in dem Raum ausgebreitet hat. Er sehnt sich nach dem *Würgeengel*, dem Nobile, den er darin spielt und dessen Figur er schon bald eingekreist hat. Er sehnt sich nach Frederick Sommers Porträt von Max Ernst, auch wenn es nicht das Original ist. Am meisten aber sehnt er sich nach seinen Erzählungen. In ihnen kann er tun, was er will. Er kann zum Beispiel den roten Felsen, mit dem er Plurabel und Sedona auf dem amerikanischen Highway getötet hat, wieder entfernen und sie weiterfahren lassen. Nach Sedona, Arizona. Ein Satz von ihm genügt.

»… ich mache dir einen Vorschlag, Philip«, nimmt er Lili wieder wahr. »Teste die Wirklichkeit! Fahr an die Alpsteinstrasse und schau dir an, was jetzt dort steht. Evelina ist längst weggezogen, in den Süden. Sie will nicht, dass du weisst, wo sie lebt. Sie wünscht dir alles Gute in deinem Leben, aber sie will nichts mehr mit dir zu tun haben. Ich habe gezögert, ob ich ihr deine Erzählungen zeigen soll. Als ich es dann doch getan habe, hat sie nur ein Wort gesagt: Fiktion. Sie ist eine leidenschaftliche Romanleserin. Sie fand, deine Prosa habe Potential. Vielleicht tröstet dich das ein bisschen. Vielleicht hast du das Zeug zum Schriftsteller. Leider hat es Evelina nicht, wie in deinen Erzählungen, geschafft, sich in eine solche Superfrau zu verwandeln…«

Mehr Spass aber wird es machen, denkt Philip, wenn er den Fels lässt, wo er ist, und sich statt dessen um Evelina kümmert. Ja, er ist noch nicht fertig mit ihr, sieht jetzt ihr Ende klar vor sich. Im Süden ist sie! Im Süden ihres Irrsinns!

»… es ist ihr leider nie gelungen, ihr Gewicht wieder auf Normalmass zu bringen. Immerhin hat sie mit dem Trinken aufgehört und findet etwas Trost in der Esoterik. Meditiert, liest, reist. Es sieht so aus, als würde ihr mein Film helfen, sich im Leben wieder etwas zurechtzufinden. Wenn es ihr gelingt, klar zu sehen, was damals geschah – auch ihre Rolle darin, die der kleinen Verführerin, wenn du so willst –, dann ist schon viel gewonnen. Das hat sie eingesehen. Sie hat sich schliesslich sogar bereit erklärt, meinen Dokumentarfilm über Menschen mit falschen Erinnerungen mitzufinanzieren. Wie du hat sie ihren Namen geändert. Philip Gandolf! An deinem Leben stimmt nicht einmal dein Name. Auch das verleugnest du, denn in Wirklichkeit bist du –«

»Eher hätte er erwartet, von der Erdscheibe gespült zu werden«, unterbricht er sie.

»Was?«

»Der vierte Bischof von Panama!«, ruft er fröhlich.

»Ich verstehe nicht.«

»Fray Tomàs de Berlanga. Vergiss es, Lili. Natürlich verstehst du mich nicht. Du wirst mich nie verstehen.« Klick, schon ist sie weg. Schon gehört seine Welt wieder ihm. Ihr helles Lachen klingt in ihm nach, dann aber zieht sie sich ganz aus seinem Ohr zurück. »Da hast du deinen Spott!«, ruft er.

Das Mädchen, das im Abteil sitzt, lächelt ihn an, er nickt ihr zu, es scharrt gespielt verlegen im Apfelmatsch.

»Ich kann dir sagen, was vom Spott, der sich selbst verspottet, übrigbleibt. Nichts«, sagt er leise.

»Nichts«, haucht das Mädchen.

»Gleich sind wir da«, sagt er und greift in seine Tasche, knufft den Mann, der ihn weiterhin zu ignorieren versucht, kumpelhaft in die Seite, und sagt: »Sie haben doch nichts dagegen, wenn ich ihrer Tochter einen Apfel anbiete?«

Die Fensterläden sind grün gestrichen, die Fassade präsentiert sich in körnigem Gelb. Philip weiss, dass die Farben anders sind, auch wenn er sich nicht erinnern kann, wie sie damals waren. Die Abflussrohre prunken in bräunlichem Eternit, dem Material der Fingerskulptur, die – von hier nicht zu sehen – den Garten dominiert. Aus dem Dach ragt eine Satellitenschüssel. Mutter Winter empfängt nun australische Sender in ihrer Stube, denkt er, tritt näher und berührt den Zaun. Auch frisch gestrichen.

Das dort angekettete Fahrrad, wie ein Geisterfahrrad weiss angemalt und mit Blumen geschmückt, ist seins. Er stellt es sich unter der Farbe verrostet vor, ein unnützes Skelett. Würde es ihn noch tragen? Wohin? Er will nirgendwohin, nur hier sein, für einmal. Er geht in die Hocke, zieht eine der losgelösten Speichen weg und lässt sie zurückschnellen. Der Sattel ist verwittert, das Rücklicht hingegen leuchtet verlockend rot. Sein Name ist in die Lenkstange eingeritzt, links »Philip«, rechts »Gandolf«. So hat ihn Stieglitz genannt. »Klingt doch gut, wie ein berühmter Schauspieler!« Er versucht sich daran zu erinnern, wie er am Tag nach dem Tod seines Freundes vom Spital in die Villa gekommen ist. Hat ihn seine Mutter abgeholt? Sein Vater? Zu Fuss? Ist er direkt zur Villa gefahren? Und dann? Was ist im vergangenen Vierteljahrhundert geschehen? Jemand kettete sein Fahrrad los, strich und beizte den Zaun, kettete dann das verlotterte Rad wieder an, malte es weiss, schmückte es mit Blumen.

»Deine Mutter wollte das so.«

Philip schnellt hoch.

Vor ihm steht der alte Winter.

»Sie hat es immer wieder mit Blumen geschmückt, dann habe ich es für Jolanda mit Blumen geschmückt.«

»Jolanda«, murmelt Philip erstaunt, als höre er den Namen zum ersten Mal. Der Name seiner Mutter jedoch ist das nicht.

»Ich fand diese Blumen sentimental, doch als ich merkte, wie gut es ihr tat, liess ich sie machen. Du warst ja weg. Spurlos verschwunden. Jetzt stehst du einfach wieder da, Sohn.«

Er blickt weg. Er ist kein Sohn. Niemand ist seine Mutter. »Ich hatte das nicht vor, ich ...«

Winter wischt weg, was Philip sagen will.

»Jetzt, da sie es nicht mehr kann, tue ich es für sie. Sie verbringt jetzt die meiste Zeit im Bett. Komm rein.«

»Ich habe nur wenig Zeit.«

»Das hast du immer gesagt. Schon als kleiner Junge. Ich habe nur wenig Zeit, ich muss in die Schlucht...«

Was verächtlich klingen soll, kommt Winter weinerlich über die Lippen. Er zuckt mit den Achseln, geht Philip voran ins Haus. Philip hätte das Haus allein am Geruch erkannt. Es riecht nicht nach diesen alten Leuten, es riecht nach seiner Jugend, nach Lehm und frisch gemähten Gras, nach Steinsand in seiner Nase, auf seiner Haut, nach Sonnenbrand, Schürfungen, nach gesundem Schweiss. Im Wohnzimmer sieht er sich auf dem Sofa Platz nehmen, nachdem sich Stieglitz schon hingefläzt hat. Von dort aus kommandiert er die unfreiwillige Gastgeberin herum, so, wie sie es in vielen Häusern gemacht haben, schikaniert sie, nichts ist ihm gut genug, während er, Philip, nur gerade nickt und versucht, selbst in dieser Situation der gute Sohn zu sein.

»Wo ist sie?«, fragt er schüchtern, als bitte er sie um ein zweites Stück Kuchen, wie er es hier oft getan hat.

»Oben. Ich hab es dir gesagt. Sie kommt kaum mehr aus dem Bett. Ich werde sie heute Abend herunter holen, mit deiner Hilfe geht das. Dann kannst du dich selbst überzeugen, was du aus ihr gemacht hast. Du wirst dich damit abfinden müssen, dass sie dich noch immer für ihren Sohn hält. Bilde dir nichts darauf ein. Seit du verschwunden bist, hält sie jeden für Mathis. Mathis, Mathis, nichts als Mathis! Selbst Frauen hält sie mittlerweile manchmal für ihren verlorenen Sohn. Einfach, weil sie dauernd jemanden für dich halten will. Und warum auch nicht? Scheinbar tut es ihr gut. Während sich der übriggebliebene Sohn nicht mehr blicken lässt. Er ist eifersüchtig. Ich bin es auch. Manchmal treffen wir uns heimlich in der Stadt und reden über dich. Heimlich!«

Er schaut ihn herausfordernd an.

»Über mich?«

»Kannst du dir das vorstellen? Ich tue es, ich treffe

mich mit meinem übriggebliebenen Sohn in der Stadt, aber vorstellen, dass ich das tue, das kann nicht!«

»Wenn man es sich vorstellt, wird es auch wirklich«, sagt Philip.

»Du musst es ja wissen, Mathis. Ich schlage vor, du bleibst über Nacht, und dann gehst du wieder verloren. Ich glaube nicht, dass ich dich länger ertragen könnte. Einen Abend lang halte ich es für Jolanda aus. Setzt du uns Tee auf? Das würde mich freuen.« Er zeigt in die Richtung der Küche. »Du weisst ja, wo alles ist. Auch wenn wir das Haus renoviert haben, hat sich im Grunde nicht viel verändert. Will man ein Haus wirklich verändern, muss man es abreissen.«

Als Philip mit dem Tee zurück kommt und kurz in der Tür stehen bleibt, denkt er an Dorothea Berlanga und an Jolanda Winter, beide hat er oft genug mit einem Tablett mit Tee ein Wohnzimmer betreten gesehen.

»Wir werden zu alt, schlicht zu alt«, murmelt Winter.

Philip setzt sich zu ihm an den Tisch.

»Meine arme Frau hatte Recht. Ich fand es damals lächerlich und warf ihr vor, sich an dieses aufgeschlagene Känguruh-Buch zu klammern. Das war doch verrückt! Kurz bevor du verschwandst, hattest du ein Känguruh-Buch gekauft und es aufgeschlagen in deinem Zimmer liegenlassen. Und schon warst du für Jolanda in Australien. Aber weisst du was? Sie hatte recht! Es *war* eine Fährte. Allerdings...« Er verstummte. »Eine, die in die Irre führte. Du kanntest deine Mutter besser als ich. Du wusstest, ich würde dich irgendwann aufgeben, und du wusstest, dass deine Mutter dich wegen dieses blöden Buches in Australien vermuten würde. Weit weg. Sodass wir nicht auf die Idee kommen würden, dir nachzureisen. Was für einen gottverfluchten Streich hast du ihr damit gespielt hat!«

»Ich verstehe nicht.«

»Sie begegnete dir später in Zürich. Auf dem Gleis. Du

kamst aus dem Schnellzug von Genf heraus. Jolanda wollte zurückfahren, sie hatte sich einen schönen Tag in Zürich gemacht. Aber natürlich machte sie kehrt, als sie dich sah. Natürlich folgte sie dir. Als du merktest, dass sie dir folgte, liefst du schneller, immer ein bisschen schneller, bis du deine Mutter abgehängt hast. Deine Mutter hast du abgehängt! Du ranntest nicht einmal schnell weg, hängtest sie langsam ab, genüsslich, stelle ich mir vor. Gabst ihr das Gefühl, dich vielleicht doch noch einholen zu können. Da hast du sie zum zweiten Mal umgebracht.«

Er meidet Winters Blick.

»Jolanda blieb in Zürich. Ging ins Hotel, für mehrere Nächte. Erst dachte ich, sie sei auch verschwunden. Eigentlich hatte ich das immer erwartet. Sie rief mich nicht an. Doch dann kam Jolanda wieder. Sie versank noch mehr in sich. Es dauerte lange, bis ich herausfand, was in Zürich geschehen war. Das war, als sie das Fahrrad weiss anstrich und mit Blumen schmückte. Ich wollte dein Rad wegwerfen, als wir das Haus renovierten, doch sie liess mich nicht. Sie verteidigte es, bewachte es. Kannst du dir *das* vorstellen, Sohn?«

Er schüttelt den Kopf.

»Und dann kamst du mit diesem Typen daher, wie hiess er...«

»Stieglitz.«

»Ja, genau, Stieglitz, so hiess er. Jedesmal, wenn ihr im Garten wart, bevor ihr in die Fossilienschlucht abgetaucht seid, weisst du, was ich getan habe? Ich stellte mich mit dem Karabiner ans Fenster. Du hast das nie bemerkt, nicht wahr?«

Wieder schüttelt er den Kopf.

»Immer mit dem Finger am Abzug. Ich war versucht, meinen eigenen Sohn abzuknallen! Aus einer Laune heraus. Weil ich eine Vorahnung hatte. Wegen dem, was du uns *danach* antun würdest. Dann fiel dein Freund zu Tode.

Und ich fühlte mich schuldig! Da verlor Jolanda ihren Sohn. Meiner war schon tot. Weshalb bist du abgehauen, Mathis? Weshalb?«

»Das ist verrückt«, sagt er.

»Ja, das ist verrückt. Du weisst ja, wo dein Zimmer ist«, sagt er übergangslos. »Du bleibst doch über Nacht, Mathis?«

Er nickt. »Nur über Nacht.«

Auch Winter nickt. »Ich weiss. Keine Zeit.«

»Ich muss nach Genf zurück. Dort...«

»Dort lebst du wirklich«, beendete er den Satz. »Ich bin nicht einmal mehr zornig auf dich. Lange wünschte ich mir aber, ich hätte dich damals abgeknallt. Ein Schuss, der alles verändert hätte. Mich hätte er ins Gefängnis geschickt, deine Mutter hätte er aufgeweckt. Geh jetzt, Mathis. Geh.«

»Willst du doch nicht, dass ich bleibe...«

»In die Schlucht.«

»In die Schlucht?«

»Deshalb bist du doch hier.« Winter steht auf und wendet sich ab. Dann sagt er, ohne sich Philip zuzuwenden: »Damals war ich mir sicher, dass du deinen Freund in die Schlucht gestossen hast. Weshalb sonst wärst du danach einfach abgehauen? Heute glaube ich das nicht mehr. Es ist mir egal, Mathis. Ich halte nicht viel von dir.«

»Ich habe an seinem Tod gelitten wie ein Mörder«, sagt Philip leise, »doch umgebracht habe ich ihn nicht.«

»Es hat Jahre gedauert, bis ich begriffen habe, weshalb du es nicht getan hast. Auch du bist feige. Wie ich. Deshalb hat es so lange gedauert, bis ich es begriffen habe. Bis ich es mir eingestehen konnte. Weil ich zu feige war, abzudrücken. Und seit ich es mir eingestanden habe, mache ich mir Vorwürfe. Weil ich recht hatte: Ich hätte das Leben deines Freundes retten können. Jolandas Leben. Meins. Mit einem Schuss. Nur dich hätte ich opfern müssen. Aber wie hätte ich das wissen können?«

»Ich habe mich verändert«, sagt Philip nach einer Weile.
»Wirklich? Ich nicht. Ich bin noch immer derselbe. Wenn du hinausgehst, werde ich nach oben gehen, den Karabiner aus dem Schrank holen und ihn auf dich richten. Aber du hast nichts zu befürchten. Ich werde wieder nicht abdrücken. Obwohl ich alt bin und nichts mehr zu verlieren habe. Obwohl ich es jetzt besser weiss. Es wäre eine Geste für Jolanda. Dann aber werden wir zusammen den Abend verbringen. Essen, fernsehen, Familie spielen. Du wirst den Mathis spielen, der du nicht werden konntest oder wolltest. Andere, die nicht Mathis sind, haben für Jolanda Mathis gespielt, ich stelle mir vor, überzeugender, als du dazu in der Lage bist. Morgen wirst du unser Haus wieder verlassen. Solltest du wieder kommen, wirst du als Philip wieder kommen. Es ist mir egal. Mein Sohn wirst du nur noch für diese Nacht sein.«

Als Philip auf die Veranda tritt, hört er hinter sich ein Klicken und schnellt herum. Winter steht hinter der Glastür, die er gerade geschlossen hat, und grinst. Die Sonne tritt hinter einer Wolke hervor und strahlt die Scheibe an. Dahinter verschwimmt der alte Mann, löst sich auf. Philip wartet, bis er sich in den oberen Stock geschleppt hat. Als sein Vater mit dem Karabiner im Fenster erscheint, dreht er ihm den Rücken zu.

»Und der Traum, Mathis?«, ruft er von oben. »Träumst du den noch immer?«

Welcher Traum, will Philip fragen, nickt aber nur.

»Wer träumt den nicht«, sagt Winter, entsichert das Gewehr und legt an.

Philip schreitet über den von Wiesenblumen durchsetzten Rasen zur stockwerkhohen Skulptur, deren erhobener Zeigefinger aus buntem Kirchenglas und rossschneckenbraunen Eternit ihn zur Vorsicht mahnt, salutiert, taucht dann, Vögel verscheuchend, Würmer und Käfer zertretend, in die Sträucher ein, kratzt sich an den Ästen, schürft sich an dem durchlöcherten Zaun, stolpert, rutscht, gleitet abwärts, abwärts, bis sich unter ihm steil die Fossilienwand auftut.

Lange sitzt er oben an der Wand.

Endlich beginnt er zu rutschen.

Er versucht nicht, sich an den dürren Büschen zu halten. Gerade noch rechtzeitig zieht er das Steinauge aus der Tasche und wirft es in die Schlucht. Er wartet auf das Geräusch des Aufpralles – ein Knallen, ein Klatschen müsste doch zu hören sein, doch da ist nichts.

Als der Schuss fällt, erschrickt er ein bisschen. Die Augen öffnet er deswegen nicht.

Still, so still. Seine Sehnsucht nach Stille wird endlich befriedigt. Oder ist es eine Sucht gewesen? Doch schon rauscht wieder der Bach in seinen Ohren, zirpt etwas, knackt es um ihn herum. Die Natur hat überall Lautsprecher.

»Stiklit, stiklit«, hört er. Oder hat er das gemurmelt?

Er fällt nicht mehr, er schwebt jetzt. Steigt hoch. Langsam. Leicht. Aufwärts, aufwärts.

Dann hört er es.

Laut wie ein Schuss, und doch nicht lauter als das gläserne Aufschlagen einer Nadel auf Stein.

Das Steinauge ist auf dem Grund der Schlucht aufgeschlagen.

… wo in Körben, Säcken, Fässern
das Geschehene sich stapelt,
ein Lagerhaus, offen für jeden,
da schlagen die Türen, schallen Schritte,
wir horchen nicht hin, sind auch taub,
unser Ort ist im freien Fall.
Büsche, Finsternisse und Klinikbetten,
wir siedeln uns nicht mehr an,
wir lehren unsere Töchter und Söhne die
    Igelwörter
und halten auf Unordnung,
unseren Freunden misslingt die Welt.

Günter Eich, *Ryoanji*

Galápagos

Sechs Erzählungen

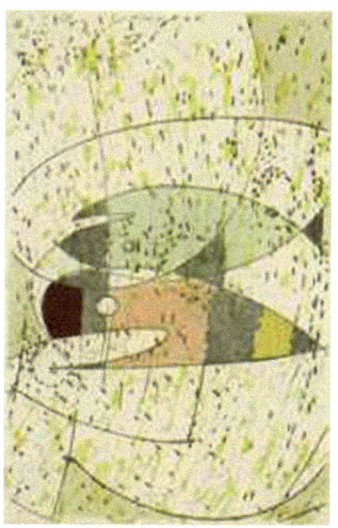

»Niemand ist ein anderer«, sagte Stieglitz.
Er log. »Ich bin der andere.«

Lili Fontana, *Gespräche mit Gandolf*

Inhalt

Das Wolken-Evangelium   173

Villa Berlanga   182

Die Windwörter   189

Das Gelobte Land   196

Grand Canyon   209

Galápagos   221

Das Wolken-Evangelium

Ferdinand Berlanga war der stolze Sohn eines deutschen Klempners, dessen spanische Wurzeln auf Fray Tomàs de Berlanga, den vierten Bischof von Panama, zurückgingen. Als Halbwüchsiger pilgerte Ferdinand von seinem Geburtsort in Franken mit dem Schwur los, sich an jenem Ort niederzulassen, wo er den Erlöser unter den günstigsten Bedingungen erwarten konnte. Er, der sich als Handwerker Gottes sah, der sein Gewerbe auf der Pfalz erlernen würde, hatte damit gerechnet, ganz Europa und halb Afrika zu durchqueren, war also entsprechend angetan und von seiner Mission noch mehr überzeugt, als er bereits im östlichen Teil der Schweiz sein Ziel gefunden glaubte.

Sein Ahne, der Bischof von Panama, kam auf dem Weg nach Peru, wo er sich um die Niederschlagung eines Aufstandes in seiner Diözese kümmern musste, wegen sechs windstiller Tage von seinem Kurs ab und entdeckte so die heute als Galápagos bekannte Inselgruppe. Ferdinand, Jahrhunderte später, war den Wolken, die er für die Gedanken Gottes und sich für deren Übersetzer hielt, in die Berge gefolgt. Er wusste sich angekommen, als aus dem wolkenlosen Himmel ein Gewitter über ihn hereinbrach und er nach nur wenigen Schritten einen abgelegenen Bauernhof entdeckte. Anders aber als der Bischof, der die spröden Inseln für von Gott verflucht erklärte, hiess sein Nachkomme den Hof willkommen. Der Ostschweizer Bauer, den er vorfand und der nicht gesprächiger war als die Riesenschildkröte, die Darwin von den Galápagos mit nach England gebracht hatte, gewährte ihm Nahrung und Unterschlupf. Als der alte Mann am nächsten Tag sah, wie Ferdinand mit der Harke umzugehen wusste, hiess er ihn als Knecht bei ihm zu bleiben; als er dessen inneres Feuer spürte, nannte ihn der kinderlose Bauer seinen Sohn; und als sein neuer Vater nach einigen arbeitsreichen Jahren verschied, wurde Ferdinand sein rechtmässiger Nachfolger auf dem Hof.

Seine wolkigen Visionen manifestierten sich in der in den Bergen oft herrschenden Fönlage noch häufiger als sonst und lockten bald Jünger an, die sich willig vor seinen Pflug spannen liessen. Auf dem Feld richtete er eine Schönwettertribüne ein und deutete die Gedanken Gottes vor der überwältigenden Gebirgskulisse seinem devoten Publikum. Im Stall nutzte er die über eine Strickleiter zu erreichende offene Empore, wo er als Knecht sein Lager gehabt hatte, als Podest für die Schlechtwetterpredigten. Seine Worte verbreiteten sich mit der Geschwindigkeit des durch einen Canyon schallendes Echo und wurde bald jenseits der Täler in den Dörfern und Städten, gar über die Grenze hinaus, gehört, seine Wortgewalt wälzte sich wie eine Lawine über sein Publikum.

Jenen, die Ferdinand mit dem Blick, den er von seinem neuen Vater geerbt hatte, als nicht gottesfürchtig oder nicht tüchtig genug durchschaute, wurden eine Nacht im Stroh gewährt und am frühen Morgen mit Proviant für einen Tag weitergeschickt. Wer blieb, mehrte den Wohlstand Bruder Ferdinands, wie er sich in der Nachfolge des Bischofs von Panama bald nannte, während er sich um das Seelenwohl seiner Jüngerinnen und Jünger kümmerte. Als sich genügend verlorene Seelen im Hof angesiedelt hatten, zog er sich ganz von den weltlichen Belangen zurück, um sich seinen Meditationen und Predigten zu widmen. Am meisten Zeit und Aufmerksamkeit aber forderte sein Opus magnum, das *Wolken-Evangelium*, in dem er täglich die Gedanken Gottes festhielt, zeichnerisch, wie er sie am Himmel sah, und in seiner Übersetzung. Alles war eingerichtet. Die Zeichen könnten keine deutlichere Sprache sprechen: Bald würde sich der Messias zeigen.

Zuerst aber, und auch unter einem wolkenlosen Himmel, zeigte sich Dorothea, die Tochter eines reichen Textilindustriellen aus dem benachbarten Vorarlberg. Ihre Familie hatte vor den Konsequenzen des österreichischen Anschlusses fliehen müssen. Ein Onkel, der mit einer Schnapsbrennerei ein Vermögen gemacht hatte, war bereits von den lokalen Nationalsozialisten, die eifrig wie ihre deutschen Vorbilder waren, enteignet und nach Buchenwald deportiert worden. Auch die stattlichen Häuser, welche die Familie in Wien besass, wurden von den Machenschaften des Österreichers verschlungen, der mit aller Gewalt und dem stummen Einverständnis allzu vieler das grossdeutsche Reich errichtete.

Doch auch im Exil litt Dorothea an Atemnot, wörtlicher wie übertragener. Die Schweizer rechneten ihr das Atmen ihrer verschonten Alpenluft bei jeder Gelegenheit auf Franken und Rappen vor. Auch ihr Vater, dem es im Exil nicht heimisch wurde, nahm ihr die Luft. Er überwachte jeden ihrer Schritte, besetzte ihre Gedanken und lauerte ihr in ihren Träumen auf. Natürlich wollte er nur das Beste für sie; doch wollte sie nicht, dass ihr Lebensfeuer erlöschen würde, so musste sie erst einmal vor ihm fliehen. Da sie ihren Vater liebte – so, wie sie später den schwierigen Ferdinand lieben sollte – , dachte sie bereits beim ersten Schritt, der von ihm weg führte, daran, wie sie wieder vor ihm stehen würde, sobald sie sich ihr Leben nach ihren eigenen Vorstellungen eingerichtet hatte.

Zwar wusste sie, dass ihr Vater ihr als erstes vorgeworfen hätte, sich ausgerechnet in einer eiskalten Märznacht in ihr eigenes Leben aufzumachen. Das zweite, dass sie die Wiesen und Wälder der Voralpen ohne Proviant durchstreifte, ohne Karte und ohne zu wissen, in welcher Himmelsrichtung sie ihr Glück versuchen wollte. Mit geducktem Kopf hörte sie das Heulen von dem, was nur Wölfe und Bären sein konnten, bis geschah, was geschehen musste: Sie stolperte über die Wurzel eines Holundergebüsches. Als sie versuchte aufzustehen, schrie sie vor Schmerz auf und blieb liegen. Sie hatte sich doch nicht etwa mitten in der Nacht in den Bergen und bei Minustemperaturen den Knöchel gebrochen?

Die Diagnose war korrekt; es stellte sie der imposante Fray Ferdinand de Berlanga, der seinem Namen mit dem Adelspartikel seines Ahnen ein noch ehrwürdigeres Echo verliehen hatte. Nur wenige Stunden, nachdem sie sich aus der elterlichen Wohnung davongeschlichen hatte, wärmte er mit seiner Hand ihren schon blau gefrorenen Knöchel. Das Wunder bestand weniger darin, dass einer von Ferdinands Jüngern Dorothea im Wald gefunden hatte, bevor sie erforen wäre, sondern darin, dass ihr der Knöchel nicht schmerzte, wenn ihn Ferdinand sanft, doch resolut drückte, als habe er die Gabe, ihre Knochen mit blossen Händen wieder zusammenzufügen. Kaum liess er los, kehrte der Schmerz zurück, schlimmer als zuvor. Wer so zugreifen, wer einem so in den wärmenden Griff nehmen konnte, entschied sie noch an ihrem ersten Abend auf seinem Bauernhof, den würde nur ein blindes Huhn wieder gehen lassen.

Ferdinand, selbst kein blinder Hahn, liess sein *Wolken-Evangelium* tagelang liegen, um an Dorotheas Bett zu sitzen und ihr stumm und ausdauernd den Knöchel zu halten. Zwischendurch ergab es sich von selbst, dass er ihren Knöchel losliess. Das Wohlgefühl, das sie dann zusammen erlebten, machte den Schmerz des unnatürlich schnell zusammenwachsenden Knöchels bei weitem wett, ja, gab dem für sie beiden neuen Gefühl eine besondere Würze. Als sich Dorothea bereits wenig später von ihrem Lager erhob und, ohne ein einziges Mal zu humpeln, durch den

Hof lief, war es als die Herrin des Anwesens und die designierte Mutter von Ferdinands Kindern.

Letztere allerdings liessen auf sich warten. Ferdinand nahm den Faden der Gedanken Gottes dort wieder auf, wo er ihn verloren hatte. Dem Evangelium fehlten die Eintragungen zu zwölf Tagen. Er rechtfertigte seine Sünde damit, an einer bedürftigen Seele ein Wunder vollbracht zu haben, ein weiteres Zeichen dafür, dass die Wiederkunft des Messias nicht mehr lange auf sich warten lassen würde. Dass sich Ferdinand nun weniger spröde und stur gab, liess sich einfacher erklären, da ihm nun jemand die Wartezeit versüsste. Das hatte auch Auswirkungen auf sein Evangelium, das lebhafter und sinnlicher wurde: Gott hatte ihm diese Frau nicht zur Prüfung geschickt, sondern als Unterstützung!

Dorothea zeigte ihre Dankbarkeit für ihre Rettung, indem sie Ferdinands Leben ohne Wenn und Aber annahm, obwohl sie schon bald ahnte, dass ihr auch an der Seite dieses sonderbaren Mannes die Luft dünn werden könnte. Allerdings wartete sie weniger auf den Erlöser als darauf, dass Ferdinand seinerseits das Warten aufgab oder doch zumindest flexibler gestaltete. Ein bisschen tat er das ja schon dadurch, dass er sie aufgenommen hatte. Bislang hatte er keiner Frau den Platz an seiner Seite zugestanden. Konnte man aber nicht zum Beispiel auch in Paris oder London oder wenigstens in Rom auf den Sohn Gottes warten? Was sprach dagegen, sich auf die Ankunft des sich seit bald zwei Jahrtausenden ankündigenden Menschensohnes in schöne Gewänder zu hüllen, sich Blumen ins Haar zu stecken und Perlen um den Hals zu legen? Wurde das, wenn man sich den Prunk der Kirche ansah, nicht geradezu erwartet?

Sie erreichten einen Kompromiss: Nein zu Paris und London und auch Rom, da Ferdinands Anwesenheit auf dem Bauernhof unabdingbar war – die Wolken könnten keine deutlichere Sprache sprechen –, Ja zu dem textilen Firlefanz, an dem die Region ohnehin reich war, zu den Klunkern und den Blumen im Haar sowieso. Ja auch zu Büchern und ausgewählten Illustrierten, Ja zu ausgewählter Musik, gar Tanzmusik, zu der man Dorothea schon bald sich über die grünen Hügel drehen sah. Dafür versprach sie ihm, an Gott zu glauben; etwas, das ihr nichts ausmachte, da sie ohnehin den Verdacht hatte, dass all die Schönheiten der Welt, zu der sie allerdings auch den Firlefanz, die Klunker und die Tanzmusik zählte, einer höheren Macht zugeschrieben werden musste. Sie versicherte ihm auch zu glauben, dass sich die Gedanken Gottes in den Wolken manifestierten und dass ihr zukünftiger Ehemann dessen offizieller Übersetzer war. Letzteres war eine diplomatische Lüge. Sie hielt sein *Wolken-Evangelium* für Humbug, wenn auch ungefährlichen: Sie wusste, dass sich Schriftsteller stets für etwas Besonderes hielten. Konnte er nicht wie andere auch einfach ein Tagebuch schreiben und es dabei belassen? Unter diesen Bedingungen aber liess sich heiraten. Auch wenn sich der Himmel trübte und die Wolken sich über sie ergossen, wurde es ein prächtiges Fest. Die Braut war so schön, der Bräutigam wirkte in seiner grobschlächtigen Kutte männlich stark, ein dürrer Fels. Ferdinand kam der doppelten Verpflichtung des Bräutigams und des den Ehebund schliessenden Priesters nach, darauf schlossen sich die Jungverheirateten für sechs Tage und sechs Nächte in ihr Schlafzimmer ein und waren für niemanden zu sprechen, auch nicht für Gottes Wolken.

So vergingen die Jahre, der Krieg hörte auf, so begannen die Fünfzigerjahre, so endeten sie. Von beidem spürte man hier oben nicht viel. Dorothea war unbesorgt. Sie dachte, sie würde noch lange jung sein. Der Hof, der für Ferdinands Gemeinde sorgte, sorgte für sie, ohne dass sie sich um etwas kümmern musste, Langeweile kannte sie nicht, dafür gab es zu viele Bücher, dafür gab es die grünen

Hügel, dafür gab es zu viele schöne Gedanken. Gehörte ihr auch nicht die Welt, so lag ihr doch die, die ihr gehörte, zu Füssen. Je besser sie die Wälder und Berge, in denen es, wie sich herausstellte, längst keine Bären mehr gab, kennenlernte, umso weniger vermisste sie die fernen Städte, die sie eine Zeitlang um jeden Preis hatte sehen wollen. Sie vermisste auch Ferdinand, von dessen Seite sie anfangs nicht hatte weichen wollen, immer weniger. Immer länger liess sie ihn im Arbeitszimmer allein, wo er sich ständig neue Predigten ausdachte, die nicht an Wucht verloren, wo sein Evangelium täglich an Umfang gewann. Immer wieder sandte ihr Gatte dem Heiligen Vater in Rom Auszüge, nie bekam er Antwort. Doch so war es den Propheten schon immer ergangen.

Zunehmend aber fiel es Dorothea schwerer, ihren Mann ernst zu nehmen. Es war nicht sein Glaube – mit den Jahren lernte sie an seiner Seite zu glauben, so, wie sie an der Seite eines anderen Mannes zum Beispiel gelernt hätte, Kunst zu schätzen –, es waren nicht einmal seine bizarren Auftritte als Prediger, es war schliesslich sein *Wolken-Evangelium*, in dem er sie nie lesen liess, in dem sie aber einmal heimlich blätterte. Ferdinand war geheimnisvoll, doch er war nicht gut darin, Geheimnisse zu bewahren, und noch schlechter war er darin, sie zu verstecken. Nur gerade eine Diele, die sich hochklappen liess und die sich nach nur oberflächlichem Abklopfen mit ihren Schuhen schon verriet. Es waren Tausende von Seiten, die mit hieroglyphenähnlichen Zeichen angefüllt waren. Sonnen, Monde, Sternchen, hin und wieder ein Komet mit Schweif. Natürlich Wolken in sämtlichen Formationen. Münder, Finger, Arme, Beine und Köpfe. Aber auch Kritzeleien, die sie erst für seine Handschrift gehalten hatte, die aber, da sie sich wiederholten, eine Geheimsprache sein mussten, die Ferdinand für seine Arbeit entwickelt und die nur er entziffern konnte. Vergeblich suchte sie nach einem Schlüssel. Enttäuscht, verärgert und sogar ein bisschen erbost stopfte Dorothea den Blätterstoss wieder unter die Diele, unter der sie ihn hervorgezogen hatte. Sie hatte nicht erwartet, dass Ferdinand tatsächlich die Gedanken Gottes übersetzte, auch wenn sie es nie ganz ausschliessen wollte, doch dass er lediglich eine unverständliche Sprache in eine andere unverständliche Sprache übersetzte – das verstörte sie.

Sie stellte ihn nicht zur Sprache. Er tat niemandem etwas Böses, auch sich nicht; im Gegenteil schienen seine kindischen Kritzeleien für sein Seelenheil und mittlerweile auch jenes ungezählter Anderer zu sorgen. Eine Konfrontation hätte ihn nur gedemütigt, geändert hätte sie nichts. Wollte sie denn, dass er sich änderte? Sie hatte sich in diesen Mann verliebt, und sie liebte ihn immer noch, auch wenn sie ihn nun ein bisschen langweilig fand. Langweilig und kauzig. Die Blicke der Dörfler, die ihr so lange nichts ausgemacht hatten, begannen sie nun zu quälen. Sich auf saftigen Wiesen zu einer Melodie, die nur in ihrem Kopf erklang, um die eigene Achse zu drehen, genügte ihr nicht mehr. Sie stellte fest, dass sie ein anderes Leben wollte. Dieses würde Ferdinand nicht ausschliessen, doch wusste sie, dass sie dabei nicht auf ihn zählen konnte.

Er spielte bei dieser Veränderung dann doch eine Rolle. Als Dorothea feststellte, dass ihr Monatszyklus ausblieb, war ihr klar, dass sie unbewusst schon lange auf dieses Kind gewartet hatte. Ja, das war es, was sie wirklich wollte, ein Kind! Und ebenso sehr wollte sie, dass dieses Kind einen Vater hatte. Dies würde Ferdinand verändern – welches Erstgeborene veränderte seinen Vater nicht! – , es würde ihr Leben vervollkommnen. Und endlich konnte sie sich vor ihren Vater stellen und ihn für die Flucht in jener eisigen Märznacht und den Kummer, den sie ihm bereitet hatte, um Vergebung zu bitten. Doch während sie schwanger war, hörte sie von seinem Tod – die Mutter war schon lange verschieden. So kam es nicht mehr zu der von ihr so ersehnten Versöhnung, eine Schuld, die ihr nun wie ein Arm gehörte. Sie bat ihren Vater in Gedanken um Vergebung und schwor, das Leben zu leben, von dem sie sich vorstellte, es hätte ihn mit Stolz auf seine Tochter erfüllt.

Es stellte sich heraus, dass er ihr auf seine Weise verziehen hatte – hätte letztlich nicht auch er auf sie, die er leicht gefunden hätte, zugehen können? –, denn enterbt hatte er sie nicht. Dorothea erhielt neben einer angenehmen Menge geschickt angelegten Geldes ein – zählte man den dreistöckigen Dachboden mit – vierundzwanzig Zimmer grosses Haus in der nächstgelegenen grösseren Stadt zwischen den Bergen und dem See. Die einzig daran geknüpfte Bedingung war, diesen Besitz niemals, egal, was geschehen würde, auf ihren Ehemann zu überschreiben, von dem ihr Vater offensichtlich nicht viel gehalten hatte. Sie zog umgehend und ohne Vorankündigung ein.

Ferdinand, der nicht wusste, dass seine Frau schwanger war, fand nur einen Zettel in seiner Bibel, auf dem sie ihm mitteilte, wo und wann sie ihn – ohne Bibel – erwarten würde. Sie richtete das Haus nach ihrem Geschmack neu ein und hatte in der Stadt ihr eigenes Leben aufgebaut, als er neun Monate später, ohne seine Jünger, aber doch mit der Bibel im Gepäck, zur gewünschten Zeit erschien.

»Er ist angekommen!«, rief Ferdinand ebenso glücklich wie überrascht, als er endlich begriff, dass der rothäutige Säugling, den er unvermutet in den Armen hielt, sein Sohn war.

Villa Berlanga

Angekommen! Wie lächerlich hatte Dorothea (und später auch ihre Tochter) diesen Ausdruck immer gefunden. Was während der vielen Jahre im Schutz der Berge angekommen war, waren nur gerade Spinner und Verrückte, deren Hoffnung auf ein normales Leben sich nicht erfüllt hatte. Sie erschrak, als Ferdinand ihr erstes Kind gleich mit diesem Stigma belegte, als habe ihn ihre Abwesenheit nicht kuriert.

Doch sie begriff, dass der Sieg ihres neuen Lebens über sein altes nur dann währen konnte, wenn sie ihn glauben liess, sich zumindest in einem Punkt durchgesetzt zu haben. Mutierte nicht jeder frischgebackene Vater zu einem vertrottelten Wesen, das seinen Erstgeborenen für etwas Besonderes hielt? Und traf das nicht in besonderen Masse auf einen zu, der keine Zeit gehabt hatte, sich auf seine neue Rolle einzustellen, weil er buchstäblich über Nacht Vater geworden war? Wie konnte es gerade für ihren Mann kein Wunder sein, auf einmal einen Sohn, einen Stammhalter und Nachfolger zu haben! Wenn es dem guten Ferdinand half, seinen Sohn zu vergöttern, so wollte sie ihm diesen Glauben nicht nehmen, zumal sie schon im Wöchnerinnenbett den Eindruck gewann, der Kleine, der sie mit ungeduldigen, wachen Augen anschaute, könnte nicht rasch genug heranwachsen, um sich über seinen weltfremden Vater lustig zu machen.

So sagte sie nur: »Mach mir bloss keinen Messias aus dem Jungen. Das ist mein Kind, und es ist ein völlig normales, gesundes Kind, das normal aufwachsen wird, um ein normales Leben zu leben. Wenn es uns von etwas erlöst hat, dann von deiner idiotischen Warterei auf ein Hirngespinst. Und deinen spinnerten Jüngern! Verstanden? Und jetzt gib mir den Kleinen zurück, du tust ihm am Ende noch weh!«

Ferdinand verstand. Er reichte das Bündel, das in seinen Armen zunehmend unruhiger geworden war, dankbar zurück und fuhr wieder in die Berge, diesmal, um alles, was er dort erreicht hatte, rückgängig zu machen. Wie man einen von Motten zerfressenen Mantel in einen Karton für die Berghilfe stopft, so packte er seine Predigervergangenheit weg. Er suchte den Mann auf, der ihm schon seit Jahren in den Ohren lag, ihm seinen Hof für einen Gourmettempel zu überlassen, Geld spiele keine Rolle. Geld spielte dann doch eine Rolle, doch Ferdinand, der auf diese Weise sein Verhandlungstalent entdeckte, erzielte einen guten Preis. Dank seiner Fähigkeit, alles auszublenden, was hinter ihm lag, blieb es ihm erspart zu erfahren, dass sein abgelegener Hof bald das Mekka von Pilgern wurde, denen für ein gutes Essen kein Weg zu weit war und die in Scharen kamen, wenn auch nicht mehr in Sandalen, sondern in Limousinen.

Ferdinand wandte sich der Vermehrung ihres Vermögens zu, seines und jenes, das Dorotheas Vater im Exil von neuem angehäuft hatte. Jetzt übersetzte er nicht mehr täglich Gottes Gedanken in eine für alle verständliche Sprache, er interpretierte die Börsenkurse in der Handelszeitung für sein eigenes Wohl. Er richtete sich in Dorotheas Haus im zweiten Stockwerk des Dachbodens ein Büro ein, dort, wo sich sein Sohn später in diesen sonst ungenutzten Räumen mit den Möbeln, die unten nicht mehr gebraucht wurden, sein eigenes Reich schuf. Dieses musste der Vater jedesmal durchqueren, wenn er in sein Büro wollte, und jedesmal verspottete ihn diese lächerliche Imitation einer Wohnung, diese »Spottwohnung«, wie sie im Haus bald genannt wurde.

Sein Büro stattete Ferdinand mit der modernsten Kommunikationstechnik aus, um sich Tag und Nacht mit den Börsen in Zürich und Frankfurt und Tokyo und New York austauschen zu können, aber auch mit den neuesten Teleskopen, die so stark waren, dass er sich einbilden konnte, fernste Galaxien und Milchstrassen zu entdecken, auf denen sich sein Erlöser in sicherer Entfernung vielleicht doch noch zeigen würde. Mehrfach wöchentlich und immer häufiger öfter als nötig fuhr er mit der Eisenbahn nach Zürich an die Börse, wo er »Gewinn einfuhr«, wie er nun sagte, und von wo es das Geld via die Börsen »auf seine Konti schwemmte«. Er war auch in seiner neuen Tätigkeit äusserst erfolgreich, so erfolgreich, dass er sich niemals einzugestehen brauchte, dass er sich in allem, was er tat, immer mehr von seiner Familie entfernte, indem er entweder nicht zu Hause war oder sich im Haus zurückzog.

Bald konnte er nicht mehr verstehen, was er in den Wolken, die ihm vor kurzem noch alles bedeutet hatten, zu sehen vermochte. Nun ärgerten sie ihn, weil sie ihn in der Nacht daran hinderten, die Sterne zu sehen. Und auch am Tag, so redete er sich immer mehr ein, erschienen sie nur aus dem einen Grund, um ihm die Sicht auf das, was hinter ihnen lag, zu versperren. Was lag hinter den Wolken? Das, was ihn täglich dazu veranlasste, sich aus dem Bett zu erheben und seiner Arbeit nachzugehen? Das, was ihn daran hindern würde, wüsste er es?

Als Ausgleich für die in dieser Region zahlreichen bewölkten Tage legte er im ersten Stockwerk des Dachbodens eine Bibliothek an, mit der er sich bis zu seinem Tod beschäftigen sollte. Diese deckte alle Wissensbereiche der Menschheit ab, von der Paläontologie bis zur Astrologie, von Büchern über Botanik und Führern zu den bedeutendsten botanischen Gärten der Welt, von Spekulationen über die Entstehung des Universums bis zu den Forschungsreisen, den – Ferdinands Meinung nach – letzten Abenteuern,

die der Menschheit noch bevorstanden. Erlaubten es die Börsenkursschwingungen, ersteigerte er sich Briefe oder Seiten der Aufzeichnungen der Forschenden. So fanden sich in seiner Bibliothek Originale oder Faksimile der Tagebücher Livingstons und jene Darwins, welche dieser auf seiner Reise auf der *Beagle* geschrieben, und ein ganzes Kapitel des Berichtes Powells, der als erster den ganzen Grand Canyon durchquert hatte. Irgendwo lagerte in einem Schuhkarton auch sein unvollendetes *Wolken-Evangelium*. Auch wenn er sich das nicht einzugestehen vermochte, so hatte doch jedes Buch, jede Seite und jedes Wort, das er dort oben hortete, damit zu tun, herauszufinden, was sich denn nun hinter den Wolken befand, sobald sie sich am Himmel zeigten.

Noch mehr als die Wolken aber ärgerte ihn sein Sohn, der ihm auch immer mehr die Sicht auf die Dinge versperrte, die ihm jetzt wichtig waren. In allem, was sein Erstgeborener tat, sah Ferdinand Zeichen, und sie standen alle auf Sturm in ihrer Vater-Sohn-Beziehung. Ihm schien, sein Sohn lächle nur, wenn er seine Mutter ansah, schliesse aber die Augen, wenn er erschien.

»Du beruhigst ihn«, versuchte Dorothea ihn zu beruhigen, »deine ausgeglichene Art wiegt ihn in Sicherheit, im Gegensatz zu meiner Nervosität«, versuchte sie vergeblich das Gewicht der Schuld auf ihre Schultern zu verlegen.

Als er zu kriechen lernte, sah Ferdinand nur eine Richtung: von ihm weg. Als er endlich gehen konnte, spät genug, wie sein Vater fand, bestätigte sich, was Ferdinand befürchtet hatte: Sein Sohn mied ihn mit aller Muskelkraft! Schlimmer noch wurde es, als der Kleine zu sprechen anfing. Dass sein Sohn »Mama« gesagt hatte, bevor er »Papa« sagen konnte, akzeptierte er als natürlichen Lauf der Dinge, schliesslich war der kleine Wicht aus dem Bauch Dorotheas, nicht aus seinem, gekrochen, schliesslich hing er, zu lange für seinen Geschmack, an ihrer Brust, schliesslich war sie es, die zu Hause ständig bei ihm war. Doch war es, nicht wahr, stets eine Frage von Aktion–Reaktion. Konnte es seine Schuld sein, dass der Sohn schon als Säugling die Augen schloss, wenn er ihn sah? Und jetzt, als der Knirps endlich (auch dies mit einer vielsagenden Verspätung) »Papa« sagte, brauchte man nur genau hinzuhören, *wie* er »Papa« sagte. Klang es nicht verächtlich, geradezu wie ein Fluch?

»Du siehst Gespenster«, lachte ihn Dorothea aus, als Ferdinand sich ihr in einem ungewohnt aus ihm herausbrechenden Wortschwall anvertraute. »Das ist das Gestammel eines Babies, Ferdinand! Du hörst das Geplapper eines Kleinkindes!«

»Ich höre die *Musik*, durch die sich mein Sohn verrät. Durch die er mich verrät!«

Ferdinand war nicht zu beruhigen, er wollte Gespenster sehen. Die Frucht seiner Spermien hatte ihn hintergangen, seine eigene DNA verfluchte ihn! Wäre dem Kind diese nicht so deutlich ins Gesicht geschrieben, es hätte sich als Ausweg angeboten, seiner Frau zu unterstellen, den Balg mit einem anderen, einem der damals in den Bergen stets bereiten Jünger, gezeugt zu haben. War ihre Flucht letztlich nicht von ihrer Schwangerschaft eingeleitet worden? Ein schöner Messias, dieser ungehorsame Lümmel, der schon vor seiner Geburt und als Baby erst recht Misstrauen säte, dieser Bengel, der sich, schon bevor er überhaupt richtig gehen oder auch nur reden konnte, gegen ihn, seinen Erzeuger stellte! Ferdinand wusste, dass Dorothea ihm treu war. War ihre Treue der Grund, weshalb sich sein Zorn gegen seinen Sohn richtete?

Dann, drei Jahre später und fast ebenso plötzlich, weil er so viel Zeit im Dachstock oder ausser Hauses verbrachte, dass ihm die ständig zunehmende Wölbung des Bauches seiner Frau kaum auffiel, wiederholte sich das Wunder. Zum zweiten Mal hielt Ferdinand ein Bündel in der Hand. Diesmal war es ein Mädchen. Eines, das auf die erfreulichste Art und Weise heranwuchs. Das seiner Mutter nichts als Freude bereitete, gar so, dass man sich als Vater nicht ausgeschlossen fühlen musste. Bereits mit drei konnte Evelina sich so adrett in ihrem Ballettkostüm drehen, dass allen vor lauter Anmut der Mund offen blieb und sich ihr Bruder, dieser kleine Teufel, gezwungen sah, ihr hinterrücks Locke um Locke abzuschneiden, bis von der goldenen Haarpracht nur noch ein jämmerliches Stummelfeld übrigblieb.

Nur ein Jahr später, Evelina war noch reizender geworden, ihr Haar eine wahre Pracht, befahl Stieglitz eine dunkle Macht, sie holterdipolter die Treppe hinunter zu schubsen, um zu verhindern, dass sie unten im Wohnzimmer ein auf sie wartendes Grüppchen von Freundinnen Dorotheas mit einer Tanzeinlage in helle Entzückung versetzte. Nichts Schlimmes passierte, zumindest nicht für die kleine Evelina. Zwar schlug sie sich das Knie blutig, doch als zukünftige Primaballerina, die sie dann doch nicht wurde, heulte sie nicht einmal. Tapfer gab sie ihre Darbietung, als sei nichts geschehen, nur leicht hinkend, das anmutige Lächeln nur wenig von dem stechenden Schmerz, den sie spürte, unterwandert und mit einem die Dramatik ihrer Kunst verstärkendem Blutfaden, der sich ihrem Bein entlang zog und in dem weissen Socken verschwand.

Natürlich einigten sich die Freundinnen darauf, dass ihr Bruder sie aus Versehen gestossen hatte, natürlich wollte Dorothea das glauben und die Schuld bei sich finden, weil sie nicht gut genug auf ihre Kinder aufgepasst hatte, natürlich ohrfeigte ihn Ferdinand, als er am Abend aus seinem Büro nach unten kam, hart, weil er in dem Angriff seines Sohnes auf seine Tochter nichts als einen Angriff auf ihn, den Vater, sehen konnte.

Als er selber den Schmerz spürte, den ein Vater verspürt, wenn er einen Sohn physisch bestraft, gestand sich Ferdinand endlich ein, was schon so lange in ihm gegärt hatte, nämlich, dass Gott ihn mit diesen Wolkenhirngespinsten und der Warterei all die Jahre nur belogen und betrogen hatte.

Zu seinem siebenjährigen Sohn sagte er: »Du, Sohn, bist die Enttäuschung meines Lebens, du bist der Grund, weshalb ich mein Leben in den Bergen aufgeben musste, du bist die Strafe Gottes für meine Sünden. Doch den Sieg wirst du nicht davon tragen, niemals! Denn zugleich bist du auch meine Erleuchtung, etwas, das Gott trotz all seiner Weisheit nicht vorhersehen konnte, du unseliger Wicht! Was für eine Ironie! Er hat einen Teufel geschaffen, der mich erleuchtet hat! Denn jetzt ist eingetroffen, worauf ich mein Leben lang gewartet habe: *Ich* bin angekommen!«

Jahre später, Jahre nach seinem Tod, fand seine Tochter, die in keiner Weise ihre so lange so berechtigten Hoffnungen auf eine Tänzerinnen- oder wenigstens eine Musikerinnenkarriere bestätigt hatte, die Bibel, die ihr Vater undankbar in den unzähligen Büchern seiner Bibliothek hatte versinken lassen. Evelina war überzeugt, dass DIE STIMME, die sie aus ihrer jahrzehntelangen Lethargie wachgerüttelt, sie von allen Sünden – der Völlerei, der Sauferei, der kurzen Phase der Wolllust, die sie befiel – befreit hatte, ihr jetzt den Weg zur Bibel zeigte, dort insbesondere der *Offenbarung*, die, wie alles andere in dem heiligen Buch, wörtlich zu verstehen war.

In dieser steckte noch immer der Zettel, den Dorothea Ferdinand hingelegt hatte, als sie ihn aus seinem alten in ihr neues Leben locken wollte. Darauf stand neben der neuen Adresse und dem Vermerk, diese Bibel auf keinen Fall aus den Bergen in die Stadt mitzubringen, ein einziges Wort: »Komm.«

Die Windwörter

Evelina döste in ihrem Wohnzimmersessel, als sie DIE STIMME zum ersten Mal vernahm. In ihrem Schoss lag eine leere Flasche Climens, die letzte, die sie trinken sollte. Bei jeder Bewegung knisterten die bläulichen Pralinenverpackungen, mit denen sie übersät war. Mit diesen Süssigkeiten, die nach fast dreissig Jahren noch immer hergestellt wurden, hatte sie schon ihr Bruder in den Esszimmerschrank in der Spottwohnung gelockt. Musik dröhnte sie zu, Choräle, Heavy Metal, die Presslufthammersymphonie eines Neutöners. Natürlich hörte sie DIE STIMME erst, als die Platte zu Ende war, obwohl sie schon vorher eine akustische Ahnung durchwellt hatte, und natürlich hörte sie sie nur so lange, bis der altmodische Wechsler die nächste Scheibe freigeben würde.

Es war nicht, als öffnete sich der Himmel, die Erde bebte nicht, keine Silhouette löste sich aus der Wohnzimmerwand und starrte sie mit strengem Blick aus ihrer Lethargie. Da war nicht einmal diese unerklärliche, bis in die Knochen schmerzende Präsenz, wie sie bei Offenbarungen gern gespürt wird. Nichts flackerte, keine Türen schlugen, kein Wind fuhr durch das Haus. Etwas Wehendes aber hatte DIE STIMME dennoch, etwas Raschelndes, Drängendes, ein mit Zischlauten durchdrungenes Säuseln, als versuche jemand, die Aufmerksamkeit einer Katze zu gewinnen.

Dann wäre sie beinah wieder weggeglitten. Die nächste Platte war heruntergefallen, der Tonarm grub sich in die Rille, Gitarren plärrten los und spülten die zärtliche Stimme weg. »Hey hey, my my«, quengelte eine andere, nasale Stimme. Evelina begann wieder in sich zu sinken. Verzweifelt tastete sie sich und den Stuhl auf übersehene Pralinen ab. Um sie herum knisterte es verlockend, sie würde sich eine neue Flasche Climens besorgen müssen, doch wie? Wo war Sedona, wenn sie gebraucht wurde? Sie schaute sich um. Hatte sie ihre Helferin wieder angeschnauzt, für nichts und wieder nichts, wie es vollgefressene Trunkenbolde eben tun? Nein, Sedona war nicht da, morgen würde sie wieder auf der Matte stehen und ihr helfen, als sei nichts gewesen.

Was Evelina vor dem nächsten Absturz, dem nächsten unwiderruflich letzten, rettete, war der Gedanke an Katzen. DIE STIMME, die sie nun auf einmal vernahm, erinnerte sie an den Katzenlockruf. Dabei mochte sie Katzen nicht. Haarige Viecher, die auf den Teppichen Mäusegallen und Rattenköpfe hinterließen. Ebenso wenig mochte sie Hunde. Blöde Kreaturen, deren Treue von einer halben Wurst abhingen. Man konnte ihr mit Goldfischen und Schildkröten und Papageien gestohlen bleiben. Warum nicht gleich ein Hausschwein? Ein Hauskrokodil? Einzig der Mister P genannte Pfau brachte sie zum Lachen. Mister P, von dem ihr Sedona aus der Zeitung vorgelesen hatte, war in eine Tanksäule verliebt. Schlich um die Tankstelle und schlug das Rad, wann immer er das Klicken der Zapfsäule hörte. Das war Liebe, unnatürlich und wahr und unerwidert und lächerlich, wie Liebe eben war.

»Und der Pfau, stell dir vor (so Sedona lachend) hat zwei Brüder. Der eine hat sich in eine Katze verliebt, der andere in eine Gartenlaterne!«

Evelina hatte mitgelacht, ein hennenartiges Glucksen hatte sich ihrer Kehle entwunden. Jetzt gackerte sie in der Erinnerung leise vor sich hin. Ja, wo blieb Sedona, war sie nicht längst überfällig?

»Du wirst deine wahre Liebe finden, Evelina (so Se-

dona doch eben noch treuherzig) und die wird dich retten« – und das war wirklich zum Lachen!

»Ach, Sedona, Dummerchen«, antwortete Evelina ihrer jungen abwesenden Freundin, einer Nachbarin, die sich – weiss der Geier weshalb – um sie kümmerte. Aber so war es oft. Evelina sprach auch mit Abwesenden. Lieber als mit Anwesenden. Gespräche waren so viel unkomplizierter. Unwidersprochen genoss sie das letzte Wort. War Sedona vielleicht in sie verliebt? War das des Rätsels Lösung? Was sonst schlüge sich ein geradezu beängstigend hübsches Mädchen mit einem Wrack wie ihr herum? Und weshalb nicht? Konnte sich ein Pfau in eine Tanksäule verlieben, so konnte sich diese radschlagende Kreatur auch in sie verlieben!

Bei einem solchen Gedanken war auch der Gedanke an ihren Bruder nicht mehr fern. Wie Sedona hatte er die Gabe, sie zu besuchen, ohne da zu sein. Was in seinem Fall natürlich umso bemerkenswerter war, da er ja schon so lange tot war. Oder hatten die Toten es einfacher, solche Anstandsbesuche zu machen? Die Menschheit war sich darin uneins. Die einen erklärten alles mit Gott, die anderen alles mit nichts. Sie machte da keinen Unterschied. Wer sie besuchte, war ihr willkommen, ob real oder nicht. Philip, der nichts glaubte, glaubte, dass sie wie ihr Vater Besuch hasste, aber das war falsch. Allerdings kam Stieglitz weniger zu Besuch, als dass er Auftritte hatte. Hatte doch noch kurz vor dem Tod Schauspieler werden wollen. Der dann Philip wurde. *Enter Ghost.* Vielleicht bleiben die Toten ja in ihrem letzten Wunsch für immer stecken. Er war schon zu Lebzeiten theatralisch. *Enter Stieglitz*, der Vogel, der Pfau, der vor sich selber Rad schlug, ihr manchmal ungeliebter Bruder. Die Bühne, die er in diesen Augenblicken (in denen sie ihn allerdings immer liebte!), betrat, war für sie fassbarer, als für manchen ein Glas in der Hand. Verstorbene traten im Leben der Zurückgebliebenen auf, gerade dann, wenn sie nicht mit diesen Leben abgeschlossen hatten, dem eigenen wie den zurückgelassenen. Wer das alles nicht glauben wollte, war schon von vornherein zum Scheitern verurteilt. Was war denn an diesen Auftritten so ungewöhnlich? Man musste dafür doch nur die Bühne bereitstellen. Musste dieser letzte, durchaus plausible Rest an Irrationalität, den sich das Leben noch bewahrt hatte, auch noch wegerklärt werden? Was blieb vom Leben ohne Magie noch übrig? Die leeren Flaschen, die knisternden Pralinenpackungen?

Jetzt war Schluss, ein für allemal war ihr klar, dass sie sich aus diesem Sessel erheben musste, wenn ihr auch nicht klar war, woher sie dafür die Kraft nehmen sollte. Wirklich, wo war Sedona, wenn man sie brauchte! Schöne Heilige! Klar war, dass sie als erstes das Gedröhn zum Schweigen bringen musste. »Hey hey, my my«, noch immer, schon wieder, diesmal dröhnend laut mit Elektrogitarren hingefläzt, für immer und ewig, als sei keine Sekunde vergangen, als vergehe nie eine.

Verwundert schaute sie der Weinflasche zu, die über ihre Schenkel rollte und lautlos im weichen Teppich aufschlug. Wütend wischte sie die Pralinenpackungen weg, jede einzelne, es war wichtig, sich von ihnen allen zu befreien. Sie liess sich vornüber fallen und stürzte, bis ihre Hände, die sie reflexiv ausgestreckt hatten, sie auffingen. Die Knie folgten, sie hielt sich recht sicher auf allen Vieren; wie ein dummes Schaf graste sie auf dem weichen Wohnzimmerteppich. Wär er doch nur grün! Blökend setzte sie sich in Bewegung, Pfote für Pfote. So kam man natürlich nie durch ein ganzes Wohnzimmer, dann aber erreichte sie das HiFi-Reck doch. Sie setzte sich auf die Hinterläufe, holte mit dem Vorderhuf (hatten Schafe eigentlich Hufe?) aus und rammte den Tonarm mit voller Wucht in die schwarze Scheibe, die ein letztes Mal aufkreischte. Oder hatte sie gekreischt? Ein Surren dann noch, weil sich der Plattenteller weiterdrehen wollte, gegen rohe Schafsgewalt aber hatte so ein Stück Vinyl keine Chance und gab einsichtig den Geist auf.

»Fh... bs... fh... bs... fh...«, meldete sich da auch schon wieder DIE STIMME.

Ertappt schaute sie sich um. Sie merkte, dass sie kein Schaf mehr war, wie ein Mensch stand sie auf den Hinterläufen. Aber war sie auch einer? War sie zwischendurch vielleicht wirklich ein Schaf gewesen? Ein Schafskopf, das Lamm Gottes? Ach herrje, was für eine Prophezeiung war hier dabei, in Erfüllung zu gehen? Für Prophezeiungen war sie noch nicht so weit. Dachte sie an Lämmer, kam ihr der Schlachthof in den Sinn. Um sich zu vergewissern, dass mit ihrem Menschsein alles in Ordnung war, blökte sie aus aller Kraft, und schon schallte laut ein »Philip!« durch das Haus. Er kam nur, wenn sie ihn nicht rief, die Bahn war also frei. Auf in ihr neues Leben! Philip, der auch auf der Suche nach einem neuen Leben war – oder war es das alte? – hatte mal wieder eine Nacht im Bett seines längst verstorbenen Freundes verbracht, nur weil er dachte, ein anderer zu sein. Wie ist man ein anderer? Und wer dann, bitteschön? Wenn sie sich nur besser erinnern könnte! Verfluchter Alkohol, vermaledeite Völlerei! War er, als alles begann, dauernd im Haus herumgeschlichen, als habe er den Heimweg vergessen, weil er ihr an die Wäsche gewollt hatte, damals, als sie eine taufrische Dreizehnjährige war? Hatte er ihr Bruder sein wollen, weil diese blöde Kuh Marita-Marina ein Auge auf Stieglitz geworfen hatte? Ging es überhaupt um Mädchen? Ging es ihr um Jungen? Ihm?

Erstaunlich: Mit diesem Wirrwarr im Kopf war sie irgendwie in die Halle gekommen. Stand da mittendrin auf den schwarzweissen Schachmusterplatten und schwankte nur leicht. Fühlte das Blut in den Blutbahnen rauschen. Ein gutes Gefühl, es kribbelte und belebte. Vor ihr die Tür in den Garten, hinter ihr jene auf die Strasse, um sie herum Bilder mit Dreiecken oder Bratenresten, die keine Sau verstand. Da war kaum Licht, und doch war sie geblendet. Sie war DER STIMME gefolgt, obwohl das gar nicht möglich war. DIE STIMME war sowohl allgegenwärtig wie auch nur in ihrem Kopf. Beidem war unmöglich zu folgen, das kann einem jeder halbwegs talentierte Auserwählte versichern. Ihr Blick blieb an dem Lautsprecher hängen. Ob das Intercom überhaupt noch funktionierte?

»Fh... bs... fh... bs... fh...«, klang es unverändert durch das Haus.

»Windwörter«, sagte Evelina.

Als in diesem Augenblick Philip an ihr vorbeiging – glich er Stieglitz aus dem Profil nicht ein bisschen? – und sie dummverächtlich musterte, schaute sie zu ihrem Selbstschutz durch ihn hindurch. Nichts einfacher als das. Das hatten sie ihre Sünden gelehrt. Wie man durch jemanden hindurch schauen kann, bis er sich in Nichts aufgelöst hat. Die Windwörter aber hörten nicht auf, durch sie hindurch zu wehen. So fühlte es sich also an, auserwählt zu sein. Sie schwebte ein bisschen vor sich hin. Leichter Schwindel ergriff sie, sie wusste aber gleich, was das war: nicht niedriger Blutdruck, sondern das Gefühl der Allgegenwart. Es kam aus dem Haus, und was aus dem Haus kam, das war schon zu Zeiten von Stieglitz so, kam von oben. Also machte sie sich an die Treppe – Philip war nicht mehr da –, obwohl sie es eilig hatte, stieg sie langsam hoch, jede Stufe eine Mühsal.

Sie dachte: Ich folge den Wörtern wie Gedanken. Sie wusste: Nichts war schwieriger. War ein Gedanke einmal gedacht, war er auch schon verpufft. So war es auch jetzt. Wo war sie überhaupt? Und was war geschehen? Weshalb steckte sie nicht in ihrem Sessel? Erschrocken hielt sie sich am Geländer fest. DIE STIMME war verstummt. Wie ein Hund, den ein Geräusch, das er nicht orten kann, aufgeschreckt hatte, schaute sie sich verwirrt und etwas verärgert um.

Sie stand in der Mitte der Treppe.

Und fragte sich, ob sie in das obere Stockwerk wollte oder von dort kam.

Das Gelobte Land

Die hübsche, trotz ihrer Jugend lebenskluge Sedona war die einzige Person, die Evelina auch während ihrer Suchtjahre um sich duldete. Sedona liess sich nicht von ihrer Völlerei abschrecken, widerstand tapfer den hartnäckigen Versuchen der Süchtigen, sie mit ihrem exquisiten Weinkeller und dem unerschöpflichen Nachschub an Süssigkeiten mit in ihren Abgrund zu ziehen. Sie brachte sie sogar dazu, von ihren festgefahrenen Gewohnheiten abzuweichen und ihren Sessel im Wohnzimmer hin und wieder gegen einen Liegestuhl im Garten auszutauschen. Dort döste Evelina, starrte an den meist von Wolken durchzogenen Alpenhimmel und dachte überraschend an ihren Vater, ohne so recht zu wissen, was sie von den Botschaften halten sollte, die sich über den Himmel zogen. War ihr Vater eigentlich verrückt gewesen? So manche hatten das gesagt. Oder ein Prophet? Einige hatten auch das gesagt, allerdings waren diese in der Minderheit. Doch waren solche Fragen auch nicht demokratisch zu beantworten.

Sie kam zu keinem Ergebnis und versank wieder in ihren vegetativen Zustand. Sedona hatte ihre liebe Mühe, ihren gewaltigen Leib aus dem Liegestuhl über die Wiese ins Haus zu befördern. War es warm genug, blieb sie über Nacht draussen, betrachtete, wenn sie aufwachte, den Sternenhimmel, und war drauf und dran, ihren Vater zu begreifen und das Rätsel aller Rätsel zu lösen: Gott und weshalb er den Menschen geschaffen hatte. Dann aber holte sie wieder der Schlaf zu sich – auch ein Geschöpf Gottes, jenes, das verhindert, das wir des Rätsels Lösung zu nahe kommen –, und am nächsten Morgen erinnerte sich Evelina an nichts. Blieben sie im Haus, so setzte die junge Frau Tee auf, den sie meist selber trank, legte sich im Wohnzimmer Evelina zu Füssen und umschlang deren angeschwollene Beine, ohne dabei auch nur eine Spur von Ekel zu spüren. Sie legte den Kopf auf deren Knie und redete leise, ausdauernd, eine akustische Wolke, die Evelina in Sicherheit wiegte, von ihrem eigenen Leben, dem Freund, auf den nur bedingt Verlass war, dem Segeln, ihrem Lieblingssport, für den sie kaum noch Zeit hatte, von den Fortschritten und Rückschlägen ihres Ingenieurstudiums und träumte davon, Brücken zu bauen oder wenigstens Unterführungen.

»Fh... bs... fh... bs... fh...«, machte Evelina, als wolle sie sich selber verführen.

»Fh... bs... fh... bs... fh...«, entgegnete ihr Sedona, die einzige, die sie verstand.

Sedona sagte: »Evelina, schütze deine Seele vor dem Spott jener, die noch nicht so weit sind, wie du es bist.«

»Wie weit bin ich denn?«, fragte sie ungeduldig.

Sedona sagte: »Weiter, als du denkst. Du denkst, du hast die vergangenen Jahre verschwendet. Letztlich aber ist im Leben einer Erretteten nichts verschwendet. Steh auf und geh!«

»Nicht jetzt.«

»Steh auf, wenn es so weit ist. Ich helf dir.«

Sedona war die einundzwanzigjährige Tochter jener Nachbarin, die sich um sie gekümmert hatte, nachdem ihr Bruder gestorben war. Einen Abend lang, weil Evelina gelogen hatte: ihre Eltern seien unerreichbar. Aber vielleicht hatte sie ja nicht gelogen und das im übertragenen Sinn gemeint.

»Jemand kann vor dir stehen und ist doch nicht erreichbar!« Solche Sachen sagte jetzt die frühweise Sedona.

»Wie Philip«, sagte Evelina dankbar.

Sie stellte sich vor, Sedona sei an jenem Abend oder vielleicht am Abend davor gezeugt worden, doch haute das rechnerisch um fünf Jahre nicht hin. Egal, Sedona verstand sie. Sedona verbrachte ganze Nachmittage bei ihr, kochte für sie, wusch ihre Wäsche, wusch ihren Körper. »Mit dem müssen wir was machen«, sagte sie jedesmal. Klingelte es an der Haustür, ging Sedona öffnen und sagte, niemand sei zu Hause. Im übertragenen Sinn traf das zu, auch auf Philip, das Dienstpersonal zählte ohnehin nicht. Betrat Philip das Zimmer, schaute Evelina ihm frech in die Augen, was der mit einer Aufforderung verwechselte, worauf sie ihn mit einer spitzen Bemerkung erniedrigte.

Ja, Sedona verstand. Eines Tages würde sie auch die Windsprache verstehen.

Und Sedona war schön. Sie war perfekt. Lief mit einem Tanktop herum und entblösste zwei Daumenbreit verführerisch junger Haut. Bewegte sie sich, so öffneten und verschlossen sich die Textilien wie Lippen, die nach ihr schnappten. Bewegte sie sich nicht, lockte der Bauchnabel, diese in den Körper gesogene Zunge. Philip trieb das in den Wahnsinn. So junges Fleisch, noch so wenig berührt. Spürte er Sedonas Anwesenheit, versuchte er allgegenwärtig zu sein, erntete aber nicht mehr als ein nachsichtiges Lächeln. Sedona gehörte nicht zu den Frauen, die sich einen Vaterersatz ins Bett holten. Evelina durfte manchmal ihre Handkante auf diese warme Hautwüste legen. Manchmal durfte sie den Nabel mit der Fingerspitze kitzeln. Das mädchenhafte Kichern erschütterte das Haus (schon stand Philip da). Dass sie es war, die kicherte, merkte Evelina nicht. Es verjüngte sie. Ihr war peinlich, dass Sedona nicht davor zurückschreckte, ihren Bauch zu berühren, diese unsäglichen Fettwülste (»ein Grand Canyon!«, scherzte Sedona liebevoll und sehnsüchtig), die nur noch Philip mehr ekelten als sie selber.

»Fh… bs… fh… bs… fh…«, klang es durch das Wohnzimmer, blies es durch Evelina hindurch.

Sedona lächelte: Sedona verstand.

Evelina wurde von einer Gewissheit erfüllt, die sie nie gekannt hatte. War nicht ihr ganzes Leben eine einzige Unsicherheit gewesen? Auf einmal fühlte sie sich in allem sicher. Auf einmal war alles klar. Stand alles fest. War Sedona bei ihr, wenn sie die Windwörter hörte, wiederholte sie Evelina für sie, und Sedona wiederum sprach sie ihr nach. So hörte sie DIE STIMME häufiger. Obwohl sie beide kein Wort verstanden, entstand ein Dialog. Sie lockte, sie wurde gelockt. Sedona säuselte mit. Vielleicht ging es bei dieser Sprache einfach darum, von ihr erfüllt zu werden. Ein positiver Virus, der sich durch die Luft übertrug, durch ständiges Wehen.

Auch als Evelina endgültig aus ihrem Stupor aufzuwachen schien und ankündigte, ihr Leben ein für allemal umzukrempeln, nahm sie Sedona als Einzige ernst, bereit, die zu erwartenden Rückschläge auszuhalten. Doch es gab kaum welche. Es war wirklich unglaublich, wie leicht es Evelina fiel, all das auf einen Schlag aufzugeben, von dem sie geglaubt hatte, sie könnte ohne nicht leben. Mit Sedonas Unterstützung wurde sie zur Ernährungs- und Fitnessexpertin, innerhalb eines Dreivierteljahres hungerte und trainierte sie sich einen Körper an, um den sie auch jüngere Frauen beneidet hätten. Ihre Brüste verkleinerten sich, selbst ihr monumentaler Sphinxenarsch verschwand, die Wülste zogen sich wie von einem unsichtbaren Bildhauer weggemeisselt zurück, und was zum Vorschein kam, war der Körper eines jungen Mädchens. Es grenzte an ein Wunder, dass ihr Körper keine Spuren des Raubbaues aufwies, den sie in den vergangenen drei Jahrzehnten so entschlossen an ihm begangen hatte. Sie hätte im Traum nicht zu hoffen gewagt, im Spiegel einmal eine solch hübsche Erscheinung zu sehen, ein Gesicht mit sanften und doch markanten Zügen, die die einer reifen Frau waren und sich doch das Mädchenhafte erhalten hatten. Vor allem Letzteres freute sie über alle Massen, denn sie sah in der einundvierzigjährigen Evelina wieder die dreizehnjährige, die sie damals, so kam ihr jetzt vor, vergessen und verraten und unter all dem Fett begraben hatte.

»Nie wieder!«, schwor sie sich laut, und die manchmal ganz schön schamlose Sedona kicherte: »Gut, dass du noch Jungfrau bist, meine Liebe. Schönes steht dir bevor! Ich freue mich so für dich!«

Das heisst, Evelina schwor es sich nicht, es war ihr einfach klar, die Windwörter liessen keinen Zweifel daran. Sie wehten immer intensiver durch sie hindurch. Manchmal musste sie sich die Ohren zuhalten, so laut wurde es.

Sie pflegte ihr Äusseres, paradierte in immer attraktiveren Kleidern vor Sedona auf und ab, lernte, neben ihr vor dem Spiegel stehend, so geschickt Make Up aufzulegen, als habe sie ihr Leben lang nichts anderes getan, und kleidete und entkleidete sich so elegant, dass sie zu ihrem, mehr noch Philips (nicht aber Sedonas) Erstaunen, zum ersten Mal miteinander schliefen, heftig und unbeherrscht, wie die Jungverliebten, die sie nie waren.

Dass sie sich ihre Unschuld bewahrt hatte, wurde ihr erst bewusst, nachdem sie sie an Philip verloren hatte, während es ihn erschreckte. Er hielt es für möglich, dass sie sich für ihn aufgespart hatte und er nun möglicherweise mehr geben musste, als er zu geben hatte. Ihn erregte das Mädchenhafte an ihr, aber es beängstigte ihn auch, es erfüllte ihn mit Neid über die Jahre, die sie beide schon verschwendet hatten, die ihr aber völlig unverdient zurückgegeben worden waren. Jedesmal, wenn er mit ihr schlief, spürte er, wie er gerade wieder etwas älter geworden war. Dennoch konnte er ebenso wenig von ihr lassen wie sie von ihm.

Als sie dreizehn war, hatte sie sich in ihn verliebt, jetzt nahm sie ihn mit einer lustvollen Vehemenz, als gelte es, das Versäumte so schnell wie möglich wieder gutzumachen.

Für diese nur wenige Wochen dauernde Phase wurde sie die Mensch gewordene Sünde, sie entfaltete sich wie eine Blüte, wenn sie nur an ihn dachte. Sie stöberte ihn auf, wo immer er gerade war, und stülpte sich wie eine fleischfressende Pflanze über ihn. Sie fand ihn immer, weil er sich finden lassen wollte, vielleicht aber auch, weil sie einen neuen Sinn entwickelt hatte, mit dem sie ihn überall riechen, hören, sehen und schliesslich aufspüren konnte.

Nichts war in ihrem Körper gespeichert, mit dem sie das, was ihr mit Philip widerfuhr, vergleichen konnte. Auf einmal erwachte sie zu dieser allesverschlingenden Blume, die sie jetzt seinetwegen war, aber so lange auch seinetwegen nicht hatte sein können. Die Findigkeit, mit der sie sich nun Wünsche zu erfüllen begann, von denen sie nicht einmal gewusst hatte, dass sie sie hegte, hätte sie erschreckt, wäre sie dazugekommen, ernsthaft darüber nachzudenken. Sie entdeckte erstmals ihren Körper, der so lange brach gelegen hatte – der nur gerade geatmet, geschluckt, gepisst und geschissen hatte –, Zoll für Zoll vermass sie ihn neu mit der Lust, die sie nun spürte, sie war der Scott ihrer eigenen Körperlandschaft, es war ihr egal, wenn sie, wie die meisten Entdecker von Neuland, erfrieren, verbrennen oder von Kannibalen gefressen werden würde. »Ah! Ich entdecke mich!«, schrie sie auf Philip, ein Aufschrei, der diesen mit Stolz erfüllt hätte, hätte sie ihm zugestanden, zumindest der Eisbrecher oder wenigstens das Lastenkamel dieser Entdeckungsreise zu sein. »Schluchten und Täler, Krater und Höhlen, Plateaus und Hügel, Fauna und Flora gibt es noch zu erforschen! Mach, Philip, so mach schon! Stell dich nicht so an! Los! Los!«

Wie ein wildes Tier verschlang sie ihn, sie war die Vogelspinne, die ihr Männchen mit Haut und Haaren auffrass, dann aber zur Besinnung kam, es ausspuckte und es zu Kräften kommen liess, damit die Spiele wieder von vorne losgehen konnten. Ah, eine olympische Disziplin müssten diese glitschigen Körperverrenkungen sein! Sie holten sich Schürfungen an den Apfelkisten im Vorratskeller, Prellungen auf der Wendeltreppe im Dachboden, den sie in dieser Phase nicht mied, sie verpassten dem schnellen Schlitten in der Garage Dellen, sie genehmigten sich einander als Nachtisch im mit Kerzen und Rosenblättern geschmückten Bad. Nur einmal, als Philip sich im Esszimmer der Spottwohnung aufstöbern liess, als er sie in den Schrankfuss drängen wollte, schrak sie mit einer Heftigkeit zurück, die sie selber überraschte.

Der Sex aber kehrte das, was Liebe hätte werden können, in deren Gegenteil um. Sie kamen einander näher, doch Nähe verspürten sie nicht. Noch nie war sie jemandem so nah gewesen, und sie bezweifelte, ob insgesamt jemand anderen so nah kommen konnte. Doch was sie nicht verspürte, war auch nur ein Hauch von Interesse dafür, wie es Philip dabei erging. Als sie mit Dreizehn von ihm zu fantasieren begann, war das ihr einziges Interesse, jetzt aber war davon nichts mehr übriggeblieben. Etwas war also doch verloren gegangen. Ihr war oft vorgeworfen worden, eine Egoistin zu sein, und jetzt kam ihr in den Sinn, dass diese Vorwürfe nach Philips Verschwinden eingesetzt hatten. War sie wirklich eine, die sich rücksichtslos nahm, was sie wollte? Die sich nicht darum scherte, was sie anderen aufbürdete, was für Sorgen sie ihren Eltern mit ihrem Trinken und Fressen, ihrer progressiven, letztlich nun aber doch heilbaren Apathie bereitete?

Einmal, als sie sich zwang, sich vorzustellen, was er dabei fühlte, brach sie auf ihm in Schluchzen aus, heulte wie die geöffnete Schleuse eines Dammes, spülte sich so zum Höhepunkt und schrie: »Ist es wahr, dass ich nichts als eine verfluchte, selbstsüchtige Person bin? Ich war gelähmt, du Scheisskerl hast mich geheilt, und das ist mein Dank? Bin ich wirklich von derselben Scheisse wie du?«

Das brachte auch sein Fass zum Überlaufen. Wütend

schleuderte er ihr seine Antwort in den Unterleib, nur gerade Kanonenfutter in der Schlacht gegen ihr Verhütungsmittel. Er rammte ihren Unterleib, bis er erlahmte – er liebte es, auch in diesem Winkel der Villa Berlanga zu Hause zu sein, vielleicht dem einzigen, in dem Stieglitz nicht herrschte –, es war die Zugbrücke, die es zu sprengen galt, auf dass es mit dem Geschlecht der Berlangas ein für allemal vorbei sei!

»Ja!«, schrie er. »Ja! Ja! Ja!«, er schrie es so oft, bis sie begriff, dass er nicht aus Lust schrie, sondern dass sie eine Antwort auf ihre Frage erhalten hatte.

»Aber ich bin doch ein Opfer«, säuselte sie, wieder ganz unschuldig, unerfahren, das dreizehnjährige Mädchen, dessen grösste Sünde es sein mag, dass man es hin und wieder vor sich selber schützen musste.

»Wie wärs mit einem Schluck Climens, den guten, alten Zeiten zulieb?«, bot er lachend an. »Und dazu Pralinen! In der Küche hat es noch welche. Soll ich sie holen, Darling? Willst du mal wieder in den Schrank in der Spottwohnung? Und wenn ich dich dann rauslasse, können wir etwas veranstalten, das dein Bruder dann doch nicht gewagt hat!«

Sie drehte sich entsetzt weg, fiel vom Tisch zu Boden – auf welchem Tisch waren sie überhaupt? Wie waren sie hierher gekommen? Wie ein Neugeborenes rollte sie sich zusammen, wie ein Fussballer simulierte sie Schmerz.

Auch ihm verging das Lachen. Was tat er auf diesem Tisch? Was tat er hier, in der Villa Berlanga? Er vögelte sich um seinen Verstand, vögelte die Schwester seines toten Freundes zurück in die Gegenwart! War er deshalb hier? Seine elenden Frauengeschichten als Vorspiel für diesen jämmerlichen Höhepunkt? Endlich begriff er, dass er das Opfer war. Dass er in die Falle gegangen war. Die Villa war eine einzige riesige Mäusefalle, aufgestellt von Stieglitz. Er war die Maus, Evelina der billige Käse, der genügt hatte, ihn anzulocken! Wie durchschaubar plötzlich alles geworden war! Er lag rücklings auf dem Tisch, die Arme nach hinten ausgestreckt, die Beine frei baumelnd, sein Herz pochte, sein Schwanz so schlaff wie warmer Brei.

Es war das erste Mal, dass sie nicht liegen blieben, wo sie waren – auf dem Tisch, unter dem Tisch –, sondern sich verschämt zurückzogen, sie ins Bad, er in eine ruhige Ecke, von wo er Josie anrief, die, als habe sie neben dem Telefon gewartet, sofort losschnatterte, atemlos eine lange Liste von Angeboten herunterratterte, manche erfunden, andere unzumutbar, einige verfolgenswert, alle mit dem Ziel, ihn zu ihr in sein anderes Leben in Genf zurückzulocken.

Natürlich loderte auch Evelina vor Wut.

»Verdammter Scheisskerl!«, schrie sie ihm nach. »Mir gibst du die Schuld, das ist ja mal wieder typisch! Typisch männlich. Stellt alles in den Schatten. Dein Scheissegoismus macht aus mir die Egoistin! Höchste Zeit zur Rückkehr ins Matriarchat! Aber presto!«

Er war aber schon weg, ausser Hörweite, auch wenn sie ihn irgendwo durch das Haus poltern hörte.

Im Bad putzte sie sich lange und ausgiebig wie eine Katze, leckte wieder und wieder ihre Seelenwunden. Er hatte sie und ihre Familie und seine eigene Familie und die ganze Stadt, in der er aufwuchs, gemieden, dann tauchte er aus heiterem Himmel an der Beerdigung ihrer Eltern auf! Quaschte *ihr* die Hucke voll, von wegen zusammen die Seelen zu reinigen, unter einem Dach den Stieglitz-Exorzismus zu betreiben, auf dass man sich darauf mit gutem Gewissen verbinden und entweder kleine Stieglitzchen zeugen oder ein für allemal aber endlich im Reinen auseinander gehen könne!

Scheisskerl vermaledeiter!

Tatsächlich, *seine* Stimme war es gewesen, die als erste zu ihr vorgedrungen war.

Noch waren die Särge ihrer Eltern dabei, sich in die ewige Grube zu senken, Ferdinands, der schwerer war, etwas schneller als Dorotheas, als er seinen Vorschlag auch schon in ihr offenes Ohr flüsterte. Sie war doch so verwundbar, sie war doch noch immer das dreizehnjährige Opferlämmchen! Nur so, säuselte er und liess schon andeutungsweise seine Zunge in ihrem Ohr kreisen, könnten sie die gemeinsame Vergangenheit *begraben*, ja, wirklich, begraben hatte er gesagt!

Sie willigte ein, es waren, abgesehen von jenen Sedonas, die ersten verständnisvollen Worte seit so langer Zeit, die in ihrem Körper nachhallten, in dem sich alles nur immer so dumpf angefühlt hatte. Er zog noch am selben Tag in der Villa ein. Sie war es doch nicht gewohnt, allein zu sein, nach dem Rechten zu sehen, sie brauchte doch jemanden, der ihr half, ihr Leben zu leben, ihr Bruder erst, Philip dann, die Eltern, dann wieder Philip.

Er hatte ihr vorgeschlagen, getrennt zu schlafen, sie war nicht einmal auf den Gedanken gekommen, im selben Bett oder gar miteinander zu schlafen, dann aber hatte sie ihm – ohne es zu wollen, wegen der STIMME – einen Strich durch die Rechnung gemacht.

Sie hatte ihren Körper entdeckt. Und damit auch seinen. Der eben da war. Es gab kein Entrinnen mehr.

Es war wie ein Aufwachen nach dem anderen.

Sedona sagte: »Dadurch, dass du endlich deinen Körper entdeckt hast, hast du dich wiederentdeckt, Evelina.«

»Mach doch mit!«, schlug Evelina in ihrer gottlosen Begeisterung vor.

Sedona schüttelte traurig den Kopf.

»Ach, komm, Mädchen, sei keine Spielverderberin! Es ist so schön, so unvergleichlich! Seine Hände...«

»Du hast nichts, mit dem du es vergleichen kannst, Evelina...«

»Ich kann es mit dem letzten Mal vergleichen. Sex mit Philip ist wie ein grosser Wein, der besser wird, je länger er offen steht. Plötzlich aber wird die Flasche leer sein. Dann muss man sie wegwerfen. Nichts könnte mir klarer sein, Sedona.«

Sie errötete nicht, weil sie so offen über Sex sprach, sondern weil sie Philip Sedona gegenüber gelobt hatte. Erst später, als sie sich auch diese Sucht ausgetrieben hatte, gestand sich Evelina ihre grösste Sünde ein – nicht die Völlerei, nicht die Wollust, sondern die teuflischste: die Verführung zu diesen Sünden. Ja, das war sie, eine Verführerin! Dass sie ausgerechnet jene in ihren Abgrund zu ziehen trachtete, die sie aus diesem holen wollte und es letztlich ja auch tat, war besonders teuflisch. Als sie DIE STIMME endlich mit dem Licht Gottes identifizieren konnte, erkannte sie, in welchem Masse Sedona eine Auserwählte war und wollte sie, sobald der Zeitpunkt gekommen war, entsprechend darauf vorbereiten.

Sie brauchte nur noch diese Station auf ihrem Kreuzweg hinter sich zu bringen. Eilig hatte sie es damit nicht. Der Sex mit Philip verjüngte sie. Doch je mehr sie miteinander schliefen, umso weniger blieb von der Liebe übrig, die sie für ihn empfand. Sie begriff, dass sie sich getäuscht hatte. Nicht in Philip (das auch), sondern in der Zeit. Sie begriff, dass sie dabei war, jene Liebe zu erleben, die ihr Philip vor einem Vierteljahrhundert verweigert hatte, weil er in diese Marita-Marina, an die sie sich nicht einmal wirklich erinnern konnte, verliebt gewesen war. Diese aber schien sich damals nicht sonderlich für ihn zu interessieren, wohl, weil er zu sehr an ihrem Bruder geklebt hatte. Sie hatte sich schon gefragt, ob Philip gar ein bisschen in Stieglitz verliebt war, jenseits von knabenhafter Bewunderung? War er deshalb nach Stieglitz' Tod so ein hartnäckiger Mann der Frauen geworden?

Dann, als abzusehen war, dass es mit der körperlichen Liebe bald aus sein würde, weil es beim besten Willen nichts mehr zu entdecken gab, und als sie auf diese Weise wieder ihr natürliches Alter erreicht hatte, hörte sie DIE STIMME wieder eindringlicher, fordernder. Diesmal führte sie sie in die Bibliothek. Evelina folgte ihr, ohne Widerwillen, mit der Sicherheit, die ihr DIE STIMME gab. Mit Genugtuung schob sie Philip von sich, der sich dort oben für sie versteckt hatte und schon begann, sich ihr ungeduldig pulsierend in den Weg zu stellen. Sie wanderte in der Bibliothek herum, bis das Wehen in ihrem Kopf nachliess. Als es ganz aufhörte, blieb sie stehen, schloss die Augen, streckte den Arm aus und zog ein Buch aus dem Regal.

Es war die Bibel ihres Vaters. (Darunter der Schuhkarton mit den ungezählten Seiten seines *Wolken-Evangeliums*, die sie nicht beachtete.)

Erst musste sie lachen. Sie, die sich stets als die Tochter ihrer Mutter und als das Gegenteil ihres Vaters definiert hatte – war er, der frömmelnde Börsenspekulant, nicht eine tragikomische Figur, aus der man nur in deren Verleugnung lernen konnte? –, hätte sich nie denken können, dass sie auch nur eine einzige Zelle, ein einziges Gen gemeinsam hatten, ja, Evelina wuchs in der Überzeugung auf, sie sei adoptiert worden, auch wenn man kein Physiognom sein musste, um zu sehen, woher sie ihre enge Stirn und ihre platte, ihr Gesicht so flach erscheinen lassende Nase hatte. Und jetzt schien in ihr ein väterliches Gen-Programm seinen Lauf zu nehmen, das nicht ihr Aussehen, sondern ihren Charakter und damit ihre Zukunft bestimmen würde! Was war doch der Grosse Genetiker für ein Ironiker! Die Wolkengedanken des Vaters waren die Windwörter der Tochter geworden!

Sie las das Buch der Bücher von Deckel zu Deckel, und als sie fertig war und sich schon ein bisschen von ihrer Vergangenheit gereinigt fühlte, fing sie wieder von vorne an. Bald zitierte sie aus dem Buch mit solcher Inbrunst, als seien ihr die Verse gerade eben eingegeben worden.

»Angekommen!«, rief sie, ohne sich daran zu erinnern,

dass dies auch ihr Vater gerufen hatte. (Auch dafür gab es ein Gen, das gnädige Gen des Vergessens.) Sedona nickte und schlug einen radikalen Szenenwechsel vor, eine monatelange Reise, die ihren dynamischen Entschluss untermauern würde, warum nicht nach Amerika, die kalifornischen Redwoods, der Grand Canyon, den halben Apalachian Trail zu Fuss? Sedona war sportlich, durchtrainiert von Wanderungen und durch die Natur, als deren Kind sie sich durch und durch sah. Sie geriet ins Schwärmen.

»Bäume! Pflanzen! Endloser Himmel! Und *natürlich* soll die Reise sein! Wir wandern, machen Autostopp, fahren Zug, campen unter freien Himmel, mieten einen Trailer! Das wird herrlich, Evelina!«

Evelina war klar, dass die Übersetzung von »natürlich« in ihren Sprachgebrauch »unbequem« lautete, doch gehörte nicht auch das zu ihrem neuen Leben? Vom Wohnzimmersessel zum Fussmarsch durch die Vereinigten Staaten! Sie liebte Extreme, und sie liebte die Idee, nach Amerika, dem Land der Extreme, zu reisen. Und als Sedona hinzufügte, Evelina werde DIE STIMME dort noch besser hören, Amerika sei das Land, in dem man Stimmen höre, war die Entscheidung gefallen.

Grand Canyon

Was sie an Lou so überzeugend fand, war, dass er sie nicht zu überzeugen versuchte. Wie der Grand Canyon, in dem sie und Sedona ihn kennenlernten, überzeugte er durch seine Präsenz. Meist schwieg er in seinen Shorts, der Schwimmweste und der Baseballmütze neben ihr im Schlauchboot, und wenn er sprach, meist ungefragt, sprach er eruptiv, als dränge an die Oberfläche, was seit langem in seinem Inneren brodelte. Was er sagte, leuchtete nicht nur vor der überzeugenden Kulisse des Grand Canyon ein, es blieb in ihr haften, als sie wieder den grossen Himmel über Utah sah und darüber hinaus. Evelina war dem Glück auf der Spur, zum ersten Mal im Leben.

Sie hörte Lou zu, und wenn er schwieg, lauschte sie seinen Sätzen, die in ihr nachhallten. Während er schwieg, schaute sie die steilen Canyonfelsen hoch, deren Echo seine Worte wie Pingpongbälle hin und her warfen.

»Ein Canyon müsste man sein!«, rief sie laut und stellte sich vor, sehen zu können, wie ihre Worte zwischen den Felswänden hin und herhallten, bis sie, stumm geworden, nicht mehr zu sehen waren.

Die anderen Tourteilnehmer lächelten ihr belustigt, doch wohlwollend zu. Lou wusste, was mit ihr vorging. Genauso wie er damals, konnte sich Evelina jetzt an den Wundern der Schöpfung nicht satt sehen. Seither – seit zwei Jahrzehnten – buchte er jeden Sommer einen meist mehrtägigen Trip mit der Canyon Cathedral Tours unter der Leitung von Fran L. Volkovic, deren reich bebildertes und schon an die vierzigtausend Mal verkauftes Buch *Evidence. What More Do You Need To Know Than What You Can See?* er stets bei sich führte. Näher an Gottes Werk war nicht heranzukommen, nicht auf dieser Erde.

»Überwältigend, nicht wahr«, sagte Lou. »Es macht den Menschen zum Zwergen.«

Evelina war verblüfft, von dem vermeintlichen Amerikaner, neben dem sie schon stundenlang gesessen hatte, in ihrem Dialekt reden zu hören. Er hatte stumm den Canyon bewundert – in sich aufgenommen, wie er später sagte –, während sie in ihrem besten English immer wieder »Oh my God!« ausgerufen hatte, bis eine Mitreisende sie zur Ordnung aufgerufen hatte: »We actually don't say that.«

Und nicht nur das: Lou stammte aus ihrer Stadt, ja, ihrem Viertel, wo er aufwuchs (und gar die Becherovka kannte!), bis er mit siebzehn auswanderte, mit nichts als den Kleidern auf dem Leib und dem amerikanischen Glück im Kopf, das er in Riverton, Wyoming, auch fand.

»Wie kann es sein, dass wir uns nie begegnet sind, Lou?«, rief Evelina gegen den stürmischer werdenden Fluss an.

»Wir haben uns nur noch nicht erkannt, Evelina.«

Sie nickte. Sedona streckte die Hand nach einem der prähistorischen Felsen aus, die unzählige Fossilien enthalten mochten, der sehr nahe gekommen war, konnte ihn aber nicht erreichen. Fossilien waren auch keine zu erkennen, doch Evelina, die wusste, wonach es Sedonas Hand war, spürte deren Gegenwart, die Allgegenwart vergangenen Lebens.

»In der Schöpfungsgeschichte heisst es, dass Gott einst auf dem Antlitz der Erde gewandelt ist«, sagte jemand. »Vielleicht finden wir hier Seine Fussabdrücke.«

Zeit für einen kleinen Imbiss. Fran, die diese Gruppe persönlich leitete (im Pauschalpreis war auch ihr Buch *Evidence* mit inbegriffen), legte das Boot am Ufer an. Man pries den Schöpfer, biss in die Sandwiches, sang Hymnen. Dies alles erfüllte Evelina mit einem Wohlgefühl, das sie in ihrem Leben zum ersten Mal, wenn auch nicht so stark gespürt hatte, als sie in ihrem Wohnzimmersessel DIE STIMME hörte, aber auch, wie sie sich zunehmend verschämt eingestand, als sie Sex mit Philip hatte.

»Was hier auch zu spüren ist, ist, wie Er mit Wasser die Menschheit von ihren Sünden befreit hat«, rief Lou laut gegen den wilder werdenden Colorado River an, als sie wieder unterwegs waren. Evelina war nicht entgangen, dass Lous gelassen schweifender Blick ein Grüppchen von drei Frauen, zu denen auch sie gehörte, allen anderen Teilnehmerinnen bevorzugte. Und jetzt hatte er sich zu ihr gesetzt. Zwischen sie und Sedona, die auch zu dem Dreiergrüppchen zählte.

»Mit Wasser«, murmelten die beiden Frauen, Evelina zunehmend ehrfürchtiger, Sedona zunehmender fragender.

»Die Sinflut!«, rief Lou, und schon wurden die Canyonwände enger, der Fluss noch stürmischer.

Es war in der Tat beeindruckend. Gott hatte »das alles« in nur wenigen Akten inszeniert, wie ein Stück, in dem Philip mitspielt, dachte Evelina, auch wenn ihr klar war, dass ihr endlich aus den Kulissen getretener Gott möglichst wenig mit Philip zu haben durfte.

»Ich bin froh, dass ihr hier seid«, rief Lou, als die Reise sich ihrem Ende näherte, und liess die Arme über seinem Kopf kreisen, als sei er selber Gott, der an einem späten Dienstagnachmittag im März 4004 vor Christus in einem Schlauchboot gesessen und aus der Leere um sich herum den Grand Canyon geschaffen habe. »Und ich bin froh, dass wir wieder einige mehr geworden sind. Wir leben in den schlimmsten Zeiten der Christenverfolgungen, die nur noch mit der Hetzjagd der Römer auf die Urchristen zu vergleichen ist. Wir werden verleumdet, unterdrückt, unser Glauben, der hier im Grand Canyon einen der eindrücklichsten konkreten Formen annimmt, wird verspottet. Führen wir den Namen des Allmächtigen im Munde, macht uns die Wissenschaft mundtot. Schreit, wo sind die Beweise? Frans Buch sollte auf Druck zahlreicher sogenannter Wissenschafter aus den Geschenkläden des Canyon verbannt werden, vergeblich allerdings. Es verkauft sich gut. Wir werden immer mehr, und eines Tages ... Hier sind die Beweise, und wer Augen hat zu sehen, der sieht! So haben wir zu einer Codesprache zurückgefunden, die schon die Urchristen benutzen mussten. Zum Fisch hat sich der Designer gesellt.«

Lou, den diese Rede, die aus seinem Mund geschossen kam wie Lava aus einem Vulkan, erschöpft hatte, schloss die Augen.

»Der göttliche Designer«, flüsterte Evelina beeindruckt.

»Jesus starb, um uns die Sünden zu nehmen, nicht den Verstand«, murmelte Sedona und versteckte ihre langen, nackten Beine, die die gottesfürchtigen Männer verwirrten und deren Gattinnen nervös machten, unter der Bank. »Sorry, aber ich hab nun mal kein Gottgen.«

»Wenn wir Gott nicht preisen, werden selbst die Steine weinen«, sagte Lou lächelnd und legte Evelina einen Arm um die Schulter. »Auch Sedona wird die Wahrheit sehen können, wenn es für sie Zeit ist. Vergiss nicht, dass auch du einen fast ein Vierteljahrhundert währenden Gang durch das Fegefeuer gemacht hast, Evelina. Ein Gang« – Lou legte ihr die Hand auf den Oberschenkel, und ein angenehmes Kribbeln durchfuhr sie – »der nun ein Ende gefunden hat.«

Evelina errötete, weil sie sich dabei ertappte, an jene Ursache des Wohlgefühls zu denken, die doch nicht sein durfte. Aber das hier war die Ankündigung von Liebe, nicht von Sex, und Liebe war gottgefällig, weil Gott Liebe war. Kurz versuchte sie sich vorzustellen, wie Gott Sex ha-

ben mochte, löschte diesen blasphemischen Gedanken aber gleich aus ihrem Hirn. Gott war ein Designer, Er zeugte Menschen nicht, Er entwarf sie!

Als ihr Lou am Ende der Canyontour mit den Worten »Besucht mich in Riverton. Ich kenne da ein exzellentes Steakhouse« seine Visitenkarte überreichte und, an Sedona gewandt, zwinkernd hinzufügte: »Meine Frau, Bella, wird dich mögen«, war sich Evelina sicher, wessen STIMME sie vor nur wenigen Monaten aus ihrem Stupor gerüttelt hatte.

Riverton, Wyoming, the rendezvous city, go to www.riverton.wyoming.com. Lou, der dort seit seinem 22. Lebensjahr lebt, seit er wie einst seine Vorfahren auf der Suche nach Gold und auf der Flucht vor der Armut ausgewandert ist, engagiert sich für seine Gemeinde, als habe er sie mitbegründet, so, wie es sich für einen dankbaren Zugezogenen gehört. Da er von seinem Vermögen lebt (er hat in der Gestalt einer etwas älteren Rivertonerin, die er auf einer Bootsfahrt um die Insel Manhattan kennengelernt hat, Gold gefunden), kann er es sich leisten, sich für seine Wahlheimat einzusetzen. Soll sie crimefree bleiben! Soll sie progressive und clean bleiben! Sollen ihr ihre family values gut zu Gesichte stehen! Soll ihr ihr pioneer Geist, ihr volunteer spirit, ihre cando Haltung erhalten bleiben! In Riverton geben sich die Vergangenheit, die Gegenwart und die Zukunft ein Rendezvous! Schon die Indianer, die man hier Native Americans nennen muss, haben gespürt, dass dies ein spezieller Platz ist, und Riverton ist quasi die inoffizielle Hauptstadt eines Reservates, mit Flughafen und allem drum und dran, trotz der nur gerade knapp zehntausend Einwohner. Auf die Native Americans folgten die Bergler, die Glücksritter, schliesslich die Siedler, in deren Geist sich, Jahrzehnte später, Lou sah, auch wenn er das Land nicht im strengen Sinn des Wortes besiedelte, sondern sich bei Plurabel einquartierte. Aber Lou gibt auch, setzt sich im Baumkomitee der Stadt ein, erteilt kostenlose Kurse in defensivem Fahren und macht sich dafür stark, dass das Tieradoptionsheim zu Ehren des grossen Wyomingers in Dick-Cheney-Homeless-Animal-Care-Adoption-Center umbenannt wird. Seine Wochenenden verbringt er mit ausgedehnten Exkursionen und, wenn möglich, mit gleichgesinnten jüngeren Rivertonerinnen oder Touristinnen im Wind River Reservat, wo er Gottes Werk am nächsten sein kann.

Dort – irgendwo in einem Schlauchboot den Wind River hinabpaddelnd – befand er sich auch, als Evelina und Sedona an seiner Haustür klopften. Plurabel öffnete. Lou hatte recht gehabt: Sie mochte Sedona auf Anhieb. Lou sei irgendwo im Reservat, sagte sie und wischte gen Norden durch die Luft, Evelina werde ihn schon finden, sie habe ja seine cellphone number. Sedona blickte Evelina ungewohnt schüchtern an, diese aber nickte sofort.

»Bleib nur, Mädchen«, sagte sie, und auch Plurabel sagte: »Bleib nur, Mädchen.«

Lou schlug so lange Stein auf Stein, bis der dürre Ast, den er dazwischen gelegt hat, Feuer fing und Evelina vor Glück glühte. Erst hatten sie keine Zeit für ein Feuer gehabt, sie machten sich warm, indem sie gottesfürchtig auf einem mächtigen Felsen ihre Körper aneinander rieben. Dann hatten sie Hunger. Lou schnitzte einen Speer aus einem Haselstrauch und spiesste elegant eine Halsabschneiderforelle aus dem Wind River. Evelina präsentierte ihren wiedergefundenen Körper schlank und rank auf einem Felsen der Sonne. Die Sonne dankte ihr mit Wärme von oben, der Felsen von unten, die Fossilien, die er beherbergen mochte, von innen. Sie träumte von einem Lederslip und einem Leder-BH und Leder-Moquassins, doch vorerst musste sie sich mit den Sachen zufrieden geben, die sie mit Sedona im Gap Body gekauft, die Lou im Wild River gewaschen und die jetzt, nachdem er sie ausgiebig geherzt hatte, neben ihr auf dem Felsen trockneten.

»Wir müssen zu Gott«, sagte Lou und rieb seinen Schwanz mit einer indianischen Geheimmixtur ein, die es nur im Geschenkladen des Wind-River-Heritage-Centers in Riverton zu kaufen gab.

»Wusstest du, dass es in den USA zweihunderttausend praktizierende Hexen gibt, Evelina?«

Sie schüttelte den Kopf.

»Dass Dick Cheney Babies zum Frühstück frisst? Dass der Typ im Weissen Haus glaubt, der Messias zu sein, tatsächlich aber der Antichrist ist? Dass er den Weltuntergang herbeiführen wird? Dass er die Teufelszahl 666 in seiner Unterwäsche eingewoben hat, eingenäht von Condi, die tatsächlich Lilith ist, die böse erste Eva?«

»Ist die nicht schwarz?«, fragte Evelina.

»Auch Jesus war schwarz, Dummerchen«, rügte sie Lou. »Ausserdem sagt man African-American, wenn man hier schwarz meint. Auch Adam war schwarz«, fuhr Lou fort. »Abel wars. Abraham. Alle.«

»Auch Kain?«

»Alle. Auch Colin Powell.«

»Wirklich?« Evelina staunte. »Wird es jemals einen schwarzen, I mean, African-American Messias im Weissen Haus geben?«

»Nicht, wenn wir es verhindern können. Ausserdem stellt sich die Frage ohnehin bald nicht mehr. Wusstest du, dass man Armageddon am besten vom Strand von Floreana, einer der Galápagos-Inseln, aus beobachten kann? In HD, sozusagen. Eine Jerry-Bruckheimer-Produktion. Sozusagen.«

»Das möchte ich mir ansehen«, flüsterte sie erleuchtet.

»Der Kampf muss auch auf der dunklen Seite geführt werden. Man muss alle Restriktionen fallen lassen. Das sagt Cheney.«

»Wird man aber nicht zum Teufel, wenn man wie der Teufel kämpft?«
»Öffne doch endlich die Augen, Mädel! Um den Teufel zu besiegen, *muss* man zum Teufel werden!«
»Darf ich dich schwarzer Messias nennen?«
»Schwarz, aber nicht African-American. Nenn mich Messy. Nachdem die Schlacht aller Schlachten geschlagen ist, werden wir tausend Jahre Frieden erleben. Soll ich dir noch einmal Gott zeigen, Evelina?«
»Messy!«
»Evi!«
»Nenn mich Lilith! Ich will deine Ur-Eva sein!«
(…)
(…)
Vogelrufe, echte und nachgeahmte, hallten durch das Wind-River-Reservat von Riverton, Wyoming, check out www.windrivercountry.com. Geht es um Geheimmixturen, sind die Native Americans – zumindest die wenigen, die noch leben – unschlagbar.

Plurabel und Sedona brausten im Cabrio wie der Wind über die Highways. Hätten sie nur lange Haare gehabt, sie hätten ihnen blond und brünett nachgeweht! Plurabel fingerte beim Fahren immer wieder an Sedonas Bubikopf herum, wenigstens einer Imperfektion auf der Spur, Sedona genoss Plurabels glänzende, muskel- und wachsbepackte Schenkel, ihr teuflisch verführerisches Kichern, und dass sie sich auch von den endlosen Highways nicht abschrecken liess. »Dafür sind sie doch da, die endlos geraden Highways, die Beine Nordamerikas!«, rief Plurabel und spreizte ihre eigenen. »Ausserdem schläft man sonst am Steuer ein.«
    Erst nach der dritten Motelnacht wollte Sedona wissen, wo's denn so hingehe.
    »Na, nach Sedona, Sedona!«, triumphierte Plurabel.
    Sedona missverstand, streifte ab, was sie noch anhatte,

und kroch zu Bella. Plurabel genoss das Missverständnis bei präzis fünfundfünfzig Meilen pro Stunde, denn einen Highway Trooper wollte sie nicht auf den Fersen haben, schon gar nicht während sich Sedona in ihrer Bella tummelte. Dennoch verzichtete sie nicht darauf, einen Truckdriver, dem sie auf den endlosen Highways Nordamerikas willkommene Abwechslung war, zuzulächeln: Der liess es sich nicht nehmen, sie zu überholen und sich dann überholen zu lassen, immer wieder, vor und zurück, vor und zurück, bis er stotternd und stöhnend, als sei etwas mit seinem Motor nicht in Ordnung, zurückblieb und im Rückspiegel kleiner und kleiner wurde.

Plurabel rief: »On the Road!«

Sie schrie: »Thelma and Louise!«

Sie keuchte: »Oh, meine kleine Lolita!«

»Ich bin einundzwanzig, Plurabel«, protestierte Sedona.

Dann waren sie für zweieinhalb Meilen mucksmäuschenstill.

Als der Truckdriver wieder aufgeholt hatte und selig zum Überholmanöver ansetzte, war Sedona schon wieder angekleidet.

»Nach Sedona also«, kokettierte Plurabel.

Etwas flog in ihr Cabrio und landete auf dem Gearstick.

»Du bist herrlich, Plura, aber lass mich ein paar Meter verschnaufen.«

»Du bist göttlich, Sedi, ich geb dir sechshundert Meilen. Und nenn mich Bella. Wer in meiner Bella war, nennt mich so!«

»So viel will ich gar nicht, Bella. Ihh«, machte sie dann, zupfte mit spitzen Fingern die Unterhose des Truckers vom Gearstick und schleuderte sie in die Luft. Sie verfing sich in der Radioantenne, wo sie eine Weile als Sezessionsflagge des amerikanischen Heartlands flatterte.

»Liebes ... bis Sedona, Arizona, wo ich, als du dich auf der letzten Tankstelle frisch gemacht hast, das beste Hotel in der Stadt gebucht habe. Das Max Ernst. Für zwei Wochen mit Option auf Verlängerung. Die Duchamp-Suite! Oder wär dir die Dorothea-Tanning-Suite lieber gewesen? Die ist allerdings kleiner und geht nach hinten raus.«

Der Truckdriver, der wieder aufgeholt hatte, fuchtelte wie besessen und rief etwas, das Sedona, nicht aber Bella verstehen konnte.

Sedona sagte: »Er will seine Flagge zurück.«

»Ein Indian giver«, rügte Bella. »Jemand, der das, was er gegeben hat, wieder zurückhaben will.«

»Das darf man nicht mehr sagen«, rügte Sedi. »Das ist so was von rassistisch! Zumal wir denen alles weggenommen haben. Der Pfad der gebrochenen Versprechen.«

»Hugh!«, machte Bella und trat auf das Gaspedal.

Klatsch!, erwischte sie einen Coon oder was es war.

»Gibt es hier eigentlich noch Coons?«, wollte Sedi wissen.

An ihnen brauste das Schild »Sedona, 17 Miles« vorbei.

»Ich kann's kaum mehr erwarten«, kicherte Sedi und machte sich etwas kleiner, als könne sie dadurch die Distanz verkürzen.

»Ich sag, was ich will, ich tu, was ich will«, röhrte Bella. »I am liberated, Mädel! Wie die Iraker, diese Scheisssandnigger, die auf unserem Öl hocken! Die kann man nicht mal in die Steinzeit zurückbomben. Für die wär das ein zivilisatorischer Fortschritt!«

»Bald sind wir da«, gab sich Sedi geschlagen. Lange würde sie es mit Plurabel nicht aushalten, dachte sie und tagträumte bei fiftyfive Miles per hour davon, in Palästina vor einem israelischen Bulldozer zu stehen, der drauf und dran war, das Haus der Sippe eines Selbstmordattentäter niederzuwalzen. Sippenhaft musste sein, eine Tradition, die sich bewährt hatte. Sie stand nur da, während der Mull auf sie zufloss und sie langsam begrub. Dann lag sie, alles wurde schwarz, Mull drang in ihren Mund, stopfte sie aus und beerdigte sie von innen nach aussen. Dann drückte sie der Bulldozer zusammen mit Würmern und Maulwürfen platt. Weil es ein Traum war, nahm sie dennoch wahr, dass der Bulldozer auch das Haus hinter dem Attentäterfamilienhaus niederwalzte, und das Haus dahinter gleich auch, und das dahinter gleich auch, sicher ist sicher, schliesslich sind verzweifelte Menschen zu allem fähig, und so ging es Haus für Haus, bis keines mehr kam, weil das Meer kam und Sedi sich wach schrie.

Sie schrie: »In was für einer Welt leben wir nur!«

Sie schrie: »Was nur stellt die Welt mit meinem Kopf an!«

Sie schrie: »Muss ich jetzt auch wie alle anderen Babies fressen?«

Sie schrie: »Nein! Von nun an werde ich mich gegen das Böse in der Welt engagieren!«

Sie schrie gegen den Wind: »Ich werde nicht schlafen, während die Hüter der Welt geschäftig sind! Niemals werde ich den Bulldozern weichen!«

»Natürlich nicht, Sweetie«, lobte Bella. »An meiner Seite wirst du immer wach sein.«

Was auch nicht wich, war ein circa zehn Tonnen schwerer roter Stein, der nach einer der seltenen Kurven, die es hier gab, plötzlich auf der Fahrbahn auftauchte.

War er vom Himmel gefallen, aus der Hölle geschossen? Keine Zeit, darüber nachzudenken.

Jemand hatte die Schnauze gestrichen voll von den beiden.

Patsch!, klatschte der Felsen sie zu Matsch.

Gleichzeitig fuhr der Wind in die Sezessionsflaggenunterhose des Truckdrivers und trug sie weg, über den wieder kurvenlosen Highway in die Wüsten Arizonas, wo Windhosen klimawandelbedingt keine Seltenheit mehr sind, über die von Touristen wie von Ameisen bekrabbelten roten Steindinger hinweg, weg, weg, weiss Gott wohin, vielleicht bis nach Corpus Christi, Texas, oder, Amen, New Mexico, oder Curtain, Alabama, oder Shuddafuckup, Alabama, oder Giveupallhope, Louisiana, dem Staat, in dem man hin und wieder eine Stadt ersäufen lässt.

Was weiss Gott schon.

Gleichzeitig tuckerten Evelina und Lou eng umschlungen nach dem siebzehnten Intercourse (Lou, der an seinem eigenen Evangelium arbeitete, führte Buch in Wort und Bild) auf den unbevölkerten Strand der Galápagos-Insel Floreana zu. Evelina, die nicht wissen konnte, dass es in dem Augenblick ein für allemal aus war mit ihrer kleinen Freundin Sedona, die sie damals aus dem Stupor gerissen hatte, zuckte kurz zusammen, worauf Lou, der den Tod seiner Frau nicht spürte, sagte: »Mit dir an meiner Seite wundere ich mich über nichts mehr.«

Gott weiss alles.

Galápagos

Eher hätte er erwartet, von der Erdscheibe gespült zu werden. Die Insellandschaft, die sich Fray Tomàs de Berlanga, dem vierten Bischof von Panama, der vom Kurs nach Peru abgekommen war, unversehens wie ein böses Wunder auftat, war so bizarr, dass er dachte, der Teufel habe sie geschaffen, um den Schöpfer zu verspotten. Die vorherrschende Farbe war schwarz. Poröser Vulkanstein. Felsbrocken, die sich nur aus der Hölle herausgepresst haben konnten (dies eine erstaunlich akkurate geologische Erkenntnis des Bischofs). Lavafelder, Lavastrände. Zerklüftete Kliffs. Heisse Gassäulen, die aus dem Boden zischten.

Die Fauna präsentierte sich nicht weniger höllisch: Robben und Schildkröten, auf denen man reiten konnte, schlangenartige Echsen, spindeldürre Pinguine, die, wären sie fetter gewesen, auf den schattenlosen Inseln verdorrt wären, und Vögel, die »so dämlich waren, dass sie nicht einmal fliegen konnten«, wie der Bischof in seinen Aufzeichnungen festhielt. Fand man auch nur eine einzige Pfütze Wasser? Grub man nach dem Lebenselixir, so spritzte einem eine Flüssigkeit ins Gesicht, die noch salziger als das Meerwasser war und einen noch durstiger machte. Eine Trinkquelle fand sich schliesslich doch noch, sonst wären sie in der Hölle verdurstet: Aus den Kakteen, die wie eine bewegungslose, freundliche Armee dastand, liess sich Trinkbares herausquetschen. Durstig wie die Männer waren, tranken sie es »wie Rosenwasser«.

Der Bischof hielt eine Messe, zu hastig vielleicht, um die Inselgruppe von dem Spott, mit dem sie Gottes Schöpfung bedachte, zu exorzieren. Man setzte Segel und haute ab, so schnell einen der Wind trug. Den Verlust an Flüssigkeit machte man unterwegs mit Wein wett. Man sang viel und pries unablässig den Herrn. In Peru führte man den Befehl von Juan V. aus und haute den aufständischen Konquistadoren Pizarros die Schädel ein. Diese hatten begonnen, einander abzuschlachten, weil es keine Einheimischen mehr abzuschlachten gab. So nahm die Evolution ihren Lauf. Das war 1535.

Jahrhunderte später entdeckte eine Urahnin des Bischofs, Evelina Berlanga, die Galápagos-Inseln für sich. Lou war ihr irgendwo unterwegs abhanden gekommen, vielleicht in Quito, wo sie auf ihr Schiff gewartet hatten, vielleicht aber war er auch angesichts der ersten der Inseln von Bord gesprungen. Dann kam ihr – wie lange war sie eigentlich schon auf den Galàpagos-Inseln? – wieder in den Sinn, was mit Lou passiert war. Wie hatte sie das nur vergessen können? Weil es ihr im Grund egal war, was mit ihm geschah? Weil sie ihn nicht vermisste?

Sie fragte sich, ob sie wieder langsam in ihren Stupor zurückglitt, wies diese Vermutung dann aber brüsk von sich. Nein, sie hatte keine ihrer alten Sünden wiederaufgenommen. Keinen Schluck Alkohol, seit sie mit Sedona aufgebrochen war, kein Gramm Fett hatte sich an ihren mädchenhaften Frauenkörper zurückgeschlichen. Kein Sex mehr, nicht erst seit Lou abgetaucht war. Ja, abgetaucht war er. Wörtlich. Sass sie wirklich schon seit Jahren – vielen Jahren – hier am Strand und schaute erwartungsvoll auf das Wasser hinaus? Aber doch nicht, um auf Lous aufgedunsene Leiche zu warten! Sondern um das Werk ihres Vaters zu vollenden. Konnte das sein? Konnte das wirklich sein?

Lous Ende hatte etwas rührend Naives gehabt. Sie hatte, trotz allem, lachen müssen. Er musste schon lange geahnt haben, dass er auf der kleinen, an sich unbewohnten Insel Floreana mit ihrer blöden Fasspost in ihrem Leben keinen Platz mehr hatte. Sie hatte Kinder von ihm gewollt, die er ihr aber nicht hatte schenken können oder wollen. Statt sie zu besamen, hatte er ihr, als halte er die Insel für das Boot, auf dem sie sich im Grand Canyon kennen gelernt hatten, unablässig von der gottesfürchtigen Leere des Intelligenten Designs erzählt. Nichts, was nicht mit der Sintflut, die Noah mit seiner Arche auf die Reise geschickt hatte, erklären liesse. Gesteinsschichten, Erosionen, Auswaschungen, Versteinerungen, die nach Ansicht der kurzsichtigen Wissenschaft Millionen von Jahren brauchten – das alles war dank der Strafe Gottes für den ersten gescheiterten Versuch der Menschheit entstanden.

Um Lou zu ärgern, hatte sie ihm Edward Albees Evolutionsstück *Seascape* gegeben, das sie im Giftshop der Charles-Darwin-Forschungsstation auf Santa Cruz entdeckt hatte. Wochen, die ihr wie Monate vorgekommen waren und dennoch rasend schnell vergingen, hatte er es wie der Teufel den Weihrauch gemieden, bis ihn die Rechthaberei überwältigte und er sich mit einigen Highlightern bewaffnet an die Lektüre machte. Satz für Satz strich er an, bis sich das schmale Buch unter der Last der leguangrünen, krabbenroten und kormoranblauen Farben beugte. Er las es wieder und wieder, bis jedes Wort mehrfach eingefärbt war, bis sein letzter Highlighter, der letzte der Menschheit (was er nicht wusste) aufgebraucht war. Dann warf er den Text weg, stand auf und schritt mit glasigem Blick ins Wasser, vielleicht darauf vertrauend, dass Gott, dem er sich opfern wollte, ihn aufhalten würde, vielleicht insgeheim hoffend, dass die Evolution für ihn eine Ausnahme machte und ihm schnell genug das Atmen unter Wasser beibringen würde. Sie tat es nicht. Statt dessen zog ihn eine der vielen heimtückischen Strömungen, die es um die Inseln gab und die schon manch seetüchtigen Piraten das Fürchten geleert hatten, in die Tiefe. Als letztes blickte der arme Lou einer Robbe, die mit ihm spielen wollte, in die gütigen Augen.

Eher noch vermisste Evelina Sedona, doch auch dies nicht wirklich. Was mochte aus ihr geworden sein? Sie, die als überalterte Lolita mit dieser vertrockneten Lesbe Plurabel losgezogen war? Trat sie jetzt die Reise an, die für Evelina auf Floreana geendet hatte? Bestimmt hatte Sedona bereits das Interesse an Plurabel verloren und war auf der Suche nach ihr. Oder hatte sie ihre Aufgabe als erledigt betrachtet und war allein weitergezogen? Am Ende zu Philip, der sich noch immer in der Villa verstecken mochte? Nein, diesen Gedanken wies Evelina von sich. Nicht zu Philip, dafür war Sedona zu klug, zu weise, zu lebenserfahren. Nur manchmal, wenn sie die Augen schloss, sah sie in einer beängstigend klaren Vision, wie ein grosser roter Stein aus der Erde schoss und Sedona und Plurabel in den Tod katapultierte oder, in einer anderen Version, vom Himmel fiel und sie zermalmte.

Evelina aber wusste, dass sie nicht lange allein bleiben würde. Obwohl Lou längst – waren es Jahre, Jahrzehnte? – im Wasser verschwunden war, trug sie auf einmal seinen Samen in sich. Wie das möglich war, wusste sie nicht. Hatte sich der Samen in ihr versteinert und war jetzt aus seiner Versteinerung erwacht? Warum jetzt? Sie dachte an ihre Mutter, die einmal die Vermutung geäussert hatte, dass sie ihren Erstgeborenen just in dem Augenblick gezeugt haben könnte, als ihr Vater starb. Was war jetzt gestorben? Vielleicht die Welt, schoss ein beängstigender Gedanke durch ihren Kopf. Ja, vielleicht die Welt. Sie hatte schon eine Weile ein eigenartiges Gefühl, eine Vorahnung. Nichts Unangenehmes, je länger sie darüber nachdachte. Eher etwas Besonderes, etwas Einzigartiges. Es dauerte Minuten – Jahrhunderte! – bis sie sich eingestand, dass es ein Gefühl des Auserwähltseins war. Auserwählt,

sie? Ja, natürlich. Erfuhr sie jetzt endlich, wozu sie auserwählt war? War sie – von Gott? von der Evolution? – dazu bestimmt, der Menschheit nach der zweiten Sintflut eine dritte Chance zu gewähren?

»Warum nur wissen wir Auserwählten nie, dass wir auserwählt sind!«, jammerte sie lauthals und undankbar am menschenleeren Strand von Floreana. Krabben krabbelten seitwärts herbei, Kormorane stolperten beschämt über den Sand, Leguane aber wedelten ihr ermutigend aus dem Wasser zu, Robben quietschten vor Vorfreude – doch halt, LeserInnen, wir eilen unserer Geschichte voraus! – denn noch sitzt Evelina – Jahrhunderte früher! – am Strand beim Barrell Post Office auf Floreana, wo gerade ein WiFi-Hotspot eingerichtet wurde, und surft im Internet. In letzter Zeit hat es ihr www.armageddon.com angetan, wo sie andauernd die neusten Updates zum bevorstehenden Countdown abruft. Die Anzeichen häufen sich alarmierend. Es sieht schlecht aus. Oder gut, je nach Weltanschauung.

Hin und wieder schaut sie auf. Die wenigen Bewohner der Insel haben, nachdem die Nahrungszufuhr zu Ecuador abgeschnitten war, sämtliche Schildkröten aufgefressen, wovon die vielen Panzer zeugen, die wie zu den Zeiten der Walfänger und der Freibeuter zahlreich am Strand liegen. An das Donnergrollen, an das allzu langsame Heranrollen der Himmlischen Armeen hat sie sich gewöhnt. Auch der Messias kann einem verleiden, wenn man ihn, als er in Zeitlupe auf einen zukommt, ewig anstarren muss. Fiel die Wahl für seine zweite Runde auf Floreana, weil es hier – ausser tolpatschigen Kormoranen, Meerechsen-Kolonien, Cayenne-Nachtreihern und dem einen oder anderen Rubinroten Fliegentyrannen – kaum Ablenkung gibt? Um den Bischof von Panama, der die Inseln für die Hölle hielt, Lügen zu strafen? Doch so rechthaberisch stellt Evelina sich Gott und dessen Sohn nicht vor.

Sie versucht ihn sich überhaupt nicht vorzustellen; hat

es nie; und jetzt, als sie ihn anstarrt, weiss sie auch, weshalb.

»Das gibt es doch nicht!«, ruft sie. »Brüderchen, du? Stieglitz!«

Der Messias, seine lächerliche Armee im Rücken – nichts weiter als ein Haufen zerfledderter Kerle, Freibeuter des Himmels, die man nicht einmal auf einem Geisterschiff anheuerte – ist mittlerweile bis auf einige gewaltige Wellen, jedes Surfers irdisches Glück, nah an sie heran gekommen. Sie schnellt hoch. Reibt sich die Hände. Das ist doch alles Quatsch. Evolution, die Kreationisten. Alles Quatsch. Die Welt überlebt nur in Metaphern. Niemals, wenn man sie wörtlich nimmt.

»Es lebe die Evalution!«, schreit sie – oder war er das?

Er sieht nicht so toll aus wie auf den Bildern, die man sich nicht von ihm machen soll. Seit Tausenden von Jahren steckt er im dreiunddreissigsten Jahr fest, dem seiner Kreuzigung, und sowas hinterlässt Spuren.

»Das gibt es doch nicht!«, ruft sie noch einmal.

Stieglitz hockt im Rollstuhl!

Der Erlöser muss gespürt haben, dass sie an seine körperliche Unzulänglichkeit denkt und errötet. Dass sie aber darauf keine Rücksicht nehmen kann, weiss er.

Er weiss alles.

So wie man Vampire, zumindest jene, die sich an die klassischen Regeln halten, mit Knoblauch und Teufel mit Weihrauch (igitt!) vertreibt, so besiegt man Jesus Christus mit Ohrfeigen. Dass er hinhält (anders als die Vampire), weiss man ja. Pitsch! Dann die andere. Patsch! Und wieder die erste! Pitsch! Patsch! Pitsch! Patsch! Links und rechts und kreuz und quer klatscht sie ihm ins lächelnd dargebotene Gesicht. Es schüttelt ihn ganz schön hin und her in seinem Rolli. Bald macht es ihr keine Mühe mehr, einen Krüppel zu schlagen. Pitsch! Patsch! Schöner Feldherr! Schwuchtel! Verdammter Stieglitz! Die Himmlischen Heerscharen desertieren ohne zu zögern, manche hinter die Wolken, die anderen in die Wellen. Hockt nur noch der Krüppelmessias vor ihr.

Mit tomatenrotem Kopf.

»Das war's also?«, murmelt sie enttäuscht. »So endet die Menschheitsgeschichte? Und was jetzt?«

Hätte sie sich damals, versunken im Lehnsessel in der Villa Berlanga und in ihrem vermeintlich nie endenden Stupor, gedacht, sie sei die Vollstreckerin unser aller Endes? Weit holt sie zur allerletzten, alles beendenden Ohrfeige aus, zögert dann aber –

Denn plötzlich hört sie wieder DIE STIMME.

»Hör endlich auf, mich zu schlagen, Schwesterchen«, sagt DIE STIMME.

Natürlich! Es ist seine Stimme, die sie die ganze Zeit gehört hat!

»Weshalb aber hockst du im Rollstuhl, Paul?«

Unglaublich, ihr Bruder verwandelt sie mit einem Fingerschnippen in das kleine Mädchen, das sie einmal war. Sie schnippt selber mit dem Finger, um sich in die grosse Frau, die sie jetzt ist, zurückzuverwandeln, doch nichts geschieht.

»Weshalb? Ich sag dir, weshalb, Schwesterchen!« Stieglitz klingt entrüstet, gar nicht erhaben erlöserlike. »Ich fiel in diese Scheissschlucht...«

»Die Fossilienschlucht!«, ruft sie, als gebe es noch eine andere.

»... und brach mir das Rückgrat. *Das* ist geschehen!«

»Aber«, stottert sie, »aber du bist doch tot, ich meine, bist doch gestorben, damals?«

»Und was, bitte, tust du im Jahre 4004, im Alter von über zweitausend Jahren, auf den Galápagos?«

»Was? Wie alt soll ich sein?«

»Ja, was! *Natürlich* bin ich gestorben, dann aber bin ich...«

»Auferstanden«, beendet sie plötzlich erleuchtet seinen Satz.
»Hochgehoben worden, würde ich eher sagen.« Er schaut von seinem Rollstuhl gen Himmel. »Ich wurde in Licht getaucht, dann verwandelte sich das Licht in einen Kanal, durch den ich hochgesogen wurde.«
»In den Himmel.«
»Ich konnte ja nicht mehr gehen, mit meinem kaputten Rücken.«
»Dann bist du ...«
Er schüttelt den Kopf. »Sagen wir: angekommen.«
»Und ich dachte schon ...«
»Dass ich der Erlöser bin?« Stieglitz stösst sein Vogellachen aus und schüttelt den Kopf. »Aber nein!«
»Bist du sicher? Du wärst der letzte, der es wüsste. Dein Vater ist der grösste Geheimniskrämer, den es gibt!«
Stieglitz schweigt.
»Na, Hauptsache, du bist da.«
»Dann bin ich in den Rollstuhl gekommen. Im Rolli aufgewacht, mit kaputtem Rückgrat. Seither roll ich hier so rum.«
»Himmlische Wunderheilung?«
»Die Warteliste ist endlos. Das dauert ewig.«
Sie zögert.
»Sag's nicht.«
»Was?«
»Dass es dir leid tut.«
»Es tut mir nicht leid. Nur ...«
»Was?«
»Wie geht es jetzt weiter?«
»Mit uns? Mit der Menschheit?«
»Erst einmal mit uns.«
»Das ist dasselbe. Es ist sonst keiner mehr übrig.«
»Was soll das heissen?«
»Wir leben postapokalyptisch. Alles futsch. Dank dem

amerikanischen Vietnam-Prinzip. Man muss das Dorf zerstören, um es zu retten. Das hat damals Verteidigungschef McNamara gesagt. Die Amis haben das Vietnam-Prinzip auf den ganzen Planeten angewandt. Bumm! Alles futsch. Alles, bis auf die Galápagos. Vielleicht, weil hier die Evolution noch nicht so weit ist.«

»Um den Planeten zu retten, haben sie ihn zerstört?«

»Im globalen Kampf gegen den Terrorismus. Und um Demokratie bis in den letzten Winkel zu bringen.«

»Demokratie?«

»Das war Propaganda. Das müssen die sagen, obwohl es keiner glaubt. Aber egal. Ist schon ein Weilchen her, es lässt sich nicht ändern. Die Menschheit geht mit uns weiter. Oder nicht. Das ist unsere Entscheidung. Das ist mein himmlischer Auftrag.«

Stieglitz wendet den Blick nach oben.

Evelina schaut ihn erschrocken an. »Wir sind Geschwister, Paul!«

»Ich werde der Vater sein, nicht der Erzeuger. Du bist ja schon schwanger.«

»Ein Wunder.«

»Zwillinge. Ein Junge und ein Mädchen. Fossilierte Samen, die aufgeweicht sind. Ja, ein Wunder. Hier war die Warteliste kurz, weil nur noch du übrig geblieben bist. Der Junge wird mit einem Steinauge geboren. Das wird er herausnehmen, und seine Frau, die auch seine Zwillingsschwester ist, damit erschlagen, nachdem sie ihm genügend Kinder beiderlei Geschlechts geboren hat, um den Fortbestand der Menschheit zu sichern. Das wird Teil des Schöpfungsmythos werden. Nenn ihn Philip.«

»Ich erinnere mich schwach an jemanden, der so hiess. Und was ist jetzt?«

»Und jetzt schieb mich vom Strand weg. Im Sand komm ich nicht mehr vom Fleck. Ich habe Hunger.«

Die Schwester legt zärtlich ihre Hand auf das Haupt

des Bruders, versucht ihn dann zu schieben, kommt aber nicht voran.

»Rückwärts, die kleinen Vorderräder bleiben sonst stecken.«

Es ist so noch anstrengend genug. Evelina zieht ihren Bruder rücklings, bleibt immer wieder stehen. Flucht ein bisschen leise vor sich hin. Stieglitz lacht sein Vogellachen. Mittlerweile hat sich das Meer wieder beruhigt, als sei nichts gewesen. Viel war ja auch nicht, für das Universum nicht mehr als das Blinzeln eines Leguans. Einer liegt ihnen im Weg und schaut sie beleidigt an. Evelina tritt ihn, doch er macht nicht Platz.

»Was gibt es denn zu essen?«

»Leguanfilets«, sagt sie, das Tier zornig umrollend. »Du wirst dich daran gewöhnen. Und die Zeit vertreiben wir uns mit dem Schrank, den ich in meiner Hütte habe. Los, Stieglitz!«

ÜBER DEN AUTOR

Christoph Keller ist der Autor zahlreicher Romane und Theaterstücke und eines Essaybandes. Zusammen mit Heinrich Kuhn hat er drei Romane veröffentlicht. Zuletzt erschienen die Kürzesterzählungen »Alles Übrige ergibt sich von selbst«, (Keller+Kuhn, 2015), die Kurzprosa »A Meaningful Life with Bucket I-VIII« (Lumpish Press, Greensboro, North Carolina, 2015) und der Erzählband »A Worrisome State of Bliss: Manhattan Tales and Other Metamorphoses« (Birutjatio Press, Santiniketan, Indien, 2016). Keller lebt mit der Lyrikerin Jan Heller Levi in New York und St. Gallen. www.christophkeller.us

Die Publikation dieses Buches wurde freundlicherweise unterstützt von:

Kulturförderung Kanton St.Gallen

Fachstelle Kultur Stadt St.Gallen